CHRISTIAN BOURGOIS ÉDITEUR
8, rue Garancière – Paris VIe

Du même auteur
dans la même collection

LE CLUB DES VEUFS NOIRS, n° 1980

RETOUR AU CLUB DES VEUFS NOIRS

PAR

ISAAC ASIMOV

Traduit de l'anglais
par Michèle VALENCIA

10|18

INÉDIT

Série « Grands Détectives »
dirigée par Jean-Claude Zylberstein

Titre original :

More Tales of The Black Widowers

ISBN – 2-264-01344-3

Tous les personnages de ce livre sont imaginaires. Toute ressemblance avec des personnes existantes ou ayant existé ne serait que pure coïncidence.

A Donald Bensen, Gilbert Cant, Lin Carter, John C. Clark, L. Sprague de Camp, Lester del Rey.

INTRODUCTION

En ce qui concerne les Veufs Noirs, je ne pense pas qu'il y ait grand-chose à ajouter à ce que j'ai déjà dit dans *le Club des Veufs Noirs.* C'était le premier livre de cette série et celui que vous avez en main est le second.

Dans cette première introduction, j'expliquais que les Veufs Noirs avaient été inspirés par un club réel auquel j'appartiens et qui s'appelle les Araignées de la Trappe. Je ne vous en dirai pas plus sur ce sujet parce que si vous avez lu *le Club des Veufs Noirs,* une redite vous ennuiera, et si vous ne l'avez pas lu, je préfère vous laisser mourir de curiosité pour que vous soyez amené à réparer cet oubli en courant acheter le premier livre.

A propos, quand ce premier recueil a été publié, j'en ai remis un exemplaire à chaque membre des Araignées de la Trappe. Tous sans exception ont dissimulé leur impression véritable sous le masque du plaisir et naturellement, j'ai pris leur contentement pour argent comptant.

C'est tout ce que j'ai à dire pour l'instant, mais de peur que vous ne vous réjouissiez trop vite d'être débarrassé de moi, je dois vous prévenir que je me manifesterai à nouveau pour faire un bref commentaire après chaque nouvelle.

QUAND NUL NE LES POURSUIT

Thomas Trumbull prit son air féroce habituel et demanda :

– Monsieur Stellar, comment justifiez-vous votre existence?

Mortimer Stellar haussa les sourcils de surprise et son regard fit le tour de la table à laquelle étaient assis les six Veufs Noirs qui l'avaient invité pour cette soirée.

– Vous voulez bien répéter? dit-il.

Avant que Trumbull ne puisse le faire, Henry, le formidable serveur, s'était approché en silence pour déposer un brandy devant Stellar qui prit le verre en murmurant un « merci » d'un air distrait.

– C'est une question bien simple, dit Trumbull. Comment justifiez-vous votre existence?

– J'ignorais que j'avais à le faire, dit Stellar.

– Supposez que ce soit le cas, dit Trumbull. Supposez que vous vous trouviez devant Dieu le jour du Jugement dernier.

– On croirait entendre parler un directeur de publication, dit Stellar sans paraître impressionné.

Emmanuel Rubin, qui faisait office d'hôte ce soir-là et était écrivain lui aussi, se mit à rire et dit :

– Non, Mortimer. Trumbull est désagréable, c'est vrai, mais tout de même pas à ce point-là.

– Ne vous mêlez pas de ça, Manny, dit Trumbull en désignant Rubin du doigt.

– Bon, dit Stellar. Je vais vous donner une réponse. J'espère que mon passage sur terre aura eu pour résultat de faire mieux connaître la science à quelques personnes et qu'elles seront ainsi un peu plus informées qu'elles ne l'auraient été si je n'avais pas vécu.

– Comment y êtes-vous parvenu?

– En écrivant des livres et des articles scientifiques pour les profanes.

Les yeux bleus de Stellar brillaient derrière ses lunettes à lourdes montures noires et il ajouta sans la moindre trace de modestie :

– Ce sont probablement les meilleurs qui ont jamais été écrits.

– Ils ne sont pas mauvais, dit James Drake, le chimiste, en écrasant sa cinquième cigarette de la soirée et en toussant comme s'il voulait célébrer ce soulagement pulmonaire temporaire. Mais je ne vous placerais pas devant Gamow.

– Question de goût, dit froidement Stellar. Moi si.

– Vous n'écrivez pas seulement sur la science, n'est-ce pas? demanda Mario Gonzalo. Il me semble que j'ai lu un article de vous dans un magazine de télévision, et il ne s'agissait que d'humour.

Il montra la caricature qu'il avait faite de Stellar pendant le repas; on y voyait surtout des lunettes à montures noires, des cheveux châtains qui se faisaient rares et retombaient sur les épaules, un large sourire et un front sillonné de rides.

– Seigneur! dit Stellar. C'est moi?

– Mario ne pouvait pas mieux faire, dit Rubin. Ne vous en prenez pas à lui.

– Allons, un peu de discipline, dit Trumbull avec humeur. Monsieur Stellar, répondez, je vous prie, à la question que vous a posée Mario. Est-ce que vous écrivez uniquement des articles scientifiques?

Geoffrey Avalon, qui jusque-là s'était contenté de siroter doucement du brandy, dit de sa voix grave qui, lorsqu'il le voulait, pouvait couvrir toutes les autres :

– Est-ce que nous ne sommes pas en train de perdre du temps? Nous avons tous lu les articles de M. Stellar. On ne peut pas faire autrement, il est partout.

– Si vous n'y voyez pas d'inconvénient, Jeff, c'est exactement où je voulais en venir, mais d'une façon plus systématique, dit Trumbull. J'ai vu certains de ses articles et Manny dit qu'il a écrit plus d'une centaine de livres sur toutes sortes de sujets. La question est de savoir pourquoi et comment.

Le banquet mensuel des Veufs Noirs en était à sa phase terminale, au cours de laquelle l'invité était cuisiné. C'était un processus qui était censé se dérouler selon les règles simples et ordinaires d'un interrogatoire judiciaire, ce qui n'était jamais le cas. Le fait qu'il dégénérait si souvent en chaos était une cause de profonde irritation pour Trumbull, l'expert en codes secrets du club, dont le rêve était de conduire cet interrogatoire à la manière d'un conseil de guerre.

– Alors, allons-y, monsieur Stellar, dit-il. Pourquoi diable écrivez-vous tant de livres sur des sujets aussi variés?

– Parce que ça rapporte, dit Stellar. C'est plus intéressant de ne pas se spécialiser. La plupart des écrivains sont des spécialistes, ils sont forcés de l'être. Manny Rubin est un spécialiste, il écrit des romans policiers – quand il veut bien se donner la peine d'écrire.

La maigre barbe de Rubin trembla et ses yeux s'agrandirent d'indignation derrière ses verres épais.

– Il se trouve que j'ai publié plus d'une quarantaine de livres et ce ne sont pas tous des romans policiers. J'ai publié des récits sur le sport, des confessions, des œuvres d'imagination... commença Rubin en comptant sur ses doigts.

– Bon, principalement des romans policiers, rectifia complaisamment Stellar. Moi, j'essaie de ne pas me spécialiser. J'écris sur tous les sujets qui me tentent. Ça rend ma vie plus intéressante dans la mesure où je ne me limite pas. En outre, ça me permet de rester à l'écart des aléas de la mode. Si un genre d'article n'est plus apprécié, qu'importe? J'écris autre chose.

Roger Halsted passa la main sur son front lisse et dégarni et dit :

– Mais comment procédez-vous? Est-ce que vous avez des heures particulières pour écrire?

– Non, dit Stellar. J'écris quand j'en ai envie. Mais j'en ai tout le temps envie.

– En fait, vous êtes écrivain par nécessité, dit Rubin.

– Je ne l'ai jamais nié, dit Stellar.

– Mais créer sans arrêt ne fait pas bon ménage avec l'inspiration artistique, dit Gonzalo. Est-ce que ça vient tout seul? Est-ce que vous retravaillez ce que vous avez écrit?

Stellar baissa la tête et parut un instant fixer son verre de brandy. Il l'écarta et dit :

– Tout le monde semble beaucoup se soucier de l'inspiration. Vous êtes un artiste, monsieur Gonzalo. Si vous attendiez l'inspiration, vous mourriez de faim.

– C'est parfois ce qui m'arrive de toute façon, dit Gonzalo.

– J'écris, un point c'est tout, dit Stellar avec quelque impatience. Ce n'est tout de même pas si difficile. J'ai un style simple, direct, sans fioritures, donc je n'ai pas besoin de perdre mon temps à trouver des formules brillantes. Je présente mes idées dans un ordre logique et clair parce que j'ai un esprit logique et clair. Et surtout, je bénéficie d'une certaine sécurité. Je sais que je vais vendre ce que j'écris et je ne me torture pas à chaque phrase pour savoir si le directeur de publication va aimer ou pas ce que je fais.

– Vous n'avez pas toujours été sûr de vendre vos productions, dit Rubin. Je suppose qu'il y a eu une époque où vous étiez débutant et où on vous a refusé des manuscrits, comme à tout le monde.

– C'est exact. En ce temps-là, écrire me prenait plus de temps et était plus difficile. Mais c'était il y a trente ans. Ça fait bien longtemps que je suis assuré d'être publié.

Drake tira sur sa moustache grise soignée et dit :

– Est-ce que maintenant, vous arrivez vraiment à placer tout ce que vous écrivez? Sans exception?

– A peu près tout. Mais pas toujours le premier jet. Parfois, on me demande de faire des rectifications et si c'est justifié, je modifie, sinon, je ne le fais pas. Et de temps à autre, au moins une fois par an, je crois, j'ai un texte qui est franchement refusé, dit Stellar avant de hausser les épaules; c'est le risque qu'on prend en étant indépendant. C'est la règle du jeu, on ne peut pas s'y soustraire.

– Que devient un texte qui est rejeté ou que vous n'avez pas voulu modifier? demanda Trumbull.

– J'essaie de le placer ailleurs. Un éditeur peut aimer ce qu'un autre n'aime pas. Si je ne peux le vendre nulle part, je le mets de côté. Un nouveau marché peut s'ouvrir. On peut un jour me demander d'écrire quelque chose sur ce sujet.

– Vous n'avez pas l'impression de vendre des produits avariés? dit Avalon.

– Non, pas du tout, dit Stellar. Un refus ne signifie pas forcément que votre article est mauvais. Ça veut simplement dire qu'un certain directeur de publication ne l'a pas trouvé à son goût. Un autre peut très bien le juger acceptable.

L'esprit de juriste d'Avalon aperçut une trouée dans laquelle il s'engagea :

– En suivant ce raisonnement, on pourrait dire que si un éditeur aime, achète et publie l'un de vos articles, ce n'est pas nécessairement la preuve que l'article est bon.

– Exactement, si on s'en tient à chaque cas pris isolément, dit Stellar. Mais si ça se reproduit tout le temps, l'évidence joue en votre faveur.

– Que se passe-t-il si tout le monde refuse un article? demanda Gonzalo.

– Ça n'arrive presque jamais, mais si je suis fatigué de soumettre un article, il y a des chances pour que je l'englobe dans autre chose. Tôt ou tard, j'écris quelque chose sur un sujet voisin et j'incorpore des passages de l'article dans le nouveau. Je ne laisse jamais rien perdre.

– Dans ce cas, tout ce que vous écrivez arrive à être publié d'une manière ou d'une autre, c'est ça? dit Gonzalo en secouant légèrement la tête, visiblement admiratif.

– C'est à peu près ça, dit Stellar avant de froncer les sourcils. Sauf, bien entendu, quand vous traitez avec un directeur de publication stupide qui vous achète quelque chose et qui ne le publie pas.

– Oh! ça vous est déjà arrivé? dit Rubin. Le magazine a dû fermer boutique?

– Non, il est tout à fait florissant. Je ne vous ai jamais raconté ça?

– Non, je ne m'en souviens pas.

– Il s'agit de Bercovich. Vous lui avez déjà vendu quelque chose?

– Joel Bercovich?

– Vous croyez qu'il existe deux directeurs de publication qui portent ce nom? Bien entendu, Joel Bercovich!

– Oui, bien sûr. Il éditait la revue *Mystery Story* il y a quelques années. Je lui ai vendu quelques petites choses. Je déjeune encore avec lui de temps en temps. Il ne s'occupe plus de littérature policière.

– Je le sais bien. Il publie le magazine *Way of Life*. L'un de ces trucs accrocheurs qui sortent en ce moment pour essayer d'attirer des lecteurs qui ont l'ambition de devenir riches.

– Ça suffit! Ça suffit! s'écria Trumbull. La conversation dévie. Revenons à notre interrogatoire.

– Non, attendez, dit Stellar en agitant la main vers Trumbull d'un air visiblement embêté. On m'a demandé si tout ce que j'écrivais était publié et je veux y répondre, parce que ça fait intervenir quelque chose qui m'agace prodigieusement et que j'aimerais bien vous raconter pour me soulager un peu.

– Je crois qu'il en a parfaitement le droit, Tom, dit Avalon.

– Bon, alors allez-y, mais n'y passez pas toute la nuit, dit Trumbull en rechignant.

Stellar se soumit d'un air chagrin et dit :

– J'ai fait la connaissance de Bercovich à une soirée. Je ne me rappelle même pas en quel honneur elle était donnée, ni vraiment qui y participait. Mais je me souviens de Bercovich parce qu'à cette occasion, nous avons traité une affaire. J'étais avec Gladys, ma femme, et Bercovich était également avec sa femme, et il y avait je crois huit autres couples. C'était une soirée très mondaine.

» En fait, c'était tout à fait mondain et tout à fait mortel. On n'était pas obligé de porter un smoking, ils n'étaient tout de même pas allés jusque-là, mais c'était très cérémonieux. Le service était lent, le dîner assez mauvais et la conversation constipée. Je trouvais ça horrible... Dites donc, Manny, qu'est-ce que vous pensez de Bercovich?

Rubin haussa les épaules.

– C'est un directeur de publication, ce qui n'est vraiment pas un point en sa faveur, mais j'en ai connu de pires. Il n'est pas idiot.

– Ah bon? A vrai dire, je dois reconnaître que ce jour-là, il me semblait correct. J'avais vaguement entendu parler de lui, mais lui me connaissait, bien sûr.

– Bien sûr, voyons! dit Rubin en faisant tourner son verre vide entre ses doigts.

– Eh bien, oui, figurez-vous, dit Stellar d'un ton indigné. C'est tout l'intérêt de l'histoire, le fait qu'il me connaissait. Sinon, il ne m'aurait pas demandé un article. Après le dîner, il s'est approché de moi pour me dire qu'il avait lu mes trucs et qu'il les admirait. Je me suis contenté de sourire en hochant la tête. Et puis, il m'a demandé : « Qu'est-ce que vous pensez de cette soirée? »

» Je lui ai dit prudemment : « Oh, c'est un peu lent à démarrer », parce que pour ce que j'en savais, il pouvait bien être l'amant de la maîtresse de maison et que je ne voulais pas me montrer inutilement agressif.

» Il a dit : « Moi, je pense que c'est vraiment un fiasco. C'est trop guindé et ça ne reflète pas la vie américaine moderne. » Et a ajouté : « Écoutez, je suis le directeur d'une nouvelle revue, *Way of Life*, et je me demandais si vous accepteriez d'écrire un article sur les conventions mondaines. Si vous pouviez nous remettre, disons, deux mille cinq cents à trois mille mots, ce serait parfait. Vous auriez carte blanche et vous pourriez aborder le sujet à votre convenance, mais il faudrait que le ton soit léger. »

» Bon, ça me semblait intéressant, je le lui ai dit, on a débattu du prix et je lui ai dit que j'essaierais de le faire. Il m'a demandé si je pouvais le lui remettre dans trois semaines et je lui ai répondu : peut-être. Il semblait très pressé de l'avoir.

– Quand s'est passé tout cela? demanda Rubin.

– Il y a environ deux ans.

– Oui, oui! C'est à peu près au moment où le magazine a été lancé. J'y jette un coup d'œil de temps en temps. C'est très prétentieux et ça ne vaut pas la peine de dépenser son argent. Mais je n'y ai jamais vu votre article.

– Évidemment, dit Stellar d'un ton mauvais.

– Ne me dites pas que vous ne l'avez pas écrit, dit Gonzalo.

– Bien entendu, que je l'ai écrit. Il se trouvait sur le bureau de Bercovich une semaine plus tard. C'était un article très facile à faire et il était bon. Il était légèrement satirique et j'y avais inclus plusieurs exemples de conventions stupides pour pouvoir décocher mes flèches. En fait, je décrivais même un dîner comparable à celui auquel nous avions assisté.

– Et Bercovich l'a refusé? demanda Gonzalo.

Stellar lança un regard noir à Gonzalo.

– Il ne l'a pas refusé. Une semaine plus tard, j'avais mon chèque.

– Eh bien, alors, à quoi rime tout ceci? dit Trumbull avec impatience.

– Il ne l'a jamais imprimé, s'écria Stellar. Cet idiot le garde sous le coude depuis bientôt deux ans. Il ne l'a pas publié et il ne l'a même pas mis sur son calendrier de publication.

– Et alors, qu'est-ce que ça peut faire du moment qu'il vous l'a payé? dit Gonzalo.

Stellar le fusilla à nouveau du regard.

– Vous ne croyez tout de même pas que je me contente de vendre mes articles une seule fois? En général, je me fais encore un peu d'argent en les replaçant ici et là. Et puis, je publie des recueils d'articles. Et je ne pourrai pas y inclure celui-ci tant qu'il ne sera pas publié.

– Ça ne doit sûrement pas représenter une somme très importante, dit Avalon.

– Non, reconnut Stellar, mais ce n'est pas négligeable non plus. En outre, je ne comprends pas ce qu'il attend. Il avait l'air pressé de l'avoir. Quand je le lui ai apporté, il en bavait. Il m'a dit : « Bon, bon. Je vais pouvoir demander à un dessinateur d'y travailler et on aura le temps d'obtenir des illustrations bien senties. » Et puis, rien. On aurait pu penser qu'il ne l'avait pas aimé. Mais alors, dans ce cas, pourquoi l'avait-il acheté?

Halsted tendit sa tasse pour avoir encore un peu de café et Henry lui en servit.

– Il l'a peut-être acheté dans le but de se concilier vos bonnes grâces, pour ainsi dire, et de s'assurer que vous écririez d'autres articles pour lui, même si celui que vous lui avez remis ne lui semblait pas assez bon, dit Halsted.

– Oh non!... Oh! ça non, dit Stellar. Manny, dites à ces innocents que les directeurs de publication ne font jamais ça. Ils n'ont pas suffisamment de crédits pour acheter de mauvais articles afin d'obtenir les bonnes grâces de quelqu'un. D'ailleurs, si un auteur remet un mauvais article, on n'a pas envie de se concilier ses bonnes grâces. Qui plus est, ce n'est pas en achetant un article et en le gardant sous le coude qu'on peut se faire bien voir.

– Bon, monsieur Stellar, dit Trumbull. On a écouté votre histoire et vous remarquerez que je ne vous ai pas interrompu. Alors pourriez-vous nous dire maintenant pourquoi vous nous l'avez racontée?

– Parce que je suis fatigué de la ressasser. Peut-être l'un de vous pourra-t-il y comprendre quelque chose. Pourquoi est-ce qu'il ne publie pas cet article? Manny, vous avez dit que vous lui aviez déjà vendu certaines choses. Est-ce qu'il a déjà bloqué un de vos articles?

– Non, dit Manny après une pause délibérée. Je ne me rappelle pas que le fait se soit produit. Mais bien sûr, Bercovich est passé par une mauvaise période.

– Comment ça?

– Vous avez dit que ce dîner avait eu lieu il y a deux ans, donc, c'était sa première femme que vous y aviez rencontrée. C'était quelqu'un d'un certain âge, n'est-ce pas, Mort?

– Je ne me souviens pas d'elle, dit Stellar. C'est la seule fois que je l'ai vue.

– S'il s'était agi de sa deuxième femme, vous vous en souviendriez. Elle a une trentaine d'années et elle est très belle. Sa première femme est morte il y a un an et demi. Elle était malade depuis longtemps, paraît-il, même si elle avait fait son possible pour le cacher. Je ne m'en étais moi-même jamais aperçu. Elle a eu une attaque cardiaque et Bercovich en a été très secoué. C'est à ce moment-là qu'il est passé par une sale période.

– Oh! Je l'ignorais. Mais il s'est tout de même remarié, n'est-ce pas?

– Oui, l'année dernière.

– Avec une jolie femme qui l'a consolé, n'est-ce pas?

– La dernière fois que je l'ai vu, comme ça, en

passant, il y a environ un mois, il avait l'air d'aller très bien.

– Bon, alors, pourquoi est-ce qu'il garde toujours mon article? dit Stellar.

Avalon dit d'un ton pensif :

– Avez-vous expliqué à M. Bercovich les avantages qu'aurait pour vous cette publication?

– Il les connaît, il est directeur de publication, dit Stellar.

– Dans ce cas, poursuivit Avalon sur le même ton pensif, il se peut qu'en deuxième lecture, il ait trouvé des choses qui ne lui plaisaient pas et qu'il se soit dit qu'il ne pouvait pas le publier tel quel. Il est peut-être embarrassé de l'avoir acheté et il ne sait pas comment vous le dire.

Stellar se mit à rire jaune.

– Les directeurs de publication ne sont pas embarrassés et n'ont pas peur de vous dire quoi que ce soit. S'il avait trouvé quelque chose qui ne lui allait pas en le relisant, il m'aurait appelé et il m'aurait demandé de le remanier. On m'a souvent demandé de faire des rectifications.

– Est-ce que vous les faites quand on vous le demande? dit Gonzalo.

– Je vous l'ai déjà dit... Quelquefois, quand ça me paraît sensé, dit Stellar.

James Drake hocha la tête, comme s'il s'était attendu à cette réponse, et il dit :

– Et ce directeur de publication ne vous a jamais demandé de faire la moindre modification?

– Non, lâcha Stellar d'un ton agacé avant d'ajouter presque tout de suite : A vrai dire, si, une fois! Une fois où je l'avais appelé pour lui demander s'il avait prévu de le publier bientôt. Je commençais à avoir les nerfs en boule. Il m'a demandé s'il pouvait couper légèrement parce que certains endroits lui paraissaient un peu délayés.

Je lui ai demandé ce qui pouvait bien être un peu délayé parce que je savais que ce n'était pas le cas, et il a été vague. J'étais alors tellement en rogne que je lui ai répondu que je ne voulais pas qu'on touche à un seul mot. Ou bien il le publiait tel quel ou bien il pouvait me le renvoyer.

– Et je suppose qu'il ne vous l'a pas renvoyé, dit Drake.

– Non. Mince alors, je lui ai même proposé de le racheter, vous m'entendez? Je lui ai dit : « Renvoyez-le-moi, Joel, et je vous rendrai l'argent. » Il m'a dit : « Allons, Mort, ce n'est vraiment pas nécessaire. Je suis content de l'avoir dans mes tiroirs même si je ne m'en sers pas tout de suite. » Sombre idiot. A quoi ça nous avance, lui et moi, que ça soit dans ses tiroirs?

– Il l'a peut-être perdu et il ne veut pas l'avouer, dit Halsted.

– Il n'y a aucune raison de ne pas l'avouer, dit Stellar. J'ai un double. Deux doubles, en fait. Et même si je ne voulais pas me séparer des carbones dans l'optique d'une publication de recueil, ce n'est pas un problème de faire des photocopies de nos jours.

Il y eut un silence autour de la table, Stellar fronça les sourcils et poursuivit :

– Vous savez, il m'a effectivement demandé un jour si j'avais gardé un carbone. Je ne me rappelle plus quand. C'était une des dernières fois où je l'ai appelé. Il m'a dit : « A propos, Mort, vous avez un carbone? » Juste comme ça, « à propos », comme si ça lui venait tout d'un coup à l'esprit. Je me rappelle avoir pensé qu'il était stupide. Comment pouvait-il s'attendre à ce qu'un auteur qui a autant d'expérience que moi n'ait pas gardé un double? Je me suis dit à ce moment-là qu'il cherchait peut-être un moyen pour me dire qu'il avait égaré le manuscrit, mais il n'a rien dit de tel. Je lui ai dit que j'avais un double et il a abandonné le sujet.

– Il me semble que vous vous donnez beaucoup de mal pour pas grand-chose, dit Trumbull.

– Sans doute, dit Stellar, mais ça m'embête quand même. Je fais des fiches sur mes articles. Il le faut bien. Et celle de cet article se trouve dans le fichier « à publier » depuis si longtemps que je peux la reconnaître rien qu'à ses bords qui sont tout noirs depuis le temps que je la feuillette. C'est assez irritant. Pourquoi m'a-t-il demandé si j'avais un double? S'il avait perdu le manuscrit, pourquoi ne pas l'avoir dit? Et s'il ne l'avait pas perdu, pourquoi me parler du double?

Henry, qui se tenait près du buffet, comme à son habitude une fois le repas terminé et la table desservie, intervint :

– Puis-je faire une suggestion, messieurs?

– Bon Dieu, Henry, ne me dites pas que cette histoire insensée signifie quelque chose pour vous? dit Trumbull.

– Non, monsieur Trumbull, dit Henry. J'ai bien peur de ne pas mieux comprendre que tous ceux qui sont ici. J'ai seulement pensé qu'il était possible que M. Bercovich ait eu l'intention de dire à M. Stellar que son manuscrit était perdu... mais peut-être uniquement si M. Stellar lui avait dit qu'il ne possédait pas de double. Le fait que M. Stellar avait bien un double rendait peut-être la perte, ou la destruction du manuscrit inutile.

– Sa destruction? s'exclama Stellar d'une voix que l'indignation rendait aiguë.

– Voulez-vous que nous considérions ce qui arriverait s'il publiait ce manuscrit, monsieur? dit Henry.

– Il serait imprimé et les gens le liraient, dit Stellar. Et c'est bien ce que je souhaite.

– Et si M. Bercovich l'avait refusé?

– Dans ce cas, je l'aurais vendu ailleurs, mince alors, et il aurait quand même été imprimé et les gens l'auraient lu.

– Et s'il vous l'avait retourné soit parce que vous auriez refusé de le remanier soit parce que vous l'auriez racheté, vous l'auriez alors vendu ailleurs, il aurait été imprimé et les gens l'auraient lu.

– Et comment!

– Mais supposons, monsieur Stellar, que ce directeur de publication l'ait acheté, ce qui est le cas, sans le faire paraître. Pouvez-vous le vendre ailleurs?

– Bien sûr que non. Il n'est plus à moi. *Way of Life* en a acquis les droits de première publication, ce qui veut dire qu'ils sont les seuls à pouvoir en disposer avant toute autre utilisation. Jusqu'à ce qu'ils le publient, ou jusqu'à ce qu'ils m'annoncent officiellement qu'ils renoncent à ce droit, je ne peux le vendre nulle part.

– Dans ce cas, monsieur Stellar, vous n'avez pas l'impression que le seul moyen pour M. Bercovich d'empêcher l'article d'être lu est d'agir exactement comme il l'a fait?

– Est-ce que vous essayez de me dire qu'il ne veut pas qu'on le lise, Henry? demanda Stellar avec une incrédulité nettement perceptible dans la voix. Alors, pourquoi m'aurait-il demandé de l'écrire, nom de Dieu?

– Il vous a demandé d'écrire un article, monsieur, dit Henry. Il ne savait pas exactement ce que vous alliez écrire avant de voir votre manuscrit. Ne serait-il pas possible qu'après avoir lu l'article que vous avez effectivement rédigé, il se soit rendu compte qu'il ne voulait pas qu'on le lise et qu'il ait pris la seule disposition susceptible d'en empêcher la publication, définitivement peut-être? Il ne s'attendait sûrement pas à ce que vous soyez du genre à aller le harceler pour si peu de chose.

Stellar leva les bras en l'air, la paume de ses mains dirigée vers le ciel, et regarda les Veufs Noirs avec une exaspération quelque peu ironique.

– Je n'ai encore jamais rien entendu de si ridicule, dit-il.

– Monsieur Stellar, vous ne connaissez pas Henry aussi bien que nous, dit Avalon. Si telle est son opinion, je vous engage à la prendre au sérieux.

– Mais pourquoi Joel voudrait-il détruire ou enterrer cet article? Il s'agit de quelque chose de parfaitement inoffensif.

– Je n'ai fait que suggérer une explication possible pour ce qui se passe depuis deux ans, dit Henry.

– Mais votre explication n'explique rien, Henry. Elle n'explique pas pourquoi il ne veut pas que l'article soit lu.

– Vous avez dit qu'il vous avait demandé la permission de faire quelques coupures et que vous la lui aviez refusée. Si vous aviez accepté, il l'aurait peut-être changé de manière à le rendre réellement inoffensif et il l'aurait publié.

– Mais qu'est-ce qu'il voulait supprimer?

– J'ai bien peur de ne pas le savoir, monsieur Stellar, mais j'ai cru comprendre qu'il voulait s'en charger. Il voulait peut-être ainsi ne pas attirer votre attention sur le passage qu'il voulait modifier.

– Mais s'il avait lui-même supprimé quelque chose, j'aurais pu m'en rendre compte en lisant l'article publié, dit Stellar.

– Est-ce que vous auriez relu l'article publié en le comparant phrase par phrase au manuscrit original, monsieur?

– Non, reconnut Stellar à contrecœur.

– Et quand bien même vous l'auriez fait, monsieur, il y aurait eu un certain nombre de modifications mineures et vous n'auriez eu aucune raison de supposer qu'un changement était plus significatif qu'un autre.

– Vous savez, Henry, ce mystère est encore plus curieux que le premier, dit Stellar. Qu'est-ce que j'ai bien pu dire pour l'inquiéter?

– Je ne peux pas vous le dire, monsieur Stellar, dit Henry.

Avalon s'éclaircit la voix en prenant son plus beau style d'avocat et déclara :

– C'est vraiment dommage que vous n'ayez pas amené une copie de votre manuscrit, monsieur Stellar. Vous auriez pu nous la lire et nous aurions peut-être pu repérer le passage critique. Du moins, je suis sûr que ça nous aurait divertis.

– Qui aurait pu prévoir que nous parlerions de ça? dit Stellar.

– Si votre femme est à la maison, nous pourrions l'appeler pour qu'elle lise l'article à Henry au téléphone, s'empressa de dire Gonzalo. Le club peut se permettre de payer la communication.

Henry semblait perdu dans ses pensées. Il dit alors lentement, comme si une idée avait fait surface dans son esprit mais qu'il en était encore à se parler tout seul :

– Il doit sûrement s'agir de quelque chose de personnel. Si les critères du bon goût avaient été violés, si la politique de la rédaction avait été mise en cause, il s'en serait aperçu immédiatement et il aurait demandé des modifications bien précises. Même s'il avait acheté l'article après une lecture hâtive et n'avait découvert ces erreurs qu'ensuite, il n'aurait eu aucune raison d'hésiter à demander les changements qui s'imposaient. Serait-il possible qu'un de ses supérieurs ait interdit la parution et que M. Bercovich soit gêné de vous en informer?

– Non, dit Stellar. Un directeur de publication à qui on ne donne pas carte blanche ne reste généralement pas à son poste. Et si par hasard Bercovich n'avait pas le cran de partir, il ne serait que trop heureux de profiter d'une telle excuse pour me retourner le manuscrit. Il ne le conserverait certainement pas.

– Dans ce cas, dit Henry, il doit s'agir de quelque chose de personnel. De quelque chose qui a pour lui une signification, une signification embarrassante, terrifiante.

– Il n'y a rien de tel là-dedans, insista Stellar.

– Peut-être pas pour vous ou pour quelqu'un d'autre, mais seulement pour M. Bercovich.

– Dans ce cas, pourquoi Bercovich s'en soucierait-il? interrompit Drake.

– Peut-être parce que si on y prêtait attention, on y trouverait une certaine signification, dit Henry. C'est pourquoi il n'osait même pas dire à monsieur Stellar quel était le passage qu'il voulait couper.

– Vous ne cessez d'inventer des « peut-être », marmonna Stellar. Je n'y crois pas.

– Moi, j'y crois, dit brusquement Gonzalo. Henry ne s'est pas souvent trompé et jusqu'ici, personne n'a suggéré d'autre théorie permettant d'expliquer pourquoi l'article n'a pas été publié.

– Mais nous discutons dans le vide, dit Stellar. Quel est le passage mystérieux qui embête Joel?

– Vous vous rappelez peut-être quelque allusion personnelle, car c'est bien de cela qu'il doit s'agir, dit Henry. N'avez-vous pas dit que vous aviez inclus dans votre article le récit d'un dîner qui ressemblait à celui auquel vous aviez assisté et qui avait donné l'idée à M. Bercovich de vous demander d'écrire un article?

– Ah, j'y suis! dit Gonzalo. Vous avez décrit le dîner d'une manière trop précise, mon vieux, et le directeur de publication a eu peur que celui qui l'avait donné ne s'aperçoive qu'il s'agissait de lui et ne soit vexé. C'est peut-être un vieil ami de l'éditeur et le directeur de publication a eu peur de se faire virer si l'article était publié.

– Premièrement, je ne suis pas un novice, dit Stellar sans faire le moindre effort pour dissimuler son mépris. Je n'écris rien qui puisse provoquer des poursuites ou être gênant. Je vous assure que j'ai transformé ce dîner de telle sorte que personne ne pourrait raisonnablement y voir une allusion précise. J'ai modifié tous les éléments importants et je n'ai pas cité de noms. D'ailleurs, si quelque chose m'avait échappé et avait été trop transparent, pourquoi ne me l'aurait-il pas dit? On peut changer ce genre de choses en un tournemain.

– Ce pouvait être quelque chose d'encore plus personnel, dit Henry. Il était présent à ce dîner avec sa femme. Qu'avez-vous écrit à leur sujet?

– Rien! dit Stellar. Vous n'imaginez tout de même pas que j'allais ridiculiser le directeur de publication à qui j'allais soumettre mon article? Accordez-moi au moins ça! Je ne l'ai évoqué sous aucun nom, sous aucun masque. Je n'ai pas fait allusion à ce qu'il a fait ou à ce qu'il a dit.

– Et à sa femme non plus, monsieur? dit Henry.

– Et à sa femme... Attendez, elle a pu m'inspirer un petit dialogue, mais bien entendu, je ne l'ai pas nommée, je ne l'ai décrite en aucune manière. C'était complètement insignifiant.

– C'est quand même peut-être de ça qu'il

s'agit, dit Avalon. Son souvenir était trop douloureux. Elle venait de mourir et il ne pouvait se résoudre à publier un article qui lui rappelait la... la...

– Si vous voulez terminer votre phrase par « la chère disparue », j'abandonne, dit Stellar. C'est de la foutaise, monsieur Avalon. Avec tout le respect que... non, sans respect, c'est de la foutaise. Pourquoi ne pas m'avoir demandé de retirer une ou deux phrases si ça réveillait en lui des souvenirs pénibles? Je l'aurais fait.

– Ce n'est pas parce que je me suis exprimé d'une manière sentimentale que ça ne peut pas être significatif, monsieur Stellar. S'il ne vous l'a pas dit, c'est peut-être parce qu'il se sentait honteux. Dans notre civilisation, le chagrin causé par la disparition d'une personne aimée prête à rire. Vous venez d'ailleurs de vous en moquer. Et pourtant, il peut être très profond.

– Manny a dit qu'elle était morte il y a un an et demi, dit Stellar. Ce qui veut dire au moins six mois après la rédaction de mon article. Il aurait eu largement le temps de le faire paraître, compte tenu de son empressement à convenir d'une date à laquelle il fallait que je le lui remette. Et il y a un an et demi qu'il a épousé une jolie femme... Allons, combien de temps reste-t-on à pleurer un amour perdu quand on en a trouvé un autre?

– Ça pourrait nous aider si monsieur Stellar pouvait nous donner le contenu du passage en question, dit Henry.

– Oui, dit Gonzalo, appelez donc votre femme et dites-lui de le lire à Henry.

– C'est inutile, dit Stellar qui venait à grand-peine de détourner le regard blessé qu'il avait dirigé sur Avalon. J'ai relu ce fichu machin il y a une quinzaine de jours, pour la cinquième fois, au moins, et je l'ai encore présent à l'esprit. Voilà de quoi il était question : on venait de servir le rôti avec une lenteur d'escargot et j'attendais que les autres soient servis avant de commencer. Quelques personnes ne se souciaient pas autant de savoir-vivre que moi et étaient déjà en train de manger. Finalement, j'ai craqué, j'ai mis du sel sur ma viande et j'allais l'attaquer quand j'ai remarqué que Mme Bercovich, qui se trouvait à ma droite, n'avait pas encore été servie. Je l'ai regardée d'un air interrogateur et elle m'a dit qu'elle avait demandé quelque chose de spécial et que c'était long à arriver. Je lui ai proposé mon assiette et elle a dit : « Non merci, vous avez salé. » J'ai raconté le passage, sans citer de noms, juste pour en arriver à ma remarque amusante, que je me rappelle exactement, à savoir : « Elle était la seule parmi les convives à trouver à redire au sel; tous les autres trouvaient à redire à la viande. En fait, nous fûmes plusieurs à gratter le sel et à le manger avec ostentation. »

Personne ne rit à cette remarque amusante. Trumbull prit même la peine de simuler une nausée.

– Je ne vois vraiment rien de sentimental là-dedans, dit Halsted.

– C'est bien mon avis, dit Stellar, et ensuite, je n'ai plus reparlé d'elle, je n'ai pas cité de nom ni fait la moindre description d'elle, ni de Joel non plus.

– Pourtant, monsieur Rubin a dit qu'elle était morte d'une attaque, ce qui est un terme générique pour désigner tous les problèmes de circulation, dit Henry. Elle aurait pu avoir de sérieux problèmes de tension et suivre un régime sans sel.

– Ce qui expliquerait pourquoi elle a refusé la viande de Stellar, qui était salée, dit Gonzalo. Vous avez raison!

– Et pourquoi elle attendait qu'on lui apporte un plat spécialement préparé à son intention, dit Henry. Et M. Bercovich refuse désespérément qu'on en parle. Monsieur Rubin a dit que Mme Bercovich avait fait son possible pour dissimuler sa maladie. Très peu de gens savaient peut-être qu'elle suivait un régime sans sel.

– Pourquoi est-ce que Joel ne voudrait pas que ça se sache? dit Stellar.

– Je dois introduire un autre « peut-être », monsieur. M. Bercovich était peut-être las d'attendre et attiré par la femme qui est maintenant son épouse, il a profité de la situation. Il a peut-être subrepticement salé son repas, ou bien, si elle utilisait un succédané de sel, il a pu le remplacer, du moins partiellement, par du sel ordinaire...

– Vous voulez dire qu'il l'aurait tuée? l'interrompit Avalon.

Henry secoua la tête.

– Qui sait? Elle aurait pu mourir quand même à ce moment-là. Il peut cependant se dire qu'il a contribué à sa mort et il peut s'affoler à l'idée que quelqu'un pourrait le découvrir. Le simple fait qu'une femme refuse du sel à cette table peut à ses yeux, clamer sa culpabilité...

– Mais je ne l'ai pas nommée, Henry, dit Stellar. Il n'y a aucun moyen de la reconnaître. Et même si quelqu'un découvrait qu'il s'agit bien d'elle, comment pourrait-il soupçonner quelque chose d'aussi incroyable?

– Vous avez parfaitement raison, monsieur Stellar, dit Henry. La seule raison qui nous a amenés à soupçonner M. Bercovich tient à sa conduite étrange par rapport à votre article, et non à l'article lui-même... Mais, vous savez, nous pouvons nous fonder sur la Bible pour dire que les méchants fuient quand nul ne les poursuit.

Stellar réfléchit un instant puis dit :

– Tout ça, c'est bien possible, mais ça ne va pas faire paraître mon article.

Il sortit un carnet d'adresses noir, l'ouvrit à la page des B, puis regarda sa montre.

– Ce n'est pas la première fois que je l'appelle chez lui et il n'est pas tout à fait dix heures, c'est encore une heure raisonnable.

Avalon l'arrêta avec un geste de la main d'une autorité impressionnante.

– Un instant, monsieur Stellar. Je vous fais confiance pour ne pas rapporter à votre directeur de publication ce que nous avons dit ici. Premièrement, c'est strictement confidentiel, et deuxièmement, ce serait de la diffamation. Vous ne seriez pas à même de prouver ce que vous avancez et vous pourriez avoir de sérieux ennuis.

– Je voudrais bien que tous autant que vous êtes, vous fassiez confiance à un écrivain expérimenté pour parfaitement savoir ce que sont la diffamation et la calomnie, dit Stellar avec impatience. Y a-t-il un téléphone à portée de la main, Henry?

– Oui, monsieur, dit Henry. Je vais vous en mettre un sur la table. Puis-je également vous recommander la prudence?

– Ne vous inquiétez pas, dit Stellar en composant le numéro, puis il attendit un instant et dit : « Allô, madame Bercovich? C'est Mort Stellar, un des auteurs du magazine de votre mari. Puis-je parler à Joel?... Oh, bien sûr, je vais attendre. »

Tandis qu'il attendait, il gardait les yeux fixés sur le téléphone.

– Allô, Joel, excusez-moi de vous appeler chez vous mais je repensais à mon article sur les mondanités. Vous n'avez pas encore de date de publication?... Bon, très bien, je n'ai pas envie d'attendre éternellement simplement parce que je ne veux pas céder. Vous pouvez le raccourcir si vous voulez... Oh, bien sûr, c'est d'accord... Non, Joel, un instant, non. Je ne veux pas que vous le fassiez. Il y a des choses que je veux personnellement couper, et peut-être que ça vous conviendra... Par exemple, cette remarque sur le fait de manger le sel au lieu de la viande n'est pas drôle du tout, à la réflexion... Oui, c'est ça. Supposez que je supprime le passage où la femme refuse la viande salée. Vous publierez l'article si je supprime ça?

Il y eut une pause à ce moment précis, puis Stellar leva les yeux vers les autres en faisant un grand sourire. Après quoi il dit :

– D'accord, Joel... Bien sûr que je peux. Que diriez-vous de onze heures?... Entendu, à bientôt.

Stellar prit l'air suffisant.

– Ça l'a assis. Il m'a répété le passage en question. N'allez pas me dire qu'il pourrait se souvenir d'un passage bien précis d'un article qu'il a acheté il y a deux ans, comme ça, au pied levé, si ça n'avait pas une signification particulière pour lui. Après tout, je parie que vous avez raison, Henry... Bon, eh bien, je vais supprimer ces lignes. Le principal, c'est que je puisse publier mon article.

Avalon fronça les sourcils et dit avec une dignité appuyée :

– Je dirais plutôt que sur le plan de la morale, ce qui compte surtout, c'est que quelqu'un ait pu tenter de tuer sa femme, qu'il a peut-être réussi à le faire, et qu'il ne lui arrivera rien.

– Ne vous laissez pas gagner par une déception pétrie de vertu, Jeff, dit Trumbull. Si Henry ne s'est pas trompé, il n'y a aucun moyen de prouver qu'il a fait quoi que ce soit. Même s'il avait bien trafiqué avec le sel, rien ne dit que c'est ce qui l'a tuée. Alors, que faire? Que faut-il que nous fassions? Ce qui compte vraiment, c'est ce que Stellar a déjà obtenu. Grâce à lui, cet homme a connu deux ans d'agonie, tout d'abord à cause de la rédaction de l'article, et ensuite parce que Stellar revenait sans cesse à la charge pour essayer de le faire publier.

– Ce qui compte vraiment, monsieur, c'est qu'à la suite de tout ceci, M. Bercovich sera découragé de tenter de semblables expériences à l'avenir, dit Henry. Après tout, il a maintenant une seconde femme, et il pourrait également se lasser d'elle.

Remarque

On me demande parfois si j'ai servi de modèle à l'un des membres du club des Veufs Noirs. La réponse est : Non! Absolument pas!

Certains se sont dit que l'auteur se dissimulait sous le masque de Manny Rubin, ce bavard, ce je-sais-tout. Absolument pas! Il rappelle en fait quelqu'un d'autre, un de mes amis très chers (bavard et je-sais-tout).

Dans « Quand nul ne les poursuit » (qui a été publié pour la première fois dans le numéro de mars 1974 d'*Ellery Queen's Mystery Magazine*) j'ai pris la liberté de me mettre en scène sous les traits de l'invité. Mortimer Stellar est aussi proche que possible de mon apparence physique, de ma profession, de mes attitudes, etc.

Une fois la nouvelle écrite, je l'ai montrée à Janet, ma femme, et je lui ai demandé si elle trouvait que j'avais bien cerné ma personnalité. Elle m'a dit : « Mais le personnage que tu as créé est arrogant, vaniteux, affreux, mesquin et complètement égocentrique. »

Je lui ai répondu : « Tu vois un peu comme j'ai bien réussi ! »

Et elle m'a dit : « Mais tu n'es pas du tout comme Mortimer Stellar. Tu es... » Et elle a énoncé un chapelet d'aimables adjectifs que je ne vous imposerai pas pour ne pas vous ennuyer.

« Qui l'eût cru ? » ai-je dit et j'ai laissé l'histoire telle quelle.

A propos, dans la mesure où j'apparais dans le récit, je ferais mieux de m'assurer qu'on n'en tirera pas de conclusions hâtives. J'ai effectivement assisté à d'horribles grands dîners et à la demande d'un directeur de publication, j'ai bien écrit un article intitulé *My Worst Meal* (Mon plus horrible repas), mais ce directeur de publication est adorable, il a très vite publié mon article et il ne ressemble ni en paroles, ni en pensées, ni en actes, à Bercovich.

EN UN CLIN D'ŒIL

Thomas Trumbull, qui déchiffrait des codes secrets pour le gouvernement, était visiblement mal à l'aise. Son visage tanné et ridé était figé en une expression soucieuse. Il annonça :

– C'est quelqu'un du service. En fait, c'est mon supérieur hiérarchique. C'est bougrement important, mais je ne veux pas qu'Henry se sente tendu.

En murmurant ces mots, il ne put s'empêcher de jeter par-dessus son épaule un bref coup d'œil à Henry, le serveur des banquets mensuels des Veufs Noirs. Henry, qui comptait quelques années de plus que Trumbull, n'avait pas une seule ride, et tout en mettant prestement la table, il semblait fort paisible et n'avait absolument pas l'air de remarquer que les cinq Veufs Noirs parlaient à voix basse, à l'autre bout de la pièce. Ou s'il en était conscient, ce fait ne paraissait nullement l'inquiéter.

Geoffrey Avalon, l'avocat de haute taille spécialisé dans les brevets, avait, quelle que soit la situation, du mal à baisser le ton. Il réussit cependant à étouffer sa voix et dit, tout en plongeant un doigt dans son verre pour agiter le glaçon qui s'y trouvait :

– Comment allez-vous faire pour l'empêcher

de s'en apercevoir, Tom? Henry n'est pas idiot.

– Je ne suis pas sûr qu'un membre du gouvernement fédéral soit qualifié pour être notre invité, Tom, dit Emmanuel Rubin en détournant la conversation tandis que sa maigre barbe se hérissait furieusement et que ses yeux lançaient des éclairs derrière ses verres épais. Et je n'hésite pas à le dire, bien que vous apparteniez vous-même à cette catégorie. Quatre-vingts pour cent des impôts que je paye à Washington sont dépensés d'une manière que je réprouve fortement.

– Vous avez le droit de vote, non? dit Trumbull avec humeur.

– Ça me fait une belle jambe, avec les manipulations... commença Rubin en oubliant de baisser le ton.

Assez curieusement, ce fut Roger Halsted, le professeur de mathématiques, dont la voix paisible avait bien des difficultés à venir à bout d'une classe de collège, qui réussit à arrêter Rubin au milieu de ses vociférations. Il obtint ce résultat en appliquant une main ferme sur la bouche du petit bonhomme.

– Vous n'avez pas l'air très heureux que votre patron vienne parmi nous, Tom, dit Halsted.

– Je ne le suis pas, dit Trumbull. Ce n'est pas aussi simple que ça. Le fait est qu'on m'a attribué une grande part de mérite, en deux différentes occasions, pour des affaires qui avaient en réalité été débrouillées par Henry. Il fallait bien que j'accepte ce mérite, nom de Dieu, dans la mesure où ce que nous disons dans ces murs est confidentiel. Et maintenant, il vient de se produire quelque chose et tout le monde se tourne vers moi alors que je n'en sais pas plus que les autres. J'ai dû inviter Bob sans vraiment lui expliquer pourquoi.

James Drake, le spécialiste en chimie organique, toussa à cause de sa cigarette et tripota sa cravate fine retenue par une épingle représentant une tête de morse.

– Vous n'auriez pas un peu trop parlé de nos dîners par hasard, Tom?

– Je suppose qu'on peut voir les choses de cette manière. Mais ce qui m'inquiète, c'est Henry. Ça l'amuse quand il sait qu'il s'agit d'un jeu, mais si ça devient sérieux et si, en sentant que tout le monde est tendu, il ne veut pas... ou il ne peut pas...

– Alors vous aurez l'air de quoi, c'est ça, Tom? dit Rubin en glissant peut-être un brin de malice dans sa voix.

Avalon dit d'un air glacial :

– J'ai déjà dit, et je le répéterai encore, que ce qui n'était au départ qu'une occasion de se retrouver entre amis commence à devenir éprouvant pour nous tous. Est-ce que nous ne pourrions pas avoir au moins une réunion de temps en temps simplement pour le plaisir de converser entre amis?

– J'ai bien peur que ce ne soit pas pour aujourd'hui, dit Trumbull. Bon, voilà mon patron... Prenons tout ce que nous pouvons sur nos épaules pour soulager Henry au maximum.

Mais ce n'était que Mario Gonzalo qui montait bruyamment l'escalier. Il arrivait en retard, ce qui n'était pas dans ses habitudes, et il avait l'air resplendissant avec ses cheveux longs, sa veste pourpre sur une chemise rayée subtilement assortie, pour ne rien dire d'une écharpe méticuleusement arrangée afin de donner une impression de désinvolture.

– Je suis désolé d'être en retard, Henry... commença-t-il, mais sa boisson favorite était déjà dans sa main avant qu'il ne puisse en dire davantage. Merci, Henry. Désolé, les gars, j'ai eu du mal à trouver un taxi. Ça m'a mis de mauvais poil et quand le chauffeur a commencé à me faire un cours sur les crimes et délits du maire, je me suis disputé avec lui.

– Le Seigneur nous vienne en aide! dit Drake.

– Je me dispute toujours une fois sur dix quand j'entends ce genre d'idioties. Ensuite, il a réussi à se perdre pendant que je ne faisais pas attention, et il nous a fallu un bon moment pour mettre un terme à la discussion... Vous savez, il m'a sorti son couplet comme quoi les bénéficiaires de l'aide publique ne sont qu'une bande de paresseux, de pique-assiette et de fauteurs de troubles. Il a dit que quand on était honnête, on ne comptait pas sur la charité mais on travaillait pour gagner chaque sou. Alors je lui ai demandé ce que les malades, les vieux, les femmes avec des enfants en bas âge devenaient là-dedans et il a commencé à me dire que lui, il avait eu une vie difficile et que lui, il n'était jamais allé trouver personne pour demander la charité.

» Bref, je suis sorti du taxi et le prix de la course se montait à 4,80 dollars. C'était un bon demi-dollar de trop du fait qu'il s'était perdu, alors j'ai compté quatre dollars, j'ai passé un bon moment à trouver les quatre-vingts *cents*, et je lui ai tendu ça. Il a recompté, il a eu l'air surpris et je lui ai dit, la gueule enfarinée : « C'est ce que vous avez gagné. Vous voulez peut-être la charité, en plus? »

Gonzalo éclata de rire, mais personne ne se joignit à lui. Drake déclara :

– Vous avez joué un sale tour à ce pauvre type tout simplement parce que vous avez réussi à l'embringuer dans une discussion.

Avalon jeta un regard sévère du haut de sa silhouette longue et maigre et dit :

– Ce type aurait pu vous flanquer une raclée, Mario, et je ne lui aurais pas donné tort.

– Non, mais en voilà une fichue réaction! dit Gonzalo d'un ton blessé... et à ce moment précis, le patron de Trumbull arriva.

Trumbull le présenta à la ronde, en prenant un air inhabituellement réservé. L'invité s'appelait Robert Alford Bunsen et il était corpulent. Il avait un visage rose et ses cheveux blancs étaient rejetés en arrière et séparés par une raie au milieu démodée.

– Qu'est-ce que vous prendrez, monsieur Bunsen? dit Avalon en s'inclinant poliment.

Il était le seul à être plus grand que l'invité. Bunsen s'éclaircit la gorge.

– Je suis ravi de faire votre connaissance à tous. Non, non, j'ai déjà pris ma ration d'alcool aujourd'hui et je voudrais quelque chose qui n'ait pas beaucoup de calories. Un coca-cola diététique, garçon, dit-il en claquant des doigts pour appeler Henry. Si vous n'en avez pas, n'importe quoi de diététique.

Gonzalo écarquilla les yeux et Drake murmura avec philosophie, derrière la spirale de fumée qui s'élevait du mégot qu'il tenait entre ses doigts tachés de nicotine :

– Eh oui, il travaille pour le gouvernement!

– Quand même, marmonna Gonzalo. La courtoisie, ça existe. On ne claque pas des doigts comme ça. Henry n'est pas un péon.

– Vous êtes bien grossier avec les chauffeurs de taxi, dit Drake. Ce type est grossier avec les serveurs.

– Ça n'a rien à voir, dit Gonzalo en élevant la voix avec véhémence. C'était une question de principe.

Henry, qui n'avait pas manifesté le moindre ressentiment après avoir été traité de la sorte, apporta une bouteille de soda sur un plateau et la présenta solennellement à Bunsen.

– Oui, oui, ça ira très bien, dit Bunsen.

Henry l'ouvrit, en versa la moitié dans un verre

où il y avait des glaçons et attendit que la mousse s'évapore. Bunsen prit le verre et Henry reposa la bouteille.

Le dîner fut moins détendu qu'en certaines autres occasions. Le seul à ne pas modérer son ton parce que l'invité était un haut fonctionnaire, même peu connu, était Rubin. En fait, il en profita pour attaquer le gouvernement en la personne de son représentant, proclamant à haute voix que les boissons diététiques étaient l'unes des causes principales de l'obésité aux États-Unis.

– Parce qu'on en boit beaucoup et que les calories finissent par compter, même s'il n'y en a qu'une par bouteille? demanda Halsted avec autant de dérision qu'il put en mettre dans sa voix monocorde.

– Il y a plus d'une calorie par bouteille maintenant que les acides organiques ont été supprimés à la suite d'expériences fallacieuses sur des animaux, mais ce n'est pas là la question, dit vivement Rubin. Tout ce qui est diététique est mauvais sur le plan psychologique. Quelqu'un de trop gros qui prend une boisson diététique se sent littéralement déborder de vertu. Il a évité de consommer deux cents calories, alors il fête ça en reprenant du beurre et en absorbant trois cents calories. Le seul moyen de perdre du poids, c'est d'avoir faim. La faim vous indique que vous avez pris moins de calories que vous n'en dépensez...

– Oh! et après? marmonna Halsted, qui reconnaissait avoir un faible pour les plaisirs de la table.

– Mais il a bien raison, dit Bunsen en attaquant le veau Marengo avec appétit. Les boissons diététiques ne me font pas de bien, mais j'en aime le goût. Et je suis tout à fait d'accord pour examiner les choses sous leur angle psychologique.

Fronçant les sourcils, Gonzalo ne semblait pas suivre la conversation. Quand Henry se pencha pour lui verser du café, il lui demanda :

– Qu'est-ce que vous en pensez, vous, Henry? Je veux parler du chauffeur de taxi. Je n'ai pas eu raison?

– Un pourboire n'est pas vraiment la charité, monsieur Gonzalo, dit Henry. L'usage veut qu'on récompense le personnel de service avec un peu de monnaie et comparer cela à l'aide publique n'est peut-être pas tout à fait juste.

– Vous dites ça parce que vous... commença Gonzalo, puis il s'interrompit brusquement.

– Oui, j'en bénéficie de la même manière que les chauffeurs de taxi, mais malgré ce fait, je pense que mon jugement n'est pas erroné, dit Henry.

Gonzalo s'appuya au dossier de sa chaise, visiblement irrité.

– Messieurs, dit Trumbull en tapant sa fourchette contre son verre à eau vide tandis qu'Henry versait les digestifs, nous avons là une occasion intéressante qui se présente. M. Bunsen, qui est mon supérieur hiérarchique au gouvernement, a une petite énigme à nous soumettre. Voyons ce que nous pourrons en faire.

Il jeta à nouveau un bref coup d'œil à Henry qui avait replacé la bouteille de digestif dans le buffet et se tenait paisiblement à l'écart.

Bunsen s'essuya la bouche avec sa serviette et en haletant légèrement, il jeta lui aussi un regard inquiet en direction d'Henry. Trumbull se pencha pour lui dire :

– Henry est l'un des nôtres, Bob.

Puis il poursuivit :

– Bob Bunsen va vous présenter uniquement les grandes lignes de l'affaire pour que votre jugement ne soit pas troublé par des faits que vous n'avez pas besoin de connaître. Je resterai en dehors dans la mesure où j'en sais trop sur la question.

Halsted se pencha pour murmurer à Drake :

– Je crois que si ça ne marche pas, Tom aura des problèmes dans son service.

Drake haussa les épaules et dit sur un ton presque déclamatoire :

– C'est lui qui l'aura cherché!

Ayant sans nécessité déplacé la corbeille de pain (il avait un petit peu plus tôt empêché Henry de l'enlever), Bunsen commença :

– Je vais donc vous exposer ces grandes lignes. Il y a un homme. Appelons-le Smith. Nous voulons l'avoir, mais pas seulement lui. Il n'a pas beaucoup d'importance. Il agit avec intelligence, mais il ne compte pas beaucoup lui-même. Si nous l'attrapons, nous n'apprendrons rien de significatif et nous éloignerons ceux qui sont plus importants. Mais si nous pouvons nous servir de lui pour arriver à ces hommes plus importants...

– Nous avons tous compris, l'interrompit Avalon.

Bunsen s'éclaircit la gorge et prit un nouveau départ :

– Bien entendu, au début, nous n'étions pas sûrs que Smith était bien dans le coup. Ça semblait très probable, mais nous n'en étions pas sûrs. S'il faisait bien partie du réseau que nous voulions essayer de démanteler, nous nous sommes dit qu'il devait transmettre des renseignements dans un restaurant qu'il fréquentait régulièrement. Une partie de ce raisonnement se fondait sur la psychologie, ce que M. Rubin, j'imagine, doit approuver. Smith avait l'aspect et le vernis d'un fils de bonne familllle, il était assez mondain et ne faisait jamais d'impair en société. Sur cette base, nous...

Il s'interrompit pour réfléchir puis il dit :

– Non, je m'écarte du sujet et vous n'avez pas besoin de savoir tout ça. On lui a tendu un piège.

Il rougit un instant, de modestie, semblait-il, puis il poursuivit d'une voix ferme :

– Je lui ai tendu un piège qui était sacrément compliqué. Nous avons eu raison de sa prudence, ne me demandez pas comment, et nous avons réussi à nous retrouver avec un Smith qui avait quelque chose entre les mains à faire passer. C'était un renseignement qui n'était pas truqué et qui leur serait utile, mais pas trop. Pour nous, ça valait la peine de le perdre si nous pouvions gagner ce que nous espérions dans cette affaire.

Bunsen regarda autour de lui, s'éclaircit la voix, mais personne ne dit mot. Henry, qui se tenait près du buffet, avait l'air d'une paisible statue. Même la serviette qu'il tenait ne bougeait pas.

– Smith est entré dans le restaurant en ayant l'objet en question sur lui, dit Bunsen. Quand il en est ressorti, il ne l'avait plus. Nous savons par conséquent qu'il l'a transmis à quelqu'un. Ce que nous ignorons, c'est à quel moment, comment, et à qui il l'a fait passer. Nous n'avons pas pu localiser l'objet. Et maintenant, messieurs, à vous de poser des questions.

– Essayons de parler chacun à notre tour, dit Trumbull. Mario?

Gonzalo réfléchit pendant un moment puis haussa les épaules. Faisant tourner le pied de son verre entre le pouce et l'index, il demanda :

– A quoi ressemblait cet « objet », comme vous dites?

– Il mesurait deux centimètres et demi de large et il était plat, dit Bunsen. Il avait un reflet métallique, donc il était facile à repérer. Il était trop grand pour être avalé facilement, suffisamment lourd pour faire du bruit si on le laissait tomber, trop épais pour être dissimulé dans une fente du plancher, trop lourd pour pouvoir se coller facilement à quelque chose, et il n'était pas en métal, donc on n'a pas pu se servir d'aimants. L'objet, que je persiste à appeler ainsi, était soigneusement étudié pour être difficilement transmis ou caché.

– Mais qu'a fait votre homme dans ce restaurant? Il a mangé, je suppose.

– Oui, comme il le faisait toujours.

– Est-ce qu'il s'agissait d'un restaurant chic?

– D'un restaurant assez sophistiqué. Il y venait régulièrement.

– Je veux dire, est-ce qu'il y avait quelque chose de louche, dans ce restaurant?

– Pas à notre connaissance, bien qu'en général cela ne suffise pas pour qu'on ait une confiance aveugle, et croyez-moi, ce n'était pas le cas.

– Qui mangeait avec lui?

– Personne, dit Bunsen en secouant gravement la tête. Il y mangeait seul. C'est ce qu'il faisait toujours. Après avoir terminé, il a signé la note, comme d'habitude. Il avait son ardoise dans ce restaurant, voyez-vous. Et puis il est parti, il a pris un taxi, et au bout d'un moment, on l'a intercepté et arrêté. L'objet n'était plus en sa possession.

– Attendez, dit Gonzalo en plissant les yeux. Vous dites qu'il a signé la note. Qu'est-ce qu'il a écrit? Vous le savez?

– Parfaitement. Nous avons cette note. Il a ajouté un pourboire, d'un montant tout à fait normal, nous n'avons rien trouvé de bizarre à ça, et il a signé. C'est tout. Il n'y avait rien d'autre. Il s'est servi du stylo du serveur et il le lui a ensuite rendu. Il n'a rien fait passer d'autre et le serveur n'a pas échappé à la plus grande vigilance, je peux vous l'assurer.

– Bon, je passe mon tour, dit Gonzalo.

Drake écrasa sa cigarette et haussa un sourcil gris en voyant le doigt de Trumbull pointé sur lui.

– Je suppose que Smith a été étroitement surveillé pendant qu'il était dans le restaurant.

– On lui a collé aux talons. On avait deux agents dans le restaurant, chacun installé à une table voisine. Ce sont des hommes compétents et bien entraînés et ils se consacraient exclusivement à noter le moindre de ses gestes. Smith ne pouvait pas se gratter sans attirer leur attention. Il ne pouvait pas tripoter un bouton, lever un doigt, remuer une jambe ou soulever une fesse sans se faire remarquer.

– Est-ce qu'il est allé aux toilettes à un moment ou à un autre?

– Non. S'il l'avait fait, nous aurions réussi à le suivre.

– Est-ce que vous y étiez vous-même, monsieur Bunsen?

– Moi? Non, je ne vaux rien pour ce genre de surveillance. Je ne passe pas assez inaperçu. Ce qu'il faut pour les filatures, c'est quelqu'un de terne, sans rien de particulier dans son aspect ou ses traits. Moi, je suis trop grand, trop gros. Je me fais remarquer.

Drake hocha la tête.

– Vous croyez que Smith se doutait qu'il était surveillé?

– C'est possible. Dans son métier, les gens ne font pas long feu s'ils ne se disent pas qu'on peut les surveiller à tout instant. En fait, pour être franc, à un moment donné, j'ai eu la nette impression qu'il se savait observé. J'étais derrière une vitrine, de l'autre côté de la rue, avec une paire de jumelles. Je l'ai vu sortir du restaurant.

» Le chasseur lui a ouvert la portière du taxi et

Smith s'est attardé une minute. Il a regardé autour de lui comme s'il essayait de repérer ceux qui pouvaient le surveiller. Et puis il a eu un petit sourire, plus par bravade que par amusement, m'a-t-il semblé. A ce moment-là, j'étais sûr que nous avions perdu. Et finalement, c'est bien ce qui s'est passé.

– Et vous êtes vraiment sûr qu'il avait l'objet sur lui en entrant dans le restaurant et qu'il ne l'avait plus en ressortant? dit Drake.

– Nous en sommes vraiment sûrs. Quand il est entré, on a pratiqué un petit escamotage pour le vérifier et puis on a remis l'objet en place. Il l'avait bien, vous pouvez considérer ça comme certain. Quand il est ressorti et qu'il a pris un taxi, le chauffeur était un de nos hommes et il est venu très naturellement se placer devant l'entrée du restaurant quand le chasseur l'a hélé. Smith est monté sans se douter de rien, nous sommes affirmatifs là-dessus. Le chauffeur, qui est l'un de nos meilleurs agents... mais laissons cela. L'important, c'est que Smith s'est trouvé mêlé à un problème mineur qui, apparemment, n'avait rien à voir avec nous. Il a été arrêté, conduit au poste de police et fouillé. Plus tard, quand on s'est aperçus qu'on ne trouvait l'objet nulle part, il a été fouillé encore plus soigneusement. Nous avons même fini par utiliser des rayons X.

– Il aurait pu laisser l'objet dans le taxi, dit Drake.

– Je doute qu'il ait pu le faire alors que c'était un de nos agents qui conduisait. Mais de toute façon, le taxi a également été fouillé. Écoutez, dit Bunsen en martelant ses mots, ce n'est pas la peine d'aller imaginer que nous ne connaissons pas notre métier. Quand je dis que nous l'avons surveillé, je veux dire que nous l'avons fait avec une attention toute professionnelle. Quand je dis que nous l'avons fouillé, nous l'avons fait tout aussi professionnellement. Vous n'arriverez pas à nous coincer sur des détails de ce genre.

– Très bien, acquiesça Drake, mais vous avez échoué. Alors? L'objet était là et ensuite, il n'y était plus, donc soit on fait intervenir le surnaturel, soit on est obligés d'admettre que vous avez échoué quelque part. A un moment donné, vous avez dû cligner des paupières en l'observant ou négliger quelque chose en le fouillant. Je me trompe?

Bunsen eut l'air d'avoir mordu à belles dents dans un citron.

– On ne peut pas éviter d'en arriver à cette conclusion, je suppose, dit-il avant d'ajouter d'un ton belliqueux : Mais expliquez-moi où nous nous sommes trompés.

Drake secoua la tête, mais Halsted intervint tout de suite, son front rose d'excitation :

– Attendez, on n'a parfois pas le temps de surprendre un geste. Ce que vous cherchiez était luisant et lourd, mais est-ce qu'on ne pouvait pas le transformer? Smith a pu le mettre dans une boule d'argile. Il avait alors quelque chose de mat et d'informe qu'il a pu coller sous la table ou faire tomber par terre. Ça se trouve peut-être toujours là-bas.

– On n'a pas le temps de surprendre le geste d'un prestidigitateur quand on ne sait pas où regarder, dit Bunsen. Quant à nous, nous connaissons toutes les ficelles et nous savons à quoi nous attendre. Smith n'aurait pas pu fourrer l'objet dans de l'argile sans que nos hommes s'aperçoivent qu'il fasait quelque chose. Il n'aurait pas pu le placer sous la table ou par terre sans que nos hommes s'en aperçoivent.

– Oui, dit Halsted, mais dans ces tours de passe-passe, on crée généralement une diversion. Vos hommes regardaient peut-être ailleurs à ce moment-là.

– Il n'y a pas eu de diversion, et de toute manière, le restaurant a été scrupuleusement fouillé dès le départ de Smith.

– Ce n'était pas possible de le fouiller scrupuleusement, protesta Halsted. Il y avait encore des gens qui mangeaient. A moins que vous ne les ayez tous fait partir?

– Nous avons examiné sa table et tout ce qui se trouvait autour, et ensuite, tout le restaurant. Nous sommes tout à fait certains qu'il n'y a pas laissé l'objet. Il ne l'a laissé nulle part.

Avalon se tenait tout raide sur sa chaise, les bras croisés, le front barré d'un pli de mauvais augure. Sa voix s'éleva alors, tonitruante :

– Monsieur Bunsen, votre récit ne me met pas du tout à l'aise. J'admets que vous nous en avez dit très peu et que vous n'avez mentionné aucun lieu, nom, circonstance ou signe particulier.

» Vous m'en avez néanmoins dit plus que je ne voudrais savoir. Avez-vous l'autorisation de vos supérieurs pour agir ainsi? Êtes-vous tout à fait certain, au fond de vous, que vous pouvez faire confiance à chacun de nous? Ça pourrait vous causez des ennuis, ce qui serait regrettable. Mais je dois avouer que ce n'est pas ce qui me préoccupe le plus en ce moment. Ce que je ne voudrais surtout pas, c'est être soumis à des interrogatoires et à une enquête parce que vous avez jugé bon de m'honorer de confidences que je n'avais pas sollicitées.

Trumbull avait vainement essayé de s'interposer et il réussit finalement à dire :

– Allons, Jeff, ne faites pas l'idiot.

Bunsen leva une main large et dodue et dit :

– Aucun problème, Tom. Je vois ce que veut dire monsieur Avalon, et dans un sens, il a raison. J'outrepasse effectivement mes pouvoirs et je peux me retrouver dans le pétrin si certaines personnes décident qu'il leur faut un bouc émissaire. Mais ce petit exercice auquel je me livre ce soir peut me sortir d'affaire s'il marche. A mon avis, le jeu en vaut la chandelle. C'est ce que Tom m'a assuré.

– Ce que vous êtes en train de dire, c'est que si le service vous tombe dessus, vous me tomberez dessus, dit Trumbull avec un sourire forcé.

– Oui, et je ne suis pas léger, dit Bunsen avant de prendre un bâtonnet de pain italien et de le mâchonner. Encore autre chose. Monsieur Avalon a demandé si j'étais sûr de pouvoir faire confiance à chacun de vous. Mis à part le fait que Tom m'a assuré que vous étiez de toute confiance, et bien que je ne considère pas qu'on puisse se fier au jugement d'amis proches, il y a eu une petite enquête. Rien de bien méchant, vous comprenez, mais suffisamment pour me rassurer.

C'est à ce moment-là qu'Henry s'éclaircit doucement la gorge. Tous les visages se tournèrent vers lui, sauf celui de Bunsen. Bunsen le regarda seulement quand il se rendit compte que l'attention s'était concentrée sur lui.

– Vous avez trouvé quelque chose, Henry? dit Trumbull.

Bunsen lança un regard nettement surpris à Trumbull, mais Trumbull répéta d'un ton pressant :

– Vous avez quelque chose, Henry?

– Je voudrais simplement savoir si j'ai également été mis hors de cause. Je me dis que ce n'est peut-être pas le cas et que je devrais me retirer.

– Pour l'amour du ciel, personne ne vous a adressé le moindre reproche, dit Trumbull.

– D'ailleurs, le mal est déjà fait, dit Bunsen. Qu'il reste.

– Il me semble que le mal est effectivement déjà fait, dit Henry. Il n'y a sûrement plus lieu de continuer l'enquête. L'homme que vous appelez Smith doit savoir qu'il est surveillé. Dès que vous l'avez passé aux rayons X, il a dû deviner qu'il avait servi d'appât... A propos, est-il toujours arrêté?

– Non, nous n'avions aucune raison de le garder. Nous l'avons relâché.

– Dans ce cas, l'organisation pour laquelle il travaille doit sans doute savoir ce qui s'est passé et elle modifiera sa façon d'opérer. On ne se servira peut-être plus de lui; d'autres personnes disparaîtront de la circulation. Il y aura une réorganisation complète.

– Oui, oui, dit Bunsen avec impatience. Néanmoins, savoir comment ça a pu se passer est important. Si nous pouvions découvrir comment il s'y est pris pour transmettre l'objet, nous connaîtrions une façon d'opérer que nous ignorions auparavant. Nous aurions au moins une idée du raisonnement de la bande... Ce qui est toujours important pour nous.

– Je vois, dit Henry.

– C'est tout ce que vous voyez? demanda Trumbull. Vous n'avez vraiment pas une petite idée, Henry?

Henry secoua la tête.

– Ce qui s'est passé est peut-être complexe et subtil, monsieur Trumbull. Ce n'est pas pour moi.

– Ne dites pas de conneries, Henry, dit Trumbull.

– Mais c'est peut-être là quelque chose pour monsieur Rubin, dit gravement Henry. Je crois qu'il est impatient de prendre la parole.

– Et comment! s'exclama Rubin. Parce que ça m'embête, voyez-vous. Monsieur Bunsen, vous avez dit que vous aviez surveillé et fouillé soigneusement, mais je pense que vous serez d'accord avec moi pour reconnaître qu'il est très facile de ne pas remarquer quelque chose, même si ça devient évident par la suite. Je peux vous expliquer comment Smith a pu facilement se débarrasser de l'objet, quel que soit le nombre de gens qui l'observaient.

– Je serais ravi d'entendre cette explication, dit Bunsen.

– Bon, je vais vous dire exactement comment ça a pu se passer. Notez bien que je ne dis pas comment ça s'est passé mais comment ça a pu se passer. Pour commencer, permettez-moi de vous poser une question, dit Rubin en repoussant sa chaise de la table et en ayant l'air de dominer les autres malgré sa petite taille et sa frêle constitution. Monsieur Bunsen, puisque vos hommes ont tout observé, je suppose qu'ils ont noté les détails du repas que Smith a commandé. A propos, il déjeunait ou il dînait?

– Il déjeunait et vous avez raison, nous avons les détails.

– Alors n'est-il pas vrai qu'il a commandé une soupe épaisse?

Bunsen haussa les sourcils.

– Un bon point pour vous, monsieur Rubin. C'était un velouté de champignons. Si vous voulez le reste du menu, il se composait d'un sandwich au rosbif avec des frites, d'une part de tarte aux pommes surmontée d'une tranche de fromage, et d'un café.

– Ça, tout le monde ne peut pas être un gourmet, marmonna Drake.

– Et maintenant, je voudrais vous suggérer qu'il n'a mangé que la moitié de son potage.

Bunsen réfléchit un instant, puis sourit. C'était la première fois de la soirée qu'il souriait, et ses lèvres découvrirent des dents blanches et régulières qui indiquaient clairement qu'il y avait un homme d'une certaine beauté sous les multiples couches de graisse.

– Vous savez, dit-il, je n'aurais jamais pensé que vous arriveriez à me poser sur cet épisode une seule question à laquelle je ne pourrais pas répondre immédiatement, mais vous y êtes parvenu. J'ignore, comme ça, au pied levé, s'il a terminé ou non son potage, toutefois je suis sûr que ce détail est consigné dans nos dossiers. Mais d'accord, faisons comme si vous aviez raison et admettons qu'il n'ait pas terminé son potage. Et alors?

– Très bien, allons-y, dit Rubin. Smith arrive dans le restaurant avec l'objet. Où était-il, cet objet, à propos?

– Quand il est entré, dans la poche gauche de son pantalon. Nous n'avons rien remarqué tendant à prouver qu'il l'aurait changé de place.

– Bon, dit Rubin. Il entre, il s'installe à une table, il commande, il lit son journal... est-ce qu'il lisait un journal, monsieur Bunsen?

– Non, il ne lisait rien du tout, dit Bunsen. Même pas le menu. Il connaît l'endroit et ce qu'on y sert.

– Et alors, quand le premier plat a été posé devant lui, il s'est mis à éternuer. Un éternuement, après tout, constitue une diversion. Roger a parlé de ça, mais je pense qu'il voulait dire quelqu'un qui serait entré avec un pistolet au poing, ou un incendie qui se serait déclaré à la cuisine. Mais un éternuement, lui aussi constitue une diversion et c'est là quelque chose de suffisamment naturel pour qu'on ne le remarque pas.

– On l'aurait remarqué, dit calmement Bunsen. Il n'a pas éternué.

– Ou toussé, ou hoqueté, quelle est la différence? dit Rubin. Ce qu'il y a, c'est que quelque chose s'est produit pour lui permettre de sortir un mouchoir avec naturel, de le sortir de la poche gauche de son pantalon, j'en suis sûr, et de le porter à sa bouche.

– Il n'a rien fait de tel, dit Bunsen.

– Quand il a retiré sa main, l'objet qui était dans la poche gauche de son pantalon s'est retrouvé dans sa bouche, dit Rubin en couvrant la remarque de son interlocuteur.

– Je ne crois pas qu'il aurait été capable de mettre l'objet dans sa bouche sans qu'on l'ait vu, ou de le laisser là sans que son visage en ait été nettement déformé, mais allez-y... Et ensuite?

– Le potage est devant lui et il le mange. Vous n'allez tout de même pas me dire qu'il l'a repoussé sans y toucher?

– Non, il ne l'a pas fait, ça, j'en suis tout à fait certain.

– Ni me dire qu'il a levé le bol pour laper sa soupe?

Bunsen sourit.

– Non, ça, j'en suis sûr.

– Alors, il ne pouvait faire qu'une seule chose : plonger sa cuiller dans le potage, la porter à ses lèvres, la replonger dans son bol, la porter à nouveau à ses lèvres, et ainsi de suite. Vous êtes d'accord?

– Je ne peux que vous donner raison.

– Et à un moment donné, pendant que la cuiller allait de sa bouche à son bol, l'objet s'est retrouvé dans la cuiller. Il a été mis dans le potage, et comme le velouté de champignons n'est pas translucide, on ne pouvait pas le voir. Smith s'est alors arrêté de manger et dans les cuisines, quelqu'un a pris l'objet.

Rubin regarda les autres d'un air triomphant. Il y eut un bref silence puis Bunsen dit :

– C'est tout ce que vous avez à dire, monsieur?

– Vous ne croyez pas que c'est là une technique possible?

– Non, je ne le crois pas, dit Bunsen avec un gros soupir. C'est tout à fait impossible. Un œil exercé ne peut pas laisser échapper un geste et l'objet est trop gros pour tenir dans une cuiller à soupe... En outre, vous avez une fois de plus sous-estimé notre expérience et notre vigilance. Nous avions un homme posté dans les cuisines et tout ce qui y a été ramené a fait l'objet d'un examen attentif. S'il restait encore du potage dans le bol, vous pouvez être sûr que quelqu'un de scrupuleux l'a vidé avec le plus grand soin.

– Et le serveur? s'interposa Avalon qui se sentait obligé de s'intéresser au problème même s'il le faisait manifestement à contrecœur.

– Le serveur n'était pas un de nos agents, dit Bunsen. C'était un vieil employé qui était d'ailleurs surveillé.

Rubin grogna de dépit et dit :

– Vous auriez pu nous dire que vous aviez posté un homme à la cuisine.

– J'aurais pu, mais Tom m'avait dit qu'il valait mieux vous en dire le moins possible et vous laisser tout reprendre à zéro, dit Bunsen.

– Si vous aviez placé un minuscule émetteur sur l'objet... commença Avalon.

– Dans ce cas, nous aurions agi comme les personnages d'un film de James Bond. Malheureusement, il nous faut également compter avec la vigilance de la partie adverse. Si nous avions tenté quelque chose de semblable, ils auraient tout de suite pigé. Non, on ne devait absolument pas pouvoir remarquer qu'il s'agissait d'un piège, dit Bunsen d'un air déprimé. J'ai consacré à cette histoire pas mal de temps et d'efforts, ajouta-t-il en regardant autour de lui avec une expression de découragement plus évidente. Bien, Tom, est-ce que nous en restons là?

– Attendez une minute, Bob, dit Trumbull d'un air malheureux. Mince, Henry...

– Qu'est-ce que vous voulez que le serveur y fasse? dit Bunsen.

– Allons, Henry, dit Trumbull. Il ne vous vient vraiment rien à l'esprit?

Henry soupira doucement.

– J'ai bien pensé à quelque chose, tout à l'heure, mais j'espérais que cette solution serait éliminée.

– C'est quelque chose de tout simple, Henry? dit Avalon.

– J'en ai bien peur, monsieur.

Avalon dit en se tournant vers Bunsen :

– Henry est quelqu'un d'honnête et il n'a pas l'esprit tortueux pour deux sous. Quand nous avons terminé de nous rendre ridicules à chercher des complications, il trouve la solution évidente qui nous a échappé.

Henry dit d'un air pensif :

– Vous êtes sûr que vous voulez que je parle, monsieur Bunsen?

– Oui, allez-y.

– Bien. Donc, quand votre M. Smith a quitté le restaurant, j'imagine que vos agents qui se trouvaient à l'intérieur ne l'ont pas suivi?

– Non, bien sûr que non. Ils avaient du travail à l'intérieur. Ils devaient s'assurer que Smith n'avait rien laissé de significatif derrière lui.

– Et l'homme qui était aux cuisines y est resté?

– Oui.

– Bien. Le chauffeur de taxi qui se trouvait près du restaurant était un homme à vous. Mais on peut supposer qu'il devait se concentrer sur la circulation pour être en mesure de venir s'arrêter devant l'entrée du restaurant juste au bon moment pour emmener Smith, ni trop tôt, ni trop tard.

– Et il s'est fort bien débrouillé. En fait, quand le

chasseur l'a hélé, il est gentiment passé devant un autre taxi.

Bunsen se mit à rire tout bas.

– Est-ce que le chasseur était un de vos agents? demanda Henry.

– Non, c'était un employé du restaurant.

– Aviez-vous des hommes postés dans la rue?

– Si vous voulez dire effectivement dans la rue, non.

– Alors il y a sûrement eu un petit moment où Smith, après être sorti du restaurant et avant de monter dans le taxi, n'a pas été surveillé... professionnellement, si je puis dire.

Bunsen répliqua avec un soupçon de mépris dans la voix :

– Vous oubliez que j'étais de l'autre côté de la rue, derrière une vitrine, avec une paire de jumelles. Je l'ai parfaitement vu. J'ai vu le chauffeur de taxi le faire monter. Ça ne lui a pas pris plus de quinze secondes, à mon avis, d'aller de l'entrée du restaurant à la portière de la voiture et pendant tout ce temps, je l'avais à l'œil.

Rubin l'interrompit soudain :

– Même au moment où vous étiez distrait par la manœuvre du taxi?

Tout le monde le fit taire, mais Bunsen répondit :

– Même à ce moment-là.

Henry déclara :

– Je n'oublie pas que vous étiez en train de le surveiller, monsieur Bunsen, mais vous avez dit que vous n'aviez pas le bon physique pour ce genre de travail et que vous ne le faisiez pas professionnellement.

– J'ai des yeux, dit Bunsen avec maintenant un peu plus qu'un soupçon de mépris dans la voix. Ou bien voulez-vous dire que je n'ai pas eu le temps de surprendre son geste?

– Je crois que c'est pourtant ce qui peut arriver, même quand le geste n'est pas si rapide que ça... Monsieur Bunsen, vous êtes arrivé trop tard pour entendre ce que nous a raconté monsieur Gonzalo. Il avait réglé à un chauffeur de taxi le montant exact qui était affiché au compteur, et c'est tellement l'usage de laisser un peu plus que tout le monde ici en a été choqué. Même moi, j'ai exprimé ma réprobation. C'est seulement quand l'habitude n'est pas respectée qu'on y fait attention. Dans le cas contraire, on l'ignore généralement complètement.

– Êtes-vous en train d'essayer de me dire que le chauffeur de taxi était louche? dit Bunsen. Je vous ai dit que non.

– J'en suis persuadé, dit sincèrement Henry. Mais n'avez-vous pas tout de même laissé échapper quelque chose en y étant tellement habitué que vous l'avez regardé sans le voir?

– Je ne vois vraiment pas quoi. J'ai une excellente mémoire, je vous assure, et pendant les quinze secondes que Smith a mises pour aller du restaurant au taxi, il n'a rien fait que je n'aie pas remarqué ou que je ne me rappelle pas.

Henry réfléchit quelque temps.

– Vous savez, monsieur Bunsen, ça a pourtant bien dû se passer. Si vous l'aviez vu, vous auriez sûrement pris les mesures nécessaires. Mais vous n'avez pas réagi, donc vous vous êtes fait attraper.

– Donc, rien ne s'est produit, dit Bunsen.

– Vous voulez dire, monsieur, que le chasseur, qui était un employé régulier du restaurant, a hélé un taxi pour Smith qui, lui, était un habitué, et à qui il avait dû rendre nombre de fois ce service, et que Smith, que vous avez décrit comme un homme aux bonnes manières, qui ne faisait jamais d'impair, ne lui a pas donné de pourboire?

– Bien sûr qu'il... commença Bunsen avant de s'interrompre brusquement.

Dans le silence qui suivit, Henry dit :

– Et s'il lui a donné quelque chose, c'était sûrement un objet qu'il a sorti de la poche gauche de son pantalon, un objet qui, d'après votre description, ressemblerait quelque peu à une pièce de monnaie... Ensuite, il a souri, et ça, vous l'avez remarqué.

Remarque

Cette nouvelle a été publiée pour la première fois dans le numéro de mai 1974 d'*Ellery Queen's Mystery Magazine.*

Je dois ici faire une confession. En écrivant les récits des Veufs Noirs, j'ai toujours eu l'impression de faire de mon mieux pour retrouver l'esprit d'Agatha Christie, qui est mon idole dans le domaine de la littérature policière. Quand j'ai remis un exemplaire du *Club des Veufs Noirs* à Martin Gardner (qui rédige la rubrique « récréations mathématiques » du *Scientific American* et qui a récemment été élu membre des Araignées de la Trappe) je le lui ai dit et il l'a lu en y pensant.

Après l'avoir terminé, il m'a toutefois envoyé un petit mot pour me dire qu'à son avis, j'étais complètement à côté. Ce que j'avais fait, en réalité, c'était que j'avais retrouvé le ton des *Histoires du Père Brown* de G.K. Chesterton.

Vous savez, il n'avait pas tort. J'étais un passionné de ces histoires même si je trouvais la philosophie de Chesterton un peu irritante, et en écrivant « En un clin d'œil » *(Quicker Than the Eye)*, j'ai été très influencé par le grand classique chestertonien qu'est *l'Homme invisible.*

LE JOYAU DE FER

Geoffrey Avalon agita son verre et eut un sourire rapace. Ses sourcils broussailleux, qui étaient encore bien noirs, se haussèrent, et sa barbe grisonnante soignée sembla frémir. Il ressemblait à Satan dans ses meilleurs jours.

Il déclara aux Veufs Noirs assemblés pour leur banquet mensuel :

– Permettez-moi de vous présenter mon invité, Latimer Reed, qui est bijoutier. Et laissez-moi vous dire tout de suite qu'il ne nous apporte aucun crime à élucider, aucun mystère à dévoiler. On ne lui a rien volé, il n'a pas été témoin d'un assassinat et il ne fait partie d'aucun réseau d'espionnage. Il est là, purement et simplement, pour nous parler de bijoux, pour répondre à nos questions et pour nous aider à passer une soirée agréable entre amis.

Et en effet, sous l'œil résolu d'Avalon, l'atmosphère du dîner fut paisible et détendue. Même Emmanuel Rubin, le membre du club qui avait des connaissances universelles et un caractère irascible, réussit à ne pas élever la voix. Très satisfait, Avalon dit au moment où on servait le brandy :

– Messieurs, puisque le repas est terminé, nous n'avons plus qu'à cuisiner notre invité sans qu'un problème quelconque ne vienne nous torturer l'esprit... Henry, vous pouvez vous détendre.

Henry, qui débarrassait la table avec, comme de coutume, une efficacité qui aurait suffi à faire de lui un serveur incomparable même s'il n'avait pas constamment démontré son inimitable capacité à traquer l'évidence, répondit :

– Merci, monsieur Avalon. J'espère cependant que je ne serai pas exclu des débats.

Rubin le regarda de ses yeux de hibou, derrière ses verres épais, et dit d'une voix forte :

– Henry, cette fausse modestie flagrante ne vous sied pas. Vous savez bien que vous faites partie de notre petite bande, avec tous les privilèges qui y sont attachés.

– Si c'est le cas, pourquoi est-il en train de nous servir? dit Roger Halsted, le professeur de mathématiques à la voix douce, incitant ouvertement à la discorde tout en sirotant son brandy.

– C'est un choix personnel, monsieur, se hâta de suggérer Henry tandis que Rubin, qui était sur le point de dire quelque chose, refermait la bouche.

– Allons-y, dit Avalon. Comme Tom Trumbull n'est pas parmi nous aujourd'hui, en qualité d'hôte, je vous charge de cuisiner notre invité, Mario.

Mario Gonzalo, qui était un artiste, et non des moindres, mettait la dernière touche à la caricature qu'il faisait de Reed. Elle s'ajouterait à la longue série d'esquisses qui décoraient le salon privé du restaurant de la Cinquième Avenue dans lequel se tenaient les dîners des Veufs Noirs.

Gonzalo avait peut-être un peu trop insisté sur le dôme lisse que constituait le crâne de Reed et sur l'importance de sa lèvre supérieure, solennelle et dépourvue de moustache, et il avait également exagéré sa légère tendance aux bajoues. La caricature lui donnait assez nettement l'air d'un chien de chasse, mais Reed sourit en voyant ce qu'on avait fait de lui et ne parut pas s'en offenser.

Gonzalo arrangea le double nœud, parfait, de sa cravate rose et blanche et avec une négligence étudiée, il laissa s'entrouvrir son veston bleu tandis qu'il s'appuyait au dossier de sa chaise en disant :

– Comment justifiez-vous votre existence, monsieur Reed?

– Pardon? dit Reed d'une voix légèrement métallique.

Gonzalo répéta sans rien changer à son intonation ni à la hauteur de sa voix :

– Comment justifiez-vous votre existence, monsieur Reed?

Reed regarda les cinq visages graves des convives installés autour de la table et sourit... un sourire qui ne parvint cependant pas à dissiper complètement la tristesse inhérente à ses traits.

– Jeff m'avait prévenu que je serais questionné après le dîner, dit-il, mais il ne m'avait pas dit que j'aurais à me justifier.

– Il vaut toujours mieux prendre les gens par surprise, dit Avalon d'un ton sentencieux.

– Qu'est-ce qui peut bien réussir à justifier l'existence de chacun d'entre nous? dit Reed. Mais s'il me faut répondre, je dirai que j'aide à faire entrer la beauté dans la vie des gens.

– Quel genre de beauté? demanda Gonzalo. La beauté artistique?

Et il brandit sa caricature. Reed se mit à rire.

– Une forme de beauté moins sujette à contestation, j'espère.

Il sortit un mouchoir de la poche intérieure de son veston et il le déplia délicatement sur la table. Une dizaine de pierres luisantes, de couleurs vives, apparurent.

– Personne ne conteste la beauté des pierres précieuses, dit-il. Il n'est pas question ici de goût subjectif.

Il saisit une petite pierre d'un rouge sombre, la soustrayant aux réflexions de la lumière. James Drake s'éclaircit la gorge et de sa voix rauque et assourdie, il n'en demanda pas moins :

– Est-ce que vous vous promenez toujours avec ce genre de choses dans les poches?

– Non, bien sûr que non, dit Reed. Seulement quand je veux distraire les gens ou leur montrer quelque chose.

– Et vous les trimbalez dans un mouchoir?

Rubin s'interposa aussitôt.

– Et alors, qu'est-ce que ça change? Si on l'attaquait, ça ne lui servirait à rien de les porter dans un coffret à bijoux fermé à clé. Il en serait quitte pour se faire voler le coffret par la même occasion.

– Est-ce qu'on vous a déjà attaqué? demanda Gonzalo.

– Non, dit Reed. Ma meilleure défense, c'est d'être connu pour ne jamais porter quoi que ce soit de précieux. Je m'efforce de le faire savoir aussi largement que possible et d'agir en ce sens.

– On ne le dirait pas, dit Drake.

– Je suis en train de vous faire la démonstration de la beauté, et non de la valeur, dit Reed. Vous voulez bien faire circuler ceci, messieurs?

Aucune main ne se tendit tout de suite. Drake dit alors :

– Henry, seriez-vous en mesure de fermer la porte?

– Certainement, monsieur, dit Henry.

Ce qu'il fit. Reed eut l'air surpris.

– Pourquoi fermer la porte?

Drake s'éclaircit à nouveau la gorge et écrasa son pauvre petit mégot de cigarette entre un pouce et un index tachés de nicotine.

– Compte tenu de ce qui s'est passé lors de nos dîners mensuels, j'ai bien peur qu'un de ces trucs ne disparaisse quand on les fera circuler.

– Votre remarque est de mauvais goût, Jim, dit Avalon en fronçant les sourcils.

– Messieurs, il n'y a pas lieu de vous inquiéter, dit Reed. Ces pierres peuvent toutes disparaître sans que j'aie grand-chose à y perdre, et sans que personne n'ait grand-chose à y gagner. J'ai dit que je faisais la démonstration de la beauté, et non de la valeur. Ce que je tiens est un rubis... enfin presque... un rubis synthétique. Il y a quelques autres pierres fausses, et là, nous avons une opale qui est irréparablement craquelée. D'autres ont des tas de crapauds. Elles ne feront le bonheur de personne et je suis sûr qu'Henry peut ouvrir la porte.

Bégayant très légèrement tout en refrénant sa surexcitation, Halsted dit :

– Non, je suis de l'avis de Jim. Quelque fatalité pourrait bien se produire. Je parie que monsieur Reed a inclus là-dedans une pierre de grande valeur, peut-être par accident d'ailleurs, et que c'est elle qui va finir par disparaître. Je ne peux pas arriver à croire que nous pouvons passer une soirée sans qu'une énigme ne surgisse.

– Pas une énigme de ce genre, dit Reed. Je connais chacune de ces pierres et si vous voulez, je vais les examiner à nouveau.

Ce qu'il fit avant de les repousser au milieu de la table.

– Il ne s'agit que de colifichets dont le but est de satisfaire chez les êtres humains la recherche innée de la beauté.

– Beauté que seuls les riches peuvent s'offrir, grommela Rubin.

– C'est faux, monsieur Rubin, c'est tout à fait

faux. Ces pierres ne sont pas terriblement chères. Et même les bijoux de grand prix sont souvent exposés aux regards de tous. D'ailleurs, le propriétaire lui-même ne peut pas faire autre chose que regarder ce qu'il possède, bien qu'il puisse le faire plus fréquemment que les autres. Des tribus primitives pourraient fabriquer, à partir de dents de requin, de défenses de morse, de coquillages ou d'écorce de bouleau, des ornements aussi satisfaisants à leurs yeux que le sont pour nous des joyaux. La beauté ne dépend pas du matériau utilisé ni de règles immuables d'esthétique. A ma manière je suis à son service.

– Mais vous préféreriez vendre les formes de beauté les plus chères, n'est-ce pas? dit Gonzalo.

– C'est parfaitement exact, dit Reed. Je suis soumis aux lois économiques, mais autant que possible, je ne les laisse pas influer sur mon évaluation de la beauté.

Rubin secoua la tête. Sa barbe clairsemée se hérissa et sa voix, étonnamment pleine pour quelqu'un de si frêle, s'éleva avec passion :

– Non, monsieur Reed, si vous vous considérez seulement comme un pourvoyeur de beauté, vous faites l'hypocrite. C'est la rareté que vous vendez. Un rubis synthétique est aussi beau qu'un vrai rubis et sa composition chimique est la même. Mais la vraie pierre précieuse est plus rare, plus difficile à se procurer, donc plus chère et plus volontiers achetée par ceux qui peuvent se le permettre. C'est peut-être de beauté qu'il s'agit, mais d'une beauté qui est au service d'une vanité personnelle.

» Une copie de la Joconde, fidèle à la moindre craquelure près, n'est qu'une copie, et ne vaut pas plus que n'importe quelle croûte. Même s'il y avait un millier de copies, l'original resterait inestimable, parce qu'il serait le seul à être unique et à répercuter ce caractère unique sur son possesseur. Mais ceci, voyez-vous, n'a rien à voir avec la beauté.

– Il est en effet facile de faire des reproches à l'humanité, dit Reed. La rareté confère une certaine valeur aux yeux de ceux qui sont vaniteux et je suppose qu'une chose qui est suffisamment rare et en même temps remarquable pourrait atteindre un prix exorbitant même si elle n'avait rien de beau...

– Comme un autographe rare, murmura Halsted.

– Cependant, poursuivit fermement Reed, la beauté est toujours un atout supplémentaire et je ne vends que de la beauté. Certaines de mes marchandises sont également rares, mais rien de ce que je vends, ou de ce que j'aimerais vendre, n'est rare sans être beau.

– Que vendez-vous d'autre, en plus de la beauté et de la rareté? demanda Drake.

– L'utilité, monsieur, répondit immédiatement Reed. Les joyaux sont un moyen de placer de l'argent d'une manière peu encombrante et durable qui n'est pas affectée par les fluctuations du marché.

– Mais on peut les voler, dit Gonzalo d'un air accusateur.

– Certainement, dit Reed. Ce sont précisément leurs caractéristiques – beauté, faible encombrement, pérennité – qui en font des produits très convoités par les voleurs. Leur équivalent en or serait beaucoup plus lourd. N'importe quoi d'autre serait bien plus encombrant.

Semblant partager la gloire qui rejaillissait sur la profession de son invité, Avalon déclara :

– Latimer s'occupe de valeurs éternelles.

– Pas toujours, dit Rubin avec quelque irritation. Certains articles de bijoutier n'ont qu'une valeur temporaire car la rareté peut s'évanouir. Il y a eu un temps où on utilisait assez couramment des timbales en or et où il était de bon ton d'exhiber du verre taillé à Venise... cela jusqu'au moment où les procédés de fabrication du verre sont devenus assez perfectionnés pour faire tomber la verrerie au rang d'articles de Prisunic.

» Dans les années 1880, l'obélisque du Capitole de Washington a été recouvert d'aluminium, ni plus ni moins. Mais avec le procédé de Hall, en quelques années, l'aluminium est devenu bon marché, si bien que la chape du monument n'a plus rien eu d'exceptionnel. Des légendes peuvent également conférer à des objets un certain prix. Tant qu'on croyait que la corne d'une licorne avait des propriétés aphrodisiaques, les cornes des licornes de mer et des rhinocéros avaient de la valeur. Un carré tissé avec des fibres rigides, qu'on pouvait nettoyer en le jetant dans le feu aurait été inestimable; le fait de ne pas se consumer aurait été considéré comme une propriété magique jusqu'à ce que les caractéristiques de l'amiante aient été connues.

» Tout ce qui devient rare par hasard, par exemple la première édition d'un livre complètement dénué de valeur qu'on ne trouve plus justement parce que l'ouvrage n'avait aucune valeur, est inestimable pour les collectionneurs. Et les diverses pierres de synthèse peuvent ôter toute valeur à vos joyaux, monsieur Reed.

Reed répondit :

– Peut-être certains articles que l'on estime beaux peuvent-ils effectivement perdre un peu de leur valeur, mais les pierres ne sont que le matériau brut des produits que je vends. Il reste en tout cas la beauté de la combinaison des différentes pierres, de leur monture, le travail individuel et créatif de l'artisan. Quant aux choses qui n'ont de valeur que parce qu'elles sont rares, je ne m'en occupe pas. Je ne les aime pas, je ne m'y intéresse pas. Pour ma part, je possède des choses qui sont à la fois rares et belles – et quand je dis possède, je veux dire que je n'ai nulle intention de les vendre – mais je n'ai rien, je l'espère, qui serait affreux, tout au moins à mes yeux, et qui ne devrait sa valeur qu'à sa rareté. Ou presque rien, en tout cas.

Il sembla remarquer pour la première fois que les pierres qu'il avait fait circuler étaient posées devant lui.

– Ah, vous en avez terminé, messieurs? dit-il en les ramenant vers lui avec sa main gauche. Elles sont toutes là, chacune d'entre elles. Il n'en manque pas et on ne les a pas remplacées. Tout est en règle, dit-il en les regardant l'une après l'autre. Je vous les ai montrées, messieurs, parce qu'il y a quelque chose d'intéressant à raconter sur chacune d'entre elles...

– Attendez, dit Halsted. Qu'est-ce que vous voulez dire par « presque rien »?

– Presque rien? répéta Reed, perplexe.

– Vous avez dit que vous ne possédiez rien d'affreux qui ne devrait sa valeur qu'à sa rareté. Et puis vous avez ajouté « presque rien ».

Le visage de Reed s'éclaircit.

– Ah, c'est mon porte-bonheur. Je l'ai là, quelque part, fit-il en fouillant dans sa poche. Le voilà... Allez-y, regardez-le tant que vous voudrez, messieurs. Il est assez affreux, mais en réalité, je serais plus désolé de le perdre que de perdre l'une des pierres que j'ai apportées.

Il passa son porte-bonheur à Drake, qui était assis à sa gauche. Drake le retourna dans ses mains. Il mesurait environ deux centimètres et demi de large, il avait une forme d'œuf, il était noir et piqueté.

– C'est du métal, dit-il. On dirait que ça provient d'une météorite.

– C'est exactement ça, pour autant que je sache, dit Reed.

L'objet passa de main en main et lui revint.

– C'est mon joyau de fer, dit Reed. J'ai refusé les cinq cents dollars qu'on m'en avait offerts.

– Alors ça, qui a bien pu vous en offrir cinq cents dollars? demanda Gonzalo, visiblement étonné.

Avalon s'éclaircit la gorge.

– Un collectionneur de météorites aurait pu le faire, je suppose, si celle-ci avait une valeur scientifique particulière. La question est surtout de savoir pourquoi diable vous avez refusé, Latimer.

– Oh! fit Reed en prenant un air méditatif. Je ne sais pas trop. Peut-être pour être désagréable. Je n'aimais pas le type.

– Le type qui vous avait proposé cette somme? demanda Gonzalo.

– Oui.

Drake tendit la main vers la pièce de métal noir que Reed lui fit passer pour la seconde fois. Il l'étudia alors plus attentivement, la tournant et la retournant dans tous les sens.

– Selon vous, est-ce que ça a une valeur scientifique?

– Seulement dans la mesure où il s'agit d'une météorite, dit Reed. Je l'ai apportée au Musée d'histoire naturelle qui voulait bien l'ajouter à sa collection si de mon côté, je voulais bien en faire don. Mais je n'étais pas d'accord... Et j'ignore quelle était la profession de celui qui voulait me l'acheter. Je ne me rappelle pas très bien cet incident, qui s'est passé il y a dix ans, mais je suis certain que l'homme ne m'avait pas fait l'impression d'un scientifique quelconque.

– Vous ne l'avez plus jamais revu? demanda Drake.

– Non, alors qu'à l'époque, j'étais sûr de le revoir. En fait, pendant un moment, j'ai imaginé les choses les plus rocambolesques. Mais je ne l'ai plus jamais revu. En tout cas, c'est ensuite que j'ai commencé à en faire mon porte-bonheur, fit-il en remettant la météorite dans sa poche. Après tout, il n'y a pas tant d'objets aussi quelconques dont je refuserais de me séparer pour cinq cents dollars.

Rubin dit en fronçant les sourcils :

– Je flaire un mystère...

Avalon explosa :

– Bon Dieu! Il n'est pas question de chercher des mystères! Nous sommes ici pour passer une bonne soirée. Latimer, vous m'avez assuré que vous n'aviez pas l'intention de nous proposer une énigme quelconque.

Reed parut sincèrement décontenancé.

– Je ne vous propose aucune énigme. En ce qui me concerne, l'histoire s'arrête là. On m'a proposé cinq cents dollars, je les ai refusés, point final.

La voix de Rubin s'éleva avec indignation :

– Le mystère réside dans la raison qui a poussé quelqu'un à vous offrir ces cinq cents dollars. Essayer de savoir pourquoi constitue le prolongement logique de votre interrogatoire et j'exige le droit d'élucider ce point.

– Mais à quoi ça nous avancerait d'essayer de l'élucider? dit Reed. J'ignore absolument pourquoi il m'a proposé cinq cents dollars, à moins qu'il n'ait cru l'histoire ridicule que racontait mon arrière-grand-père.

– Voilà précisément à quoi ça nous avancera.

Nous savons maintenant qu'il y a une histoire ridicule qui se rapporte à cet objet. Alors, allez-y. Quelle était l'histoire ridicule que votre arrière-grand-père racontait?

– Il s'agit de la manière dont la météorite – à supposer qu'il s'agisse bien d'une météorite – s'est retrouvée dans ma famille...

– Vous voulez dire que c'est un bijou de famille? demanda Halsted.

– Si on peut appeler quelque chose qui n'a absolument aucune valeur un bijou de famille, c'en est bien un. En tout cas, mon arrière-grand-père l'a envoyée d'Extrême-Orient à sa famille en 1856, accompagnée d'une lettre qui expliquait en quelles circonstances il l'avait obtenue. Je ne peux pas vous rapporter mot pour mot cette lettre, mais je peux vous en donner les grandes lignes.

– Allez-y, dit Rubin.

– Bien... Pour commencer, les années 1850 ont été l'âge des voiliers, et particulièrement des clippers, et les marins américains ont sillonné les mers jusqu'à la guerre de Sécession. Après la guerre, les progrès constants des bateaux à vapeur ont mis un terme à la navigation à voile. Je n'ai cependant nullement l'intention de m'étendre sur la navigation. Je ne connais rien aux bateaux et je ne saurais pas faire la différence entre un beaupré et un habitacle, à supposer que ces deux choses existent bien. Je ne vous en parle que pour vous expliquer que mon arrière-grand-père, qui portait mon nom – ou plutôt, c'est moi qui porte son nom – avait réussi à voir le monde. Dans cette mesure, son histoire pourrait se concevoir. Par ailleurs, comme il s'appelait aussi Latimer Reed, quand j'étais jeune, j'avais plutôt envie de le croire.

» A cette époque, voyez-vous, le monde musulman était encore très fermé aux chrétiens occidentaux. L'Empire Ottoman possédait toujours de vastes territoires dans les Balkans, et le vague souvenir du temps où il avait menacé toute l'Europe lui conférait encore une puissance diffuse dans les esprits. Quant à la péninsule arabique elle-même, elle était pour l'Occident un mélange mystique de cheiks et de chameaux du désert.

» Bien entendu, la vieille ville de La Mecque était interdite aux non-musulmans. L'un des exploits les plus hardis qu'un Européen ou un Américain pouvait accomplir, c'était apprendre l'arabe, se déguiser en Arabe, se familiariser avec la culture et la religion musulmanes, et prendre part au rituel du pèlerinage à La Mecque pour revenir en faire le récit... C'est ce que mon arrière-grand-père prétendait avoir accompli.

Drake l'interrompit :

– Prétendait? Est-ce qu'il mentait?

– Je n'en sais rien, dit Reed. Je n'ai aucune preuve, excepté cette lettre qu'il a envoyée de Hong Kong. Apparemment, il n'avait aucune raison de mentir puisqu'il n'avait rien à y gagner. Bien sûr, il a pu simplement avoir envie d'amuser mon arrière-grand-mère ou de briller à ses yeux. Il était parti de chez lui trois ans plus tôt et quand il avait pris la mer, ça faisait seulement trois ans qu'il était marié. D'après la légende familiale, ce mariage était une belle histoire d'amour.

Gonzalo commença à dire :

– Mais après son retour...

– Il n'est jamais revenu, dit Reed. Environ un mois après avoir écrit la lettre, il est mort dans des circonstances inconnues et il a été enterré quelque part par-delà les mers. Naturellement, ma famille ne l'a appris que bien plus tard. Mon grand-père n'avait que quatre ans au moment de la mort de son père et il a été élevé par mon arrière-grand-mère. Mon grand-père a eu cinq garçons et trois filles, et je suis le second enfant de son quatrième fils. Et voilà, en bref, l'histoire de ma famille.

– Il est mort dans des circonstances inconnues, dit Halsted. Il y a donc là toutes sortes de possibilités.

– En fait, d'après la légende familiale, on se serait aperçu qu'il se déguisait en Arabe, on l'aurait suivi à Hong Kong et même au-delà, et on l'aurait assassiné. Mais vous savez, il n'y a pas la moindre preuve de tout ceci. La seule information que nous avons, c'est une lettre écrite par un tiers, annonçant sa mort, et que des marins nous auraient apportée.

– Est-ce que cette lettre existe encore? demanda Avalon, intéressé malgré lui.

– Non. Mais le lieu et les circonstances de sa mort ne comptent pas beaucoup, ni même d'ailleurs le fait qu'il soit bien mort. Ce qui est sûr, c'est qu'il n'est jamais revenu. Bien entendu, poursuivit Reed, la famille a toujours eu tendance à croire cette histoire, parce qu'elle est mélodramatique et prestigieuse, et je suppose qu'on l'a déformée jusqu'à la rendre méconnaissable. Une de mes tantes m'a dit un jour que mon arrière-grand-père avait été écharpé par une foule de derviches en délire qui s'étaient aperçus de son imposture dans une mosquée. Elle a dit que c'était parce qu'il avait les yeux bleus. C'était bien sûr pure invention. Elle avait peut-être trouvé ça dans un roman.

– Est-ce qu'il avait les yeux bleus? demanda Rubin.

– J'en doute, dit Reed. Nous avons tous les yeux marron dans ma famille. Mais je ne le sais pas vraiment.

– Et votre joyau de fer, votre porte-bonheur? dit Halsted.

– Oh! il était avec la lettre, dit Reed. En fait, c'était un petit paquet. Et mon porte-bonheur était le principal là-dedans. Mon arrière-grand-père l'envoyait pour attester son exploit. Vous savez peut-être que la cérémonie la plus importante d'un pèlerinage à La Mecque inclut le rituel qu'on accomplit à la Kaba, l'édifice le plus sacré du monde musulman.

– Il s'agit en fait d'une relique du monde pré-musulman, dit Rubin. Mahomet était un politicien avisé et pratique et il l'a reprise à son compte. Quand on ne peut pas battre les gens, il faut se rallier à eux.

– Peut-être bien, dit froidement Reed. La Kaba est un gros cube de forme irrégulière – d'ailleurs, le mot « cube » vient de « Kaba » – et dans son angle oriental, à un mètre cinquante du sol, il y a ce qu'on appelle la Pierre noire, qui est cassée et maintenue par des courroies métalliques. La plupart des gens semblent penser que la Pierre noire est une météorite.

– Probablement, dit Rubin. Une pierre du ciel, envoyée par les dieux. Il est tout naturel qu'on la vénère. On peut dire la même chose de la statue originale d'Artémis à Éphèse, la déesse qu'on a appelée la Diane d'Éphèse...

– Puisque Tom Trumbull est absent, je suppose que c'est à moi de vous faire taire, Manny, dit Avalon. Taisez-vous, Manny. Laissez parler notre invité.

– De toute façon, il n'y a rien d'autre à ajouter, dit Reed. Mon joyau de fer est arrivé avec la lettre dans un colis et mon arrière-grand-père écrivait que c'était là un fragment qu'il avait réussi à arracher à la Pierre noire.

– Seigneur! marmonna Avalon. Si c'est bien ce qu'il a fait, ce n'est pas moi qui irais reprocher aux Arabes de l'avoir tué.

– Si c'est un fragment de la Pierre noire, je suppose que ça doit être une pièce de grande valeur pour un collectionneur, dit Drake.

– Inestimable pour un Musulman très religieux, j'imagine, dit Halsted.

– Oui, oui, dit Reed avec impatience. Si c'est bien un fragment de la Pierre noire. Mais comment allez-vous prouver ça? Est-ce que nous pouvons le ramener à La Mecque pour voir s'il s'imbrique quelque part? Est-ce que nous pouvons faire une analyse comparative très sophistiquée de la composition chimique de mon porte-bonheur et du reste de la Pierre noire?

– Je suis sûr que le gouvernement d'Arabie Saoudite ne permettrait ni l'un ni l'autre, dit Avalon.

– Je n'ai pas non plus l'intention de le lui demander, dit Reed. Bien sûr, dans ma famille, le fait que cet objet soit bien un fragment de la Pierre noire est un article de foi. On racontait périodiquement cette histoire aux visiteurs en leur montrant colis, lettre et pierre. Ça a toujours fait sensation.

» Et puis, peu de temps avant la Première Guerre mondiale, ma famille a eu peur. Mon père était gosse à l'époque et il m'a raconté cette histoire quand j'étais moi-même enfant, alors elle doit être complètement déformée. Quand j'étais jeune, elle m'impressionnait beaucoup, mais une fois parvenu à l'âge adulte, je me suis aperçu qu'elle était dénuée de tout fondement.

– Quelle était cette histoire? demanda Gonzalo.

– Il s'agissait d'étrangers enturbannés qui auraient rôdé autour de la maison, d'ombres mystérieuses le jour, de bruits étranges la nuit, dit Reed. C'était le genre de choses que les gens pourraient imaginer après avoir lu un mauvais roman à suspense.

Rubin, qui, en tant qu'écrivain, aurait en temps ordinaire ressenti comme une injure la dernière partie de la phrase de Reed, était trop passionné par cette énigme pour réagir. Il déclara :

– Ça implique donc que des Arabes étaient sur la piste du fragment de la Pierre noire. Est-ce qu'il s'est passé quelque chose?

Avalon s'interposa :

– Si vous nous parlez maintenant de morts mystérieuses, Latimer, je saurai que vous avez tout inventé.

– Je ne vous dis que la stricte vérité, répondit Reed. Il n'y a pas eu de morts mystérieuses. Depuis mon arrière-grand-père, tout le monde dans la famille est mort de vieillesse, de maladie ou d'accidents qui n'avaient rien de curieux. Aucun vent de perfidie n'a jamais soufflé. Et à la suite du récit des étrangers enturbannés, il ne s'est jamais rien passé. Rien du tout! Ce qui est l'une des raisons pour lesquelles je n'y crois pas.

– Est-ce que quelqu'un a essayé de voler ce fragment? demanda Gonzalo.

– Non, jamais. Le paquet dans lequel il était avec la lettre est resté dans un tiroir non fermé à clé pendant un demi-siècle. Personne n'y a accordé d'attention particulière et il est resté en parfaite sécurité. Comme vous avez pu le constater, j'ai toujours mon fragment de pierre, dit-il en tapotant sa poche avant de poursuivre : En fait, si je n'avais pas été là, on l'aurait complètement oublié. Vers 1950, j'ai éprouvé un regain d'intérêt pour cette histoire. Je ne me rappelle plus exactement pourquoi. Israël venait d'être créé et on parlait beaucoup du Moyen-Orient dans les journaux. C'est peut-être pour ça. En tout cas, je me suis mis à repenser à cette vieille histoire de famille et je suis allé ressortir ce truc de son tiroir.

Reed sortit distraitement son joyau de fer et le tint dans la paume de sa main.

– Il me semblait bien qu'il s'agissait d'un fragment de météorite, mais bien sûr, du temps de mon arrière-grand-père, les météorites n'étaient pas aussi connues du grand public qu'elles le sont aujourd'hui. Donc, comme je vous l'ai dit tout à l'heure, je l'ai apportée au Musée d'Histoire Naturelle. Quelqu'un m'a dit que c'était bien ça et m'a demandé si je voulais en faire don. Je lui ai dit que ça appartenait à ma famille et que je ne pouvais pas m'en séparer. Mais je lui ai demandé, et c'était là pour moi l'essentiel, si elle avait pu être arrachée à une météorite plus importante.

» Il l'a examinée attentivement, tout d'abord à l'œil nu, puis à la loupe, et il m'a finalement dit que rien ne permettait de l'affirmer. Il m'a dit qu'elle devait avoir été trouvée tel quelle. Il a dit que le fer des météorites était particulièrement dur et résistant parce qu'il contenait du nickel. C'était davantage un alliage que du fer, et on ne pouvait pas l'arracher à un bloc sans qu'il n'y ait des traces de l'opération.

» Voilà qui réglait la question, n'est-ce pas? Je suis retourné chez moi, j'ai sorti la lettre et je l'ai relue. J'ai même examiné le paquet dans lequel l'ensemble avait été envoyé. Il y avait un gribouillis à moitié effacé en chinois, et en anglais, le nom et l'adresse de mon arrière-grand-mère, rédigés en lettres pointues et pâlies. Il n'y avait rien à en tirer. Je n'ai pas réussi à déchiffrer le cachet de la poste, mais il n'y avait aucune raison de supposer qu'il n'était pas de Hong Kong. En tout cas, je me suis dit que toute cette histoire n'était qu'une gentille petite supercherie. Mon arrière-grand-père Latimer avait trouvé la météorite quelque part, il avait probablement passé un certain temps dans le monde arabe, et il n'avait pas pu résister à l'envie de raconter des bobards.

– Et ensuite, un mois plus tard, il est mort dans des circonstances mystérieuses, dit Halsted.

– Il est mort, c'est tout, dit Reed. Il n'y a aucune raison de penser que sa mort avait quelque chose de mystérieux. Dans les années 1850, la vie était relativement brève. N'importe quelle maladie infectieuse pouvait être mortelle... En tout cas, l'histoire s'arrête là. Pas de prestige. Pas de mystère.

Gonzalo protesta aussitôt avec force :

– Non, l'histoire ne s'arrête pas là. Ce n'est même pas là qu'elle commence. Et cette offre de cinq cents dollars?

– Oh, ça! dit Reed. Ça s'est passé en 1962 ou 1963. C'était au cours d'un dîner et on discutait âprement des événements du Moyen-Orient. Je me faisais un peu l'avocat du diable en prenant le parti des Arabes – c'était bien avant la guerre des Six Jours, bien entendu – et j'ai alors repensé à la météorite. Elle était toujours en train de croupir dans son tiroir et je suis allé la chercher.

» Je me rappelle qu'on était tous assis autour de la table et que j'ai fait passer le paquet pour que tout le monde puisse y jeter un coup d'œil. Certains ont essayé de lire la lettre mais ce n'était pas si facile parce que l'écriture était plutôt démodée et illisible. Quelques-uns m'ont demandé ce qu'il y avait d'écrit en chinois sur le paquet et bien entendu, je l'ignorais. Juste pour faire mon petit effet, je leur ai raconté l'histoire des mystérieux étrangers enturbannés qui seraient apparus à l'époque de mon père et j'ai insisté sur la mort mystérieuse de mon arrière-grand-père sans indiquer les raisons pour lesquelles j'étais sûr qu'il s'agissait d'une supercherie. C'était simplement pour amuser tout le monde.

» Une seule personne a semblé prendre tout cela au sérieux. C'était un homme que je ne connaissais pas, il était amené par quelqu'un. Nous avions invité un ami et quand il nous a dit qu'il était pris, nous lui avons dit, eh bien, venez donc avec votre ami. C'était plus ou moins ça. Je ne me souviens plus de son nom. Tout ce que je me rappelle à son sujet, c'est qu'il avait des cheveux roux clairsemés et qu'il ne participait pas beaucoup à la conversation.

» Quand tout le monde a été sur le point de partir, il s'est avancé vers moi d'un air hésitant et il m'a demandé s'il pouvait à nouveau examiner l'objet. Il n'y avait aucune raison de ne pas le lui permettre, évidemment. Il a sorti la météorite du paquet – c'était la seule chose qui semblait l'intéresser – et il s'est approché de la lumière. Il l'a examiné pendant un bon moment. Je me rappelle que je commençais à m'impatienter. Ensuite, il m'a dit : « Dites donc, je collectionne les objets bizarres. Je me demande si vous accepteriez de me le laisser. Je vous paierais, bien entendu. Qu'est-ce que ça vaudrait, selon vous? »

» Je me suis mis à rire et je lui ai dit que je n'envisageais pas de le vendre. C'est alors qu'il a marmonné qu'il m'en donnerait cinq dollars. J'ai trouvé ça plutôt vexant. Je veux dire que si je me décidais à vendre un objet de famille, ce ne serait sûrement pas pour cinq dollars. Je lui ai opposé un refus brusque et définitif et j'ai tendu la main pour récupérer l'objet. Cet homme me déplaisait tant, tout à coup, que je me souviens avoir pensé qu'il pourrait le voler.

» Il me l'a rendu à contrecœur et je me rappelle avoir regardé à nouveau l'objet pour voir ce qui pouvait l'intéresser là-dedans, mais il n'avait pas changé, c'était toujours un affreux bloc de fer.

Voyez-vous, même si je savais que son intérêt résidait peut-être dans son histoire et non dans son aspect, j'étais tout simplement incapable d'attacher de la valeur à quelque chose d'inesthétique.

» Quand j'ai relevé les yeux, l'homme était en train de relire la lettre. J'ai tendu la main et il me l'a également rendue. Il m'a dit : « Dix dollars? » et je lui ai seulement répondu : « Non! »

Reed but une gorgée du café qu'Henry venait de lui servir. Il poursuivit :

– Tous les autres étaient partis. Jansen, mon ami, l'attendait. Jansen et sa femme ont été tués dans un accident de voiture l'année suivante, dans la même voiture que celle devant laquelle il attendait l'homme qu'il avait amené chez moi. Quelle chose effrayante que l'avenir, quand on y pense! Heureusement qu'on y réfléchit rarement.

» Bref, l'homme qui voulait avoir l'objet s'est arrêté à la porte et m'a dit très vite : « Écoutez, je voudrais vraiment avoir ce morceau de métal. Il ne vous sert à rien et je suis prêt à vous en donner cinq cents dollars. Qu'est-ce que vous en dites? Cinq cents dollars. Ne soyez pas rapace comme ça! »

» Je peux essayer d'excuser l'anxiété qu'il avait l'air d'éprouver, mais il était quand même sacrément blessant. Il a bien dit « rapace », je me souviens de ce mot. Après ça, je ne le lui aurais pas laissé pour un million. Très froidement, je lui ai dit qu'il n'était à vendre à aucun prix et d'un geste intentionnellement irrévocable, j'ai rempoché la météorite que je tenais toujours à la main.

» Son expression s'est assombrie et il a grommelé que je le regretterais et qu'il y aurait des gens qui n'auraient pas la gentillesse de me proposer de le payer, et puis là-dessus, il est parti... Depuis ce jour-là, la météorite n'a pas quitté ma poche. C'est mon affreux porte-bonheur, que j'ai refusé de vendre pour cinq cents dollars.

Il gloussa en silence et ajouta :

– Voilà, c'est là toute l'histoire.

– Et vous n'avez jamais découvert pourquoi il vous avait proposé cinq cents dollars pour ce truc-là? dit Drake.

– A moins qu'il ait cru qu'il provenait de la Pierre noire, je ne vois pas pourquoi il l'aurait fait, dit Reed.

– Il n'a jamais renouvelé son offre?

– Jamais. C'était il y a plus de dix ans et je n'ai jamais plus entendu parler de lui. Et maintenant que Jansen et sa femme sont morts, je ne peux même pas savoir où il habite ni comment je pourrais le contacter si je me décidais à le lui vendre.

– Qu'est-ce que voulait dire sa menace sur les gens qui n'auraient pas la gentillesse de vous proposer de le payer? demanda Gonzalo.

– Je n'en sais rien, dit Reed. Je suppose qu'il voulait parler de mystérieux étrangers enturbannés du genre de ceux dont je lui avais parlé. Je pense qu'il ne cherchait qu'à me faire peur pour que je lui vende l'objet.

– Puisqu'un mystère a réussi à surgir malgré tout, je suppose que nous devrions étudier quelles sont les différentes possibilités, dit Avalon. Le motif évident de son offre, comme vous dites, c'est qu'il a cru qu'il s'agissait d'un fragment de la Pierre noire.

– Dans ce cas, c'est bien le seul qui y a cru, dit Reed. Je ne pense pas que quelqu'un d'autre, ce soir-là, ait pris une seule seconde cette histoire au sérieux. En outre, même si c'était bien un fragment de la Pierre noire et si ce type était collectionneur, à quoi ça l'avançait de l'avoir tant qu'il n'en avait pas la preuve incontestée? Il aurait pu prendre n'importe quel morceau de fer et le baptiser « fragment de la Pierre noire », ça n'aurait pas été plus mal.

– Est-ce que vous pensez qu'il aurait pu s'agir d'un Arabe qui savait qu'un morceau de la taille de votre objet avait été arraché à la Pierre noire un siècle auparavant et qui voulait le récupérer pour des raisons religieuses? demanda Avalon.

– Il ne m'avait pas l'air arabe, dit Reed. Et s'il l'était, pourquoi l'offre n'a-t-elle pas été renouvelée? Ou pourquoi n'y a-t-il eu aucune tentative pour me le prendre de force?

– Il a examiné soigneusement l'objet, dit Drake. Est-ce que vous croyez qu'il a vu quelque chose qui l'aurait convaincu de sa valeur, quelle que soit cette valeur?

– Comment puis-je le nier? dit Reed. Mais quoi qu'il ait pu voir, moi, je ne l'ai absolument pas vu. Et vous?

– Moi non plus, reconnut Drake.

– Je n'ai pas l'impression qu'on puisse trouver quelque chose à partir de ça, dit Rubin. Nous n'avons pas assez d'informations... Qu'en dites-vous, Henry?

Henry, qui avait écouté avec une attention paisible, comme à son habitude, dit :

– Je me posais des questions sur quelques points particuliers.

– Eh bien, allez-y, Henry, dit Avalon. Pourquoi ne pas continuer à cuisiner l'invité?

– Monsieur Reed, dit Henry, vous nous avez dit que quand vous avez montré l'objet à vos invités, en 1962 ou 1963, vous avez fait passer le paquet à la ronde. Vous vouliez parler du paquet dans lequel la lettre et la météorite avaient été envoyées, du paquet et de son contenu tels qu'ils étaient à l'origine?

– Oui. Oh oui! C'était un trésor familial.

– Mais depuis 1963, vous portez la météorite dans votre poche, monsieur?

– Oui, toujours, dit Reed.

– Est-ce que cela veut dire que vous n'avez plus la lettre?

– Bien sûr que non, répondit Reed avec indignation. Nous avons toujours la lettre, bien entendu. J'avoue qu'après la menace de ce type, j'étais un peu inquiet, je l'ai donc mise à l'abri. Pour la famille, c'est un document prestigieux, qu'il y ait eu supercherie ou non.

– Où est-elle en ce moment? demanda Henry.

– Dans un petit coffre encastré dans le mur, où je garde des documents et de temps en temps, des bijoux.

– L'avez-vous vue récemment, monsieur?

Reed eut un large sourire.

– J'utilise fréquemment ce coffre et je la vois à chaque fois que je l'ouvre. Croyez-moi sur parole, Henry, la lettre est en sécurité, autant que mon porte-bonheur dans ma poche.

– Donc, vous ne la gardez plus dans son paquet d'origine, dit Henry.

– Non, dit Reed. Le paquet était plus pratique pour envelopper la météorite. Maintenant que je la transporte dans ma poche, il n'y a plus de raison de laisser la lettre seule dans le paquet.

Henry approuva d'un signe de tête.

– Dans ces conditions, qu'avez-vous fait du paquet, monsieur?

Reed eut l'air perplexe.

– Mais, rien du tout.

– Vous ne l'avez pas jeté?

– Bien sûr que non.

– Savez-vous où il se trouve?

Reed fronça lentement les sourcils. Finalement, il dit :

– Non, je ne pense pas.

– Quand l'avez-vous vu pour la dernière fois?

Le silence dura tout aussi longtemps.

– Je ne sais pas non plus.

Henry semblait perdu dans ses réflexions. Avalon demanda :

– Eh bien, Henry, qu'avez-vous à l'esprit?

– Je me demandais simplement, dit-il en faisant lentement le tour de la table pour enlever les verres à cognac, si cet homme voulait vraiment la météorite.

– En tout cas, il m'a proposé de l'argent pour l'avoir, dit Reed.

– Oui, dit Henry, mais tout d'abord, des sommes tellement ridicules qu'elles ne vous incitaient pas à vous en défaire, et des sommes qu'il pouvait parfaitement payer si vous aviez marché dans son bluff. Puis une somme plus importante qu'il vous a annoncée d'une manière parfaitement insultante, comme s'il voulait s'assurer que vous refuseriez. Et enfin, il vous a fait une menace mystérieuse qui n'a jamais été mise à exécution.

– Mais pourquoi se serait-il donné la peine de faire tout cela s'il ne voulait pas mon joyau de fer?

– Peut-être pour en arriver précisément là où il en est arrivé, c'est-à-dire réussir à vous convaincre qu'il voulait la météorite et garder votre attention fermement fixée là-dessus, répondit Henry. Il vous a rendu la météorite quand vous avez tendu la main, il vous a rendu la lettre... mais vous a-t-il rendu le paquet qui les contenait à l'origine?

– Je ne me souviens pas qu'il l'ait pris, dit Reed.

– C'était il y a dix ans, dit Henry. Il s'est arrangé pour que vous fixiez votre attention sur la météorite. Vous avez même passé un moment à la réexaminer et pendant ce temps, je suis sûr que vous ne l'avez pas regardé, lui... Pouvez-vous affirmer avoir vu le paquet depuis lors, monsieur?

Reed secoua lentement la tête.

– Non, je ne peux pas. Vous voulez dire qu'il s'est arrangé pour que je fixe mon attention sur la météorite pour pouvoir ainsi s'en aller avec le paquet sans que je m'en aperçoive?

– J'en ai bien peur, monsieur. Vous avez remis la météorite dans votre poche, la lettre dans votre coffre, et apparemment, vous n'avez plus jamais repensé au paquet. Cet homme, dont vous ignorez le nom et que vous ne pouvez plus retrouver en raison de la mort de vos amis, a eu ce paquet pendant dix ans sans que quiconque ne vienne le gêner. Et maintenant, vous ne pourriez plus reconnaître ce qu'il a pris.

– Je pourrais certainement le reconnaître si je le voyais, déclara vigoureusement Reed. Il y a le nom et l'adresse de mon arrière-grand-mère dessus.

– Il a très bien pu ne pas conserver le paquet lui-même, dit Henry.

– J'y suis! s'écria soudain Gonzalo. C'était à cause de ce qui était écrit en chinois. Il a pu le deviner, d'une manière ou d'une autre, et il l'a emporté pour le faire déchiffrer et savoir avec certitude ce que ça disait. C'était un message important.

Un sourire flotta imperceptiblement sur les lèvres d'Henry.

– Voilà une conception romantique qui ne m'était pas venue à l'esprit, monsieur Gonzalo, et je ne crois pas que ce soit quelque chose de très probable. Je pensais à autre chose... Monsieur Reed, votre famille a reçu un paquet de Hong Kong en 1856 et à cette époque, Hong Kong appartenait déjà à la Grande-Bretagne.

– Hong Kong a été cédé à la Grande-Bretagne en 1842, dit brièvement Rubin.

– Et je crois que les Anglais avaient déjà institué un système moderne de distribution du courrier.

– Rowland Hill, 1840, dit immédiatement Rubin.

– Bien, dans ce cas, aurait-il pu y avoir un timbre sur le paquet d'origine? demanda Henry.

Reed eut l'air stupéfait.

– Maintenant que vous le dites, il y avait quelque chose qui ressemblait à un timbre noir, il me semble. Un profil de femme, peut-être?

– La reine Victoria, jeune, dit Rubin.

– Et pouvait-il s'agir d'un timbre rare? dit Henry.

Gonzalo leva les bras au ciel.

– Gagné!

Reed était assis, la bouche nettement ouverte. Il finit par dire :

– Bien sûr, vous devez avoir raison... Je me demande combien j'ai perdu.

– Ce n'était que de l'argent, murmura Henry. Les premiers timbres britanniques n'étaient pas beaux.

Remarque

The Iron Gem (« Le Joyau de fer ») a été publiée dans le numéro de juillet 1974 d'*Ellery Queen's Mystery Magazine* sous le titre *A Chip of the Black Stone* (Un éclat de la pierre noire). Normalement, quand toutes choses se valent, j'opte pour le titre le plus court. Je reviens donc dans le cas présent à mon titre original. [Je ne refuse pas toujours les changements. J'avais intitulé le premier récit de ce recueil *No Man Pursueth* (« Nul ne les poursuit »). Le magazine l'a changé en *When No Man Pursueth* (« Quand nul ne les poursuit ») et j'ai trouvé que ce mot supplémentaire constituait une amélioration.]

J'ai écrit cette nouvelle à bord du *Canberra*, qui m'a fait traverser l'océan pour m'emmener sur les rivages de l'Afrique, et m'a ensuite ramené en Amérique, pendant l'été 1973. J'allais observer une éclipse totale du soleil – la première éclipse totale de ma vie. Dieu seul sait qu'on ne m'a pas laissé m'ennuyer car j'étais conférencier à bord et j'ai donné huit conférences sur l'histoire de l'astronomie, pour ne rien dire du temps que j'ai dû passer à me montrer charmant et affable avec les mille deux cents femmes qui étaient à bord. (Vous devriez me voir quand je suis charmant et affable. Certaines femmes ont du mal à s'arracher à ma présence.)

Mais j'ai quand même trouvé le temps de m'esquiver dans ma cabine pour écrire *The Iron Gem*, presque d'un seul trait de plume. Ce qui me surprend aujourd'hui, avec le recul, c'est que cette histoire n'a rien à voir avec une éclipse solaire alors que je ne pensais qu'à ça (et aux mille deux cents femmes) durant la traversée.

LES TROIS NOMBRES

Quand Tom Trumbull arriva – en retard, bien entendu – au banquet des Veufs Noirs et demanda son whisky à l'eau de Seltz, il fut accueilli par James Drake.

Drake avait une expression de chien battu et il lui fit un discret signe de tête.

Trumbull le suivit tout en se défaisant de son manteau, son visage tanné et sillonné de rides posant la question avant même que sa voix ne le fasse.

– Que se passe-t-il? dit-il.

Drake considéra la volute de fumée bleue qui s'élevait de la cigarette qu'il tenait entre ses doigts.

– Tom, j'ai amené un physicien comme invité.

– Et alors?

– Eh bien, il a un problème qui, je crois, est de votre ressort.

– Un code?

– Quelque chose comme ça. Des chiffres, en tout cas. Je n'ai pas tous les détails. Je suppose qu'on y viendra après le dîner. Mais ce n'est pas là la question. Est-ce que vous m'aiderez s'il faut calmer un peu Jeff Avalon?

Trumbull regarda de l'autre côté de la pièce, là où Avalon conversait sagement avec celui qui était visiblement l'invité de la soirée, dans la mesure où c'était le seul étranger présent.

– Quel est le problème avec Jeff? demanda Trumbull.

Il ne semblait y en avoir aucun. Avalon, aussi grand et se tenant aussi droit que d'habitude, avait, comme toujours, l'air de ne pouvoir se détendre sous peine de devoir se briser. Sa moustache grisonnante et sa barbiche étaient aussi soignées que de coutume, et il avait ce sourire attentif qu'il persistait à adresser à des étrangers.

– Il m'a l'air d'aller très bien, dit Trumbull.

– Vous n'étiez pas là la dernière fois, dit Drake. Jeff se dit que les réunions mensuelles des Veufs Noirs deviennent presque systématiquement des séances de résolution d'énigme.

– Et qu'est-ce qu'il y a de mal à ça? demanda Trumbull en passant ses mains sur ses cheveux presque blancs, aux boucles serrées, que le vent du dehors avait légèrement décoiffés.

– Jeff pense que nous devrions être une organisation à but purement amical. Pour avoir le plaisir de converser et ainsi de suite.

– C'est ce qu'on fait de toute façon.

– Alors, quand on parlera de l'énigme, aidez-moi à lui clouer le bec s'il râle. Vous avez une voix qui porte, pas moi.

– Pas de problème. Vous avez parlé à Manny?

– Ah ça non! Il dirait le contraire par pur esprit de contradiction.

– Vous avez peut-être raison... Henry! dit Trumbull en agitant la main. Henry, rendez-moi un petit service. Ce scotch ne va pas me suffire. Il fait froid dehors et il m'a fallu longtemps pour trouver un taxi, alors...

Henry sourit discrètement. Son visage dépourvu de rides paraissait vingt ans de moins que la soixantaine qu'il comptait.

– Je m'étais dit que ce serait peut-être le cas, monsieur Trumbull. Votre second verre est prêt.

– Henry, vous êtes un diamant de la plus belle eau.

Et c'était assurément là un jugement sur lequel tous les Veufs Noirs pouvaient tomber d'accord.

– Je vais vous le démontrer, dit Emmanuel Rubin.

Il n'avait pas bien digéré la soupe à laquelle il reprochait de contenir un peu trop de poireaux pour être consommée par des êtres humains, et d'être nettement en minorité, puisqu'il était le seul à l'affirmer, ne le rendait que plus catégorique dans les autres positions qu'il défendait.

– Je vais vous démontrer que n'importe quelle langue est en réalité un enchevêtrement de plusieurs langues... Je vais écrire un mot sur chacun de ces deux bouts de papier. Le même mot. Je vous en donne un, Mario... et un à vous, monsieur.

Le second alla au Dr Samuel Puntsch, qui, comme c'était généralement le cas pour les invités des Veufs Noirs, avait gardé un silence discret pendant tous ces préliminaires.

Puntsch était un homme petit, mince, habillé d'un assortiment de couleurs funèbres qui auraient fait honneur à Avalon. Il regarda le bout de papier et haussa ses sourcils peu fournis.

– Ne dites rien ni l'un ni l'autre pour l'instant, dit Rubin. Écrivez seulement un substantif qui s'y rapporte.

Mario Gonzalo, l'artiste maison des Veufs Noirs, venait de terminer une esquisse du Dr Puntsch et il la mit de côté. Il regarda le mot écrit sur le bout de papier posé devant lui, écrivit quelque chose sans hésiter, puis passa le papier à Rubin. Puntsch fit de même.

Rubin déclara avec une indicible satisfaction :

– Il s'agissait du mot « ionique ». Je vais vous lire le substantif que Mario a trouvé. C'est « chapiteau ».

– Oui, dit Mario. Ça se rapporte à l'architecture grecque.

Puntsch se mit à rire.

– Oui, je vois. Moi, j'ai écrit « charge » ionique, c'est-à-dire, relative aux ions.

– Exactement. Le mot est identique à l'œil, mais pour des gens qui s'occupent de domaines différents, il n'a pas du tout le même sens. Je sais que Roger et Jim auraient pensé à la même chose que vous, Dr Puntsch, et que Tom, Jeff et Henry auraient probablement rejoint Mario. C'est comme ça pour des millions de mots. Fugue signifie deux choses différentes pour un psychiatre et un musicien. L'expression « trouver chaussure à son pied » n'a pas la même signification pour quelqu'un qui veut se marier et pour quelqu'un qui veut acheter une paire de souliers. Il n'y a pas deux personnes qui possèdent exactement le même langage.

Roger Halsted, le professeur de mathématiques, dit avec cette légère hésitation qui frisait toujours le bégaiement sans jamais parvenir à en être vraiment un :

– Il y a suffisamment de choses communes pour que ça ne soit pas réellement un problème, vous ne pensez pas?

– La plupart des gens arrivent à se comprendre, c'est vrai, dit Rubin d'un ton grognon. Mais il y a moins de choses qui coïncident parfaitement qu'il ne devrait y en avoir. Chaque petite branche culturelle développe son propre jargon pour le plaisir de former un groupe à part. Il y a des milliers de barrières verbales qui effraient les innocents, et ça fait bien plus que créer un sentiment de rejet...

– C'était la thèse de Shaw dans *Pygmalion*, grommela Trumbull.

– Non, pas du tout, Tom! Shaw pensait que c'était là le résultat d'une éducation contestable. Moi, je dis que c'est délibéré et que, bien plus que la guerre, c'est ça qui crée une atmosphère propice à l'effondrement du monde.

Et il attaqua son rosbif d'un coup de couteau furieux.

– Seul Manny pouvait aller d'ionique à l'anéantissement de la civilisation en une dizaine de phrases, dit Gonzalo avec philosophie avant de passer son esquisse à Henry pour qu'il la remette à Puntsch.

Puntsch eut un faible sourire en la regardant, car elle faisait ressortir ses oreilles d'une manière qu'un puriste n'aurait pas trouvée compatible avec la beauté classique. Henry la colla au mur à côté des autres dessins.

Il était peut-être inévitable que la discussion dévie de l'injustice des langages particuliers aux exercices de vocabulaire, et Halsted obtint un certain degré de silence pendant le dessert en demandant quel était le mot anglais dont la prononciation et le sens changeaient quand il prenait une majuscule. Puis, comme tout le monde avait renoncé, Halsted dit lentement :

– C'est *polish* [1], vous êtes d'accord?

Avalon plissa le front d'un air sinistre, ses sourcils luxuriants arqués au-dessus de ses yeux.

– Au moins, ce n'est pas aussi blessant que les blagues qu'on fait habituellement sur les Polonais et que je ne peux pas toujours éviter d'entendre, dit-il.

Sa petite moustache grise toute frétillante, Drake dit :

1. *Polish* signifie Polonais et *polish* polir. *(N.d.T.)*

– Nous essaierons quelque chose de plus compliqué après le café.

Avalon jeta un regard soupçonneux en direction de Puntsch et, avec un air mélancolique, il observa Henry tandis qu'il versait le café.

– Vous désirez un brandy, monsieur? dit Henry.

Puntsch leva les yeux et répondit :

– Eh bien, oui, merci. Le repas était très bon, garçon.

– Je suis heureux que vous l'ayez apprécié, dit Henry. Notre établissement tient tout particulièrement à soigner les Veufs Noirs.

Drake frappa alors son verre à eau avec une cuiller. Il dit en essayant d'élever sa voix perpétuellement éraillée :

– J'ai invité Sam Puntsch en partie parce qu'il travaille pour la même entreprise que moi, dans le New Jersey, bien que ce ne soit pas dans le même service. Il ne connaît rien à la chimie organique. Je le sais, parce que je l'ai entendu en parler un jour. En revanche, j'ai cru comprendre qu'il n'était pas un trop mauvais physicien. Je lui ai également demandé de venir parce qu'il a un problème. Je lui ai dit qu'il pourrait venir nous divertir avec ça, et j'espère que vous n'y verrez pas d'inconvénient, Jeff.

Geoffrey Avalon fit doucement tourner le pied de son verre à cognac entre deux doigts et dit d'un air sombre :

– Il n'y a pas de statuts dans notre organisation, Jim. Alors je vais me rallier à vous et essayer de passer un bon moment. Mais je dois dire que j'aimerais bien me détendre un peu pendant nos soirées. A moins que ce ne soit tout simplement mon vieux cerveau qui se soit sclérosé avec l'âge.

– Ne vous en faites pas, nous allons charger Tom de le cuisiner.

– Si monsieur Avalon... commença Puntsch.
Drake s'empressa de dire :
– Ne faites pas attention à monsieur Avalon.
Et Avalon lui-même déclara :
– Oh! c'est parfait, Dr Puntsch. Ils ont tous la gentillesse de me permettre de bouder de temps à autre.
Trumbull fronça les sourcils et dit :
– Est-ce que vous allez me laisser commencer? Dr Puntsch... comment justifiez-vous votre existence?
– Justifier? Je suppose qu'on pourrait dire qu'essayer de faire durer notre civilisation au-delà d'une génération est une sorte de justification.
– En quoi consiste cette tentative?
– Il s'agit de trouver une source d'énergie qui soit permanente, sans danger et non polluante.
– De quel genre?
– Dans le domaine de l'énergie thermonucléaire... Vous allez me demander des détails?
Trumbull secoua la tête.
– Non, à moins qu'ils ne se rapportent au problème qui vous préoccupe.
– Oh! seulement de très loin, ce qui m'arrange.
La voix de Puntsch était ténue et il prononçait scrupuleusement chaque syllabe, comme s'il avait eu un jour l'ambition de devenir speaker à la radio. Il poursuivit :
– En fait, ce que disait monsieur Rubin au début de la soirée était tout à fait juste. Nous avons tous notre jargon particulier, parfois plus qu'il n'est nécessaire, et je ne tiens pas spécialement à trop entrer dans les détails du thermonucléaire.

Gonzalo, qui portait un costume alliant toutes les nuances de rouge et qui, sur le plan visuel, dominait l'assemblée encore plus que de coutume, marmonna :

– J'aimerais bien que les gens cessent de répéter que Rubin a raison.

– Vous voulez qu'ils mentent pour vous faire plaisir? demanda Rubin, qui avait immédiatement relevé la tête tandis que sa maigre barbe se hérissait.

– Silence, tous les deux, s'écria Trumbull. Dr Puntsch, permettez-moi de vous exposer ce que je sais de l'énergie thermonucléaire, et vous m'arrêterez si je dis trop de bêtises... C'est une sorte d'énergie nucléaire qui découle de la fusion de petits atomes avec des atomes plus gros. On utilise de l'hydrogène lourd provenant de l'océan, on le transforme en hélium, et on obtient une énergie qui pourrait nous suffire pendant des millions d'années.

– Oui, c'est plus ou moins ça.

– Mais nous n'en disposons pas encore, n'est-ce pas?

– Non, à l'heure actuelle, nous n'en disposons pas.

– Pourquoi, docteur?

– Ah! monsieur Trumbull, je suppose que vous ne voulez pas écouter une conférence pendant deux heures.

– Non, monsieur, mais pourquoi pas une conférence de deux minutes?

Puntsch se mit à rire.

– Deux minutes, c'est là la durée maximale pendant laquelle les gens arrivent à se concentrer. Le problème, c'est que nous devons élever nos particules à la température minimale de quarante-cinq millions de degrés centigrades, soit quatre-vingts millions de degrés Fahrenheit. Ensuite, il faut conserver les particules à cette température pour réaliser la fusion – il s'agit d'hydrogène lourd, comme vous l'avez dit, auquel on ajoute du tritium, qui en est un isotope particulièrement lourd – et ceci pendant suffisamment longtemps pour que ça explose, pour ainsi dire, et pendant que cela se produit, nous devons faire agir de puissants champs magnétiques.

» Pour l'instant, nous n'arrivons pas à élever la température assez rapidement, ni à maintenir l'action des champs magnétiques pendant assez longtemps pour déclencher la réaction. Produire de l'énergie par rayon laser serait une autre possibilité, mais il nous faudrait des lasers plus puissants que ceux que nous avons actuellement, ou des champs magnétiques plus forts ou mieux adaptés que ceux dont nous disposons. Une fois que nous aurons réussi à déclencher cette réaction, ce sera un pas important de fait, mais Dieu sait combien de problèmes techniques resteront encore à résoudre avant que règne l'énergie thermonucléaire sur la planète.

– Quand pensez-vous que nous aurons franchi ce premier palier et que nous déclencherons la réaction? dit Trumbull.

– C'est difficile à dire. Les physiciens américains et soviétiques s'y attaquent depuis un quart de siècle. Je pense qu'ils sont sur le point d'y parvenir. Dans cinq ans, peut-être. Mais il y a toujours des impondérables. Une bonne intuition peut faire aboutir les recherches cette année. Des difficultés imprévues peuvent nous retarder jusqu'au XXIe siècle.

– Peut-on se permettre d'attendre jusqu'au XXIe siècle? interrompit Halsted.

– D'attendre? dit Puntsch.

– Vous avez dit que vous tentiez de faire durer la civilisation au-delà d'une génération. On peut en déduire que vous ne croyez pas que nous pourrons attendre le XXIe siècle.

– Je vois. J'aimerais bien être plus optimiste, monsieur, mais je ne le peux pas, dit gravement

Puntsch. Au train où nous allons, nos réserves de pétrole vont être plus ou moins épuisées en l'an 2000. Revenir au charbon n'irait pas sans problèmes et compter sur la fission nucléaire implique qu'on se débarrasse d'énormes quantités de déchets radioactifs. Je me sentirais certainement très mal à l'aise si on n'avait pas construit de réacteurs de fusion d'ici, disons, l'an 2010.

– *Après moi, le déluge* [1], dit Avalon.

Puntsch répondit avec une légère aigreur :

– Le déluge se produira peut-être effectivement après vous, monsieur Avalon. Mais est-ce que vous avez des enfants?

Avalon, qui avait deux enfants et plusieurs petits-enfants, eut l'air embarrassé et dit :

– Mais l'énergie thermonucléaire peut prévenir le déluge et j'ai l'impression que vous êtes optimiste sur son développement.

– Oui, j'ai tendance à être optimiste.

Trumbull intervint :

– Bon, passons. Dr Puntsch, vous travaillez dans la même entreprise que Jim Drake. J'ai toujours pensé qu'on y fabriquait des produits chimiques et des médicaments.

– On y fait bien plus que ça, dit Drake en considérant d'un air attristé ce qu'il restait au fond de son paquet de cigarettes, comme s'il se demandait s'il devait en allumer une autre ou se reposer pendant dix minutes.

– Jim travaille dans le service de chimie organique, dit Puntsch. Moi, je travaille sur les plasmas, en physique.

– Un jour, je suis allé là-bas pour voir Jim et j'ai visité l'usine, dit Rubin. Je n'ai pas vu de tokamak.

– C'est quoi, un tokamak? demanda immédiatement Gonzalo.

1. En français dans le texte. *(N.d.T.)*

– C'est un système dans lequel des champs magnétiques stables, ou du moins assez stables, peuvent être introduits pour contrôler les gaz portés à très hautes températures, dit Puntsch. Non, nous n'en avons pas. Nous ne faisons rien de tel. Nous sommes plus ou moins en amont, du côté théorique. Quand nous trouvons quelque chose qui a l'air encourageant, nous nous arrangeons avec de grosses usines qui nous permettent de l'expérimenter.

– Quel est l'intérêt de votre boîte, là-dedans? demanda Gonzalo.

– Nous avons l'autorisation de faire de la recherche fondamentale. On peut toujours l'utiliser à des fins pratiques. L'entreprise produit des tubes fluorescents de différentes sortes et ce que nous pouvons découvrir sur les plasmas, ou gaz complètement ionisés, et sur les champs magnétiques, peut toujours servir à la production de tubes fluorescents de meilleure qualité et d'un coût inférieur. C'est là la justification pratique de notre travail.

– Et avez-vous découvert quelque chose d'encourageant? Je veux dire en thermonucléaire, pas en fluorescents, dit Trumbull.

Puntsch esquissa un sourire qui s'effaça lentement.

– C'est précisément le problème. Je n'en sais rien.

Halsted plaça la main sur la zone rose de son front dégarni et dit :

– C'est le problème que vous voulez nous soumettre?

– Oui, dit Puntsch.

– Eh bien, alors, docteur, si vous nous racontiez ça?

Puntsch s'éclaircit la voix et fit un instant la moue, balayant les convives du regard et se penchant sur le côté pour permettre à Henry de lui resservir un peu de café.

– Jim Drake m'a expliqué que tout ce qui se disait dans cette pièce était confidentiel et que tout le monde... – son regard s'attarda brièvement sur Henry – ... était digne de confiance. Je parlerai donc librement. J'ai un collègue qui travaille dans la même entreprise que moi. Il s'appelle Matthew Revsof et Drake le connaît.

Drake acquiesça :

– J'ai fait sa connaissance un jour où je suis allé chez vous.

– Revsof oscille entre le génie et la folie, ce qui est parfois une bonne chose pour faire de la physique théorique, dit Puntsch. Mais ça veut dire qu'il est bizarre et pas facile à vivre. On a toujours été bons amis tous les deux, surtout parce que nos épouses s'entendent particulièrement bien. On en est arrivés au point où nos enfants peuvent presque considérer qu'ils ont deux familles, dans la mesure où nous habitons dans la même rue.

» Revsof est actuellement à l'hôpital. Il y est depuis deux mois. Il me faut expliquer qu'il s'agit d'un hôpital psychiatrique et qu'il y est entré à la suite d'un épisode violent qu'il est inutile que je vous raconte en détail. L'hôpital n'est cependant pas disposé à le laisser sortir de sitôt et ça pose un problème.

» Je suis allé le voir environ une semaine après son hospitalisation. Il semblait parfaitement normal et parfaitement de bonne humeur. Je l'ai mis au courant du travail qui se faisait dans le service et il n'a eu aucun mal à me suivre. Mais il a alors voulu me parler en particulier. Il a insisté pour que l'infirmière sorte et pour que la porte soit fermée.

» Il m'a fait jurer de garder le secret et il m'a dit qu'il savait exactement comment il fallait concevoir un tokamak pour produire un champ magnétique complètement stable qui contiendrait indéfiniment un plasma de densité moyenne. Il a dit quelque chose du genre : « Je l'ai découvert le mois dernier. C'est pour ça qu'on m'a mis ici. Naturellement, ce sont les Soviétiques qui ont tout manigancé. Le matériel est à l'abri chez moi, il y a les graphiques, l'exposé théorique, tout. »

Rubin, qui avait écouté avec un froncement de sourcils indigné, s'interposa :

– Est-ce que c'est possible? Est-ce qu'il est le genre de bonhomme à pouvoir y arriver? Est-ce que les travaux étaient avancés au point que...

Puntsch sourit d'un air las.

– Comment puis-je répondre à ces questions? L'histoire de la science est pleine de progrès révolutionnaires ayant réclamé de petites intuitions que n'importe qui aurait pu avoir, mais qu'en fait, une seule personne a eues. Mais laissez-moi vous dire quelque chose : quand quelqu'un qui est enfermé dans un hôpital psychiatrique vous dit qu'il a trouvé quelque chose qui échappe aux plus brillants physiciens du monde depuis presque trente ans et que les Russes en ont après lui, vous n'avez pas tellement tendance à le croire. Alors, j'ai simplement essayé de le calmer.

» Mais mes tentatives n'ont fait que l'exciter davantage. Il m'a dit qu'il voulait que le mérite de cette invention lui revienne et qu'il n'allait pas tolérer que quelqu'un la lui vole pendant qu'il était à l'hôpital. Je devais donc surveiller sa maison pour m'assurer que personne ne viendrait la cambrioler. Il était persuadé que des espions russes allaient mettre un cambriolage sur pied et il ne cessait de me répéter que j'étais le seul en qui il pouvait avoir confiance. Il m'a dit qu'il annoncerait sa découverte dès qu'il sortirait de l'hôpital, et qu'il rédigerait un document officiel pour en garantir l'antériorité. Il m'a dit qu'il m'accordait le droit d'être coauteur. Naturellement, j'ai dit oui à tout, simplement pour qu'il se calme, et je suis allé rechercher l'infirmière dès que j'ai pu.

– Les chercheurs américains et soviétiques collaborent en matière de thermonucléaire, n'est-ce pas? dit Halsted.

– Oui, bien sûr, dit Puntsch. Le tokamak lui-même est d'origine soviétique. L'histoire d'espions russes n'est que le produit de l'imagination débridée de Revsof.

– Vous lui avez rendu visite depuis? demanda Rubin.

– Plusieurs fois. Il ne démord pas de sa version. Ça m'embête. Je ne le crois pas. Je pense qu'il est fou. Et pourtant, une voix me dit : et s'il ne l'était pas? Et s'il y avait bien chez lui quelque chose pour lequel le monde entier serait prêt à donner la prunelle collective de ses yeux?

– Quand il sortira... commença Halsted.

– Ce n'est pas si simple, dit Puntsch. Attendre comporte un risque. C'est un domaine dans lequel s'activent de nombreux esprits. Un beau jour, quelqu'un d'autre peut faire la découverte de Revsof – en admettant qu'il en ait bien fait une – et l'invention, le mérite et même le prix Nobel, pourquoi pas, lui échapperont. Sur un plan moins restrictif, l'entreprise y perdra le mérite considérable qui aurait rejailli sur elle, ainsi que la chance d'accroître substantiellement sa prospérité. Les employés ne pourront pas profiter de cet essor. Ainsi, vous voyez, messieurs, que j'ai un intérêt personnel dans cette affaire, tout comme Jim Drake, d'ailleurs.

» Mais même au-delà... Le monde s'est engagé dans une course qu'il ne gagnera peut-être pas. En admettant que nous ayons la réponse en ce qui concerne un champ magnétique stable, il y aura beaucoup de progrès techniques à concevoir, comme je l'ai dit tout à l'heure, et au mieux, il faudra encore des années avant que l'énergie thermonucléaire ne soit disponible pour être utilisée dans le monde, des années que nous ne pouvons peut-être pas nous permettre de laisser passer. C'est pour cette raison qu'il n'est pas sage d'attendre la sortie de Revsof.

– S'il sort bientôt... commença Gonzalo.

– Mais ce n'est pas le cas. Voilà le pire, dit Puntsch. Il se peut qu'il ne sorte jamais. Son état s'aggrave.

De sa voix profonde et solennelle, Avalon dit :

– Je suppose, monsieur, que vous avez expliqué à votre ami qu'il y avait avantage à agir rapidement.

– C'est bien ce que j'ai fait, dit Puntsch. Je le lui ai expliqué aussi soigneusement que possible. Je lui ai proposé d'ouvrir le coffre devant des témoins accrédités et de lui apporter tous les documents pour qu'il les signe. Nous laisserions les originaux et nous prendrions des copies. Je lui ai expliqué ce qu'il avait lui-même à perdre si nous tardions... Le seul résultat, c'est qu'il... eh bien, finalement, il m'a attaqué. On m'a demandé de ne plus retourner le voir jusqu'à ce qu'on me prévienne.

– Et sa femme? demanda Gonzalo. Est-ce qu'elle sait quelque chose là-dessus? Vous avez dit qu'elle s'entendait très bien avec votre femme.

– C'est vrai. C'est une personne admirable et elle comprend parfaitement dans quelle situation difficile nous nous trouvons. Elle est d'accord pour que le coffre soit ouvert.

– Est-ce qu'elle en a parlé à son mari? demanda Gonzalo.

Puntsch hésita.

– Eh bien, non. Elle n'a pas été autorisée à le voir. Il... il... c'est ridicule, mais je n'y peux rien. Il prétend que Barbara, sa femme, est à la solde de l'Union Soviétique. A vrai dire, c'est à Barbara qu'il... quand on l'a mis à l'hôpital...

– Bon, dit Trumbull d'un ton revêche, mais vous ne pouvez pas faire reconnaître l'incapacité de Revsof de façon que sa femme puisse disposer du coffre?

– D'abord, ce n'est pas aussi simple que ça. Barbara devrait certifier un certain nombre de choses qu'elle ne voudrait pas que tout le monde sache. Elle... elle aime ce bonhomme.

– Je ne voudrais pas avoir l'air macabre, dit Gonzalo, mais vous avez dit que la santé de Revsof se dégradait. S'il meurt...

– Sa santé mentale se dégrade, pas sa santé physique. Il a trente-huit ans et il peut très bien vivre encore quarante ans dans la folie la plus totale.

– Est-ce que sa femme ne sera pas finalement obligée de faire constater son incapacité mentale?

– Mais quand? dit Puntsch. Et puis, tout ça nous éloigne du problème que je veux vous exposer. J'avais exactement expliqué à Barbara ce que je ferais pour protéger l'invention de Matt. J'ouvrirais le coffre et Barbara signerait et daterait chaque document. Je les photocopierais tous et je lui remettrais une déclaration officielle précisant ce que j'avais fait et reconnaissant qu'il s'agissait du travail de Revsof. Les originaux et la déclaration authentifiée seraient remis dans le coffre et je travaillerais sur les copies.

» Vous comprenez, elle m'avait dit depuis le début qu'elle possédait la combinaison du coffre. Il a d'abord fallu que je surmonte l'impression d'avoir trahi la confiance de Matt et ensuite, que je vienne à bout des scrupules de Barbara. Je n'étais pas ravi de faire ça, mais je pensais qu'il s'agissait là d'une noble cause et finalement, Barbara a été d'accord. Nous nous sommes dit que si Revsof se rétablissait un jour suffisamment pour rentrer chez lui, il trouverait que nous avions fait ce qu'il fallait. Et son invention serait protégée.

– Donc vous avez ouvert le coffre, dit Trumbull.

– Non, dit Puntsch. J'ai essayé la combinaison que Barbara m'a donnée et ça n'a pas marché. Le coffre est toujours fermé.

– Vous pourriez faire sauter la serrure, dit Halsted.

– Je ne peux pas m'y résoudre, dit Puntsch. C'est une chose de se faire remettre la combinaison d'un coffre, c'en est une autre de...

Halsted secoua la tête.

– Je voulais dire que Mme Revsof pourrait peut-être demander elle-même qu'on fasse sauter la serrure.

– Je ne crois pas qu'elle le demanderait, dit Puntsch, ça signifierait faire appel à des étrangers. D'une certaine manière, ce serait là un acte de violence contre Revsof et... Pourquoi est-ce que la combinaison ne marche pas? C'est ça le problème.

Trumbull posa les mains sur la table et se pencha en avant.

– Docteur Puntsch, vous nous demandez de répondre à cette question? De vous dire comment utiliser la combinaison que vous avez?

– Plus ou moins.

– Vous l'avez sur vous?

– Vous voulez parler du papier sur lequel elle était inscrite? Non. Barbara l'a gardé et je comprends pourquoi. Mais si vous voulez que je vous l'écrive, il n'y a pas de problème. Je m'en souviens parfaitement.

Il sortit un petit carnet de la poche intérieure de son veston, en arracha une feuille et écrivit rapidement.

– Voilà, c'est ça!

12R 27 15

Trumbull y jeta solennellement un coup d'œil puis passa le bout de papier à Halsted, qui se trouvait à sa gauche. La feuille fit le tour de la table et lui revint.

Trumbull croisa les bras et y jeta à nouveau un coup d'œil solennel.

– Comment savez-vous qu'il s'agit bien là de la combinaison du coffre? demanda-t-il.

– C'est Barbara qui me l'a dit.

– Dr Puntsch, il ne vous semble pas que l'homme que vous nous avez décrit ne laisserait pas traîner cette combinaison? ça reviendrait au même que de ne pas fermer son coffre... Ces chiffres peuvent très bien n'avoir rien à voir avec le coffre.

Puntsch soupira.

– Ce n'est pas comme ça que je vois les choses. Ce serait différent s'il y avait quoi que ce soit dans le coffre qui ait une grande valeur. Mais chez les Revsof, ou chez moi, d'ailleurs, il n'y a rien qui ait vraiment de la valeur. Nous ne sommes pas riches et il est improbable qu'on veuille nous cambrioler. Revsof a son coffre depuis environ cinq ans et il l'a fait installer parce qu'il pensait qu'il pourrait y garder des documents. Il avait déjà son idée fixe concernant la protection de son invention, mais ce n'est que récemment que c'est devenu de la paranoïa. Il s'est noté la combinaison pour ne pas risquer d'être coincé lui-même.

» Barbara est un jour tombée dessus et elle lui a demandé ce que c'était. Il lui a répondu que c'était la combinaison du coffre. Elle lui a dit : « Eh bien, ne la laisse pas traîner », et elle l'a mise dans une enveloppe et l'a rangée dans un de ses tiroirs en se disant qu'il pourrait peut-être en avoir besoin un jour. Apparemment, ça n'a pas été le cas et je suis sûr qu'il a dû oublier tout ça. Mais elle, elle ne l'a pas oublié et elle est certaine qu'on n'y a jamais touché.

– Il aurait pu changer la combinaison, dit Rubin.

– Ça l'aurait obligé à faire venir un serrurier. Barbara dit qu'elle est sûre que ça ne s'est jamais produit.

– C'est tout ce qu'il y avait d'écrit sur cette feuille? demanda Trumbull. Seulement six chiffres et une lettre de l'alphabet?

– C'est tout.

– Et au verso?

– Il n'y avait rien.

– Vous comprenez, Dr Puntsch, il ne s'agit pas d'un code secret et je ne suis pas expert en combinaisons de coffre, dit Trumbull. A quoi ressemble ce coffre?

– Il est tout à fait ordinaire. Je suis sûr que Revsof n'avait pas les moyens d'en acheter un très sophistiqué. Il y a un cercle portant des numéros de 1 à 30 et au milieu, un bouton avec une flèche. Barbara a vu Matt s'en servir et ça n'avait pas l'air sorcier. Il tournait le bouton et ouvrait le coffre.

– Elle ne l'a jamais fait elle-même?

– Non, elle dit que non.

– Est-ce qu'elle peut vous dire pourquoi ça ne s'ouvre pas quand vous utilisez la combinaison?

– Non... Et pourtant, ça a l'air assez simple. La plupart des serrures que je connais, toutes, en fait, ont un bouton qu'on tourne d'abord dans un sens, puis dans l'autre, et enfin dans le premier sens. Il m'a semblé évident, en voyant la combinaison, que je devais tourner le bouton sur la droite [1] jusqu'à ce que la flèche indique douze, puis sur la gauche jusqu'à vingt-sept, et enfin à nouveau sur la droite jusqu'à quinze.

Trumbull dit d'un air pensif :

– Je ne vois pas ce qu'on pourrait faire d'autre.

– Mais ça ne marche pas, dit Puntsch. J'ai fait douze, vingt-sept, quinze une dizaine de fois. Je l'ai fait soigneusement, en veillant à ce que la petite flèche indique bien chaque numéro. J'ai essayé de tourner le bouton entre chaque chiffre, voyez-vous, à droite jusqu'à douze, puis un tour complet à gauche, puis vingt-sept, un tour complet à droite, et enfin quinze. J'ai essayé de faire un tour complet dans un sens et pas dans l'autre. J'ai essayé d'autres trucs, comme secouer un peu le bouton, appuyer dessus. J'ai tout essayé.

– Est-ce que vous avez essayé de dire : « Sésame, ouvre-toi »? dit Gonzalo avec un grand sourire.

– Ça ne m'est pas venu à l'esprit, répondit Puntsch, sans sourire, quant à lui, mais si j'y avais pensé, j'aurais essayé de le faire. Barbara m'a dit qu'elle ne l'avait jamais vu faire quelque chose de spécial, mais bien sûr, on aurait très bien pu ne rien remarquer à moins de l'observer attentivement, ce qu'elle n'avait jamais fait, ne sachant pas qu'elle aurait un jour à connaître cette combinaison.

– Laissez-moi y jeter encore un coup d'œil, dit Trumbull et il fixa solennellement le papier. Ce n'est qu'une copie, Dr Puntsch. L'original n'était peut-être pas exactement comme ça. Là, ça semble clair, mais vous l'avez peut-être écrit en pensant que c'était ça. N'est-il pas possible que certains chiffres aient été équivoques dans l'original et que vous ayez pris par exemple un sept pour un un?

1. Dans 12R2715, « R » représenterait la première lettre de *right*, qui signifie : à droite. *(N.d.T.)*

– Non, non, dit Puntsch en secouant vigoureusement la tête. Il n'y a aucun risque d'erreur, je vous assure.

– Et les blancs? dit Hasted. Est-ce qu'ils étaient bien placés à ces endroits?

Puntsch attrapa le bout de papier et y jeta un coup d'œil.

– Oh, je vois ce que vous voulez dire. Non, en fait, il n'y avait pas de blancs. C'est moi qui les ai mis parce que c'est comme ça que je voyais le tout. En fait, l'original était une suite de symboles sans espaces. Mais ça ne change rien, vous ne croyez pas? Vous ne pouvez pas les séparer autrement. Je vais vous l'écrire sans espaces.

Il écrivit sous la première ligne et fit passer le papier à Halsted.

12R2715

– On ne peut pas séparer les chiffres autrement, dit-il. Vous ne pouvez pas avoir un 271 ou un 715. Les nombres ne dépassent pas trente.

– Bon, ne nous occupons pas des nombres, marmonna Halsted. Et la lettre R?

Il se passa la langue sur les lèvres, savourant visiblement l'atmosphère de suspense qu'il venait de créer.

– Supposez qu'on sépare la formule ainsi :

12 R27 15

Il leva le papier en l'air pour que Puntsch puisse le voir, puis il le montra aux autres.

– Dans cette répartition, c'est le vingt-sept qui devrait être à droite, et donc, les deux autres chiffres seraient à gauche. Autrement dit, les nombres sont bien douze, vingt-sept et quinze, mais il faut tourner à gauche, à droite et à gauche au lieu d'à droite, à gauche, à droite.

– Mais pourquoi avoir mis le R à cet endroit? protesta Gonzalo.

– Il n'avait besoin que d'une indication minimale, répondit Halsted. Il connaissait la combinaison. S'il comprenait qu'il fallait tourner à droite pour les chiffres du milieu, il savait alors que pour les deux autres, il fallait tourner à gauche.

– Mais ce n'était pas sorcier, dit Gonzalo. Il aurait suffit de marquer les trois nombres, que ce soit gauche, droite, gauche ou droite, gauche, droite. Si ça ne marchait pas dans un sens, il pouvait essayer dans l'autre. Peut-être que le R veut dire autre chose.

– Je ne vois pas quoi, dit Puntsch d'un air démoralisé.

– Ce symbole ne pourrait pas être autre chose qu'un R, n'est-ce pas, Dr Puntsch? dit Halsted.

– Absolument pas, dit Puntsch. Je reconnais que je n'ai pas pensé à le regrouper avec le deuxième nombre, mais ça ne change rien. Quand la combinaison n'a pas marché en tournant à droite, à gauche, à droite, dans mon désespoir, j'ai non seulement essayé gauche, droite, gauche, mais aussi, droite, droite, droite et gauche, gauche, gauche. A chaque fois, j'ai essayé avec et sans tours complets. Rien n'a marché.

– Pourquoi ne pas essayer toutes les combinaisons? Il ne peut pas y en avoir tant que ça, dit Gonzalo.

– Faites donc le calcul, Mario, dit Rubin. Le premier nombre peut être n'importe quoi, de un à trente, dans n'importe quelle direction. Et il en va de même pour le deuxième et le troisième. Le nombre total de combinaisons possibles, si on tient compte des différentes directions dans lesquelles on peut tourner à chaque fois, est de soixante multiplié par soixante multiplié par soixante, soit plus de deux cent mille.

– Je crois que je ferais sauter la serrure avant de les essayer toutes, dit Puntsch d'un air visiblement écœuré.

Trumbull se tourna vers Henry, qui se tenait près du buffet, l'air absorbé.

– Vous avez suivi tout ça, Henry?

– Oui, monsieur, mais je n'ai pas vu les chiffres.

– Ça ne vous ennuie pas, Dr Puntsch? Il est le meilleur de nous tous, en fait, dit Trumbull.

Il tendit le papier avec la combinaison écrite de trois manières différentes. Henry les examina attentivement puis secoua la tête.

– Je regrette. J'avais une idée mais je vois que je m'étais trompé.

– C'était quoi, votre idée? demanda Trumbull.

– Je me disais que la lettre R était peut-être écrite en minuscule. Mais je vois qu'il s'agit d'une majuscule.

Puntsch eut l'air surpris.

– Attendez, attendez, Henry. Est-ce que c'est important?

– C'est possible, monsieur. On n'y accorde généralement pas assez d'importance, mais M. Halsted nous a expliqué tout à l'heure qu'en prenant une majuscule, *polish* changeait de sens et de prononciation.

Puntsch dit lentement :

– Mais vous savez, c'est bien une minuscule qu'il y avait dans l'original. Il ne m'est pas venu à l'esprit d'écrire un petit *r*. J'utilise toujours les majuscules quand j'écris en script. Comme c'est curieux.

Un léger sourire flottait sur le visage d'Henry. Il demanda :

– Pourriez-vous écrire la formule avec un petit *r*, monsieur?

Rougissant faiblement, Puntsch écrivit :

12r2715

Henry y jeta un coup d'œil et dit :

– Après tout, puisqu'il s'agit d'un *r* minuscule, je peux toujours poser une autre question. Y a-t-il une autre différence entre ceci et l'original?

– Non, dit Puntsch, puis il ajouta, sur la défensive : En tout cas, pas de différence significative. Le fait qu'il y ait ou non des blancs ou que ce soit en majuscules ou en minuscules n'a rien changé, n'est-ce pas? Bien entendu, l'original n'est pas de ma main.

Henry demanda tranquillement :

– Est-il de la main de quelqu'un, monsieur?

– Comment?

– Je veux dire, est-ce que l'original est tapé à la machine, Dr Puntsch?

Le visage du Dr Puntsch s'empourpra plus nettement.

– Oui, maintenant que vous me le demandez, il était bien tapé à la machine. Ce qui ne veut rien dire non plus. S'il y avait une machine ici, je le taperais pour vous le montrer, mais ce ne serait peut-être pas le même genre de matériel.

– Il y a une machine à écrire dans le bureau qui se trouve à cet étage, dit Henry. Vous voulez bien taper la formule, Dr Puntsch?

– Certainement, dit Puntsch d'un air de défi.

Il revint au bout de deux minutes, pendant lesquelles pas un mot n'avait été échangé autour de la table. Il présenta le bout de papier à Henry. Il y avait la série de chiffres tapée à la machine sous les quatre formules manuscrites :

12r2715

– C'est à ça que ressemblait l'original? dit Henry. La machine sur laquelle il avait été tapé n'avait pas de défaut particulier?

– Non. Ce que j'ai tapé ressemble tout à fait à l'original.

Henry passa le papier à Trumbull qui y jeta un coup d'œil et le fit circuler.

– Si vous ouvrez le coffre, je suppose que vous n'allez rien y trouver d'important, dit Henry.

– Je le suppose aussi, lâcha Puntsch. J'en suis presque sûr. Ce sera décevant, mais moins décevant que de rester là à se poser des questions.

– Dans ce cas, monsieur, je voudrais vous rappeler que monsieur Rubin parlait des jargons propres à chacun au début de la soirée. Les machines à écrire ont aussi leur langage particulier. Les modèles courants utilisent le même symbole pour le chiffre 1 et la minuscule de la douzième lettre de l'alphabet.

» Si vous aviez voulu noter à la main l'abréviation de *right* et *left* pour vous rappeler qu'il fallait tourner à droite ou à gauche, il n'y aurait pas eu de problème car ces lettres ne prêtent pas à confusion. Si vous les aviez tapées à la machine en majuscules, le résultat aurait été clair. Avec des minuscules, il est possible de lire la combinaison comme : 12 *right*, 27, 15, ou comme : 12, *right* 27, 15, ou encore comme : *left* 2, *right* 27, *left* 5. Le 1 de 12 et de 15 n'est pas un chiffre mais la lettre L écrite en minuscule et signifie donc qu'il faut tourner à gauche. Revsof savait qu'il tapait à la machine et il ne s'est pas embrouillé. Ce sont les autres qui risquaient de s'y perdre.

Puntsch regarda les nombres, bouche bée.

– Comment est-ce que j'ai pu ne pas le remarquer ?

– Tout à l'heure, vous avez parlé d'intuition que tout le monde pouvait avoir, mais que seule une personne avait en réalité, dit Henry. C'est monsieur Gonzalo qui avait la clé de l'énigme.

– Moi ? s'écria vivement Gonzalo.

– Monsieur Gonzalo s'est demandé pourquoi il n'y avait qu'une lettre et je me suis dit qu'il devait avoir raison, dit Henry. Le Dr Revsof aurait certainement indiqué toutes les fois où il fallait tourner à droite ou à gauche, ou pas du tout. Dans la mesure où il y avait indiscutablement une indication, je me suis demandé s'il ne pouvait pas y avoir les deux autres.

Remarque

Cette nouvelle a été publiée dans le numéro de septembre 1974 d'*Ellery Queen's Mystery Magazine* sous le titre *All in the Way You Read It* (« Tout est dans la manière de le lire »). Je préfère un titre plus court, je reviens donc à mon *The Three Numbers.*

On me demande parfois où je trouve mes idées ; en fait, on me le demande souvent. Ce n'est pas un grand secret. Je les trouve dans tout ce que je vis, et vous pouvez faire la même chose si vous avez envie de vous en donner la peine.

Par exemple, je sais que je tiens ce qui peut donner une histoire des Veufs Noirs si j'arrive à penser à quelque chose qu'on peut regarder sous plus d'un angle et qu'Henry serait le seul à prendre par le bon bout.

Alors, un jour où j'étais installé à ma machine à écrire et où j'avais envie qu'il me vienne une idée d'histoire de Veufs Noirs (parce que je préférais faire ça plutôt que de travailler à la tâche quelconque qu'il me fallait exécuter) j'ai décidé d'examiner ma machine pour voir s'il y avait une ambiguïté que je pourrais tirer du clavier. Après un moment de réflexion, j'en ai déniché une et je tenais mon récit.

UN MEURTRE? RIEN DE TEL

Emmanuel Rubin avait vraiment l'air hagard quand il arriva au banquet mensuel des Veufs Noirs. Alors qu'à l'ordinaire, il donnait nettement l'impression de mesurer une bonne tête de plus que le mètre soixante-cinq que les esprits terre à terre lui reconnaissaient, cette fois, il semblait avoir retrouvé ses mensurations exactes. Ses verres épais semblaient faire moins loupe et même sa barbe, assez maigre dans ses meilleurs jours, ne paraissait avoir que trois lamentables poils.

– Vous faites vraiment votre âge, lui dit le resplendissant Mario Gonzalo. Qu'est-ce qui ne va pas?

– Vous, vous ressemblez à un d'Artagnan qui en aurait rajouté, dit Rubin avec un très net manque de repartie.

– Nous, les Latins, nous avons l'élégance dans le sang, dit Gonzalo. Mais sérieusement, qu'est-ce qui ne va pas?

– Il me manque six heures de sommeil, dit Rubin d'un ton chagriné. Je n'ai pas fait attention et je me suis laissé piéger par un délai. En fait, la dernière limite pour remettre mon travail était il y a deux jours.

– Vous l'avez terminé?
– A peu près. Je vais le leur apporter demain.
– Qui a commis le meurtre, cette fois, Manny?
– Ça, rien à faire, il faudra que vous achetiez le livre pour le savoir.

Il s'effondra sur une chaise et dit « Henry! » en faisant lentement remonter son pouce et son index vers sa bouche.

Henry, le fidèle serveur qui officiait lors des banquets des Veufs Noirs, s'occupa immédiatement de lui, et Rubin ne dit rien jusqu'à ce qu'un quart du contenu de son verre se soit retrouvé dans son œsophage. Puis il demanda :

– Où sont tous les autres?

On aurait dit qu'il venait de s'apercevoir qu'il n'y avait que Gonzalo et lui dans la pièce.

– Nous sommes en avance, dit Gonzalo en haussant les épaules.
– Je vous jure que je ne pensais pas y arriver. Vous autres artistes, vous n'avez pas des délais à respecter, hein?
– J'aimerais bien que la demande soit suffisante pour justifier le respect de délais, dit Gonzalo d'un air sinistre. Nous sommes parfois un peu bousculés, mais nous pouvons être plus indépendants que ceux qui alignent des mots sur du papier. En art, on reconnaît les exigences de la créativité. Ça n'a rien à voir avec quelque chose qu'on peut découper en rondelles en tapant sur une machine à écrire.
– Écoutez! commença Rubin avant de se reprendre et d'ajouter : Je vous aurai au tournant. La prochaine fois, faites-moi penser à vous parler de vos infâmes gribouillages au fusain.

Gonzalo se mit à rire.

– Manny, pourquoi n'écrivez-vous pas un best-seller une bonne fois pour toutes? Si vous vous contentez d'écrire des romans policiers pour un public restreint, vous ne ferez jamais fortune.

Rubin releva le menton.

– Vous croyez que je ne suis pas capable d'écrire un best-seller? Je peux le faire quand vous voudrez. J'ai analysé ça. Pour écrire un best-seller, il faut viser l'un des deux seuls marchés assez importants pour assurer le succès : les femmes au foyer ou les étudiants. Le sexe et le scandale attirent les femmes au foyer; le pseudo-intellectualisme les gamins des universités. Je pourrais y arriver, dans un cas comme dans l'autre, si je le voulais, mais le sexe et le scandale ne m'intéressent pas et je ne veux pas faire l'effort d'abaisser mon intellect au point de le rendre pseudo.

– Essayez, Manny, essayez. Vous sous-estimez l'incapacité que votre intellect peut arriver à atteindre. D'ailleurs, s'empressa d'ajouter Gonzalo pour couper court à une réplique, ne me dites pas que c'est seulement ce qui est pseudo-intellectuel qui plaît aux étudiants.

– Bien sûr que si! dit Rubin avec indignation. Vous savez ce qui marche avec eux? *Chariot of the Gods*, qui est une pure ineptie. J'appellerais bien ça de la science-fiction si c'était un peu meilleur. Ou bien *The Greening of America*, qui a bien marché pour une question de mode. Pendant un mois, on l'a lu parce que tout le monde en parlait et le mois d'après, il était oublié.

– Et les livres de Vonnegut? Et *Le Choc du Futur*, Manny? Je vous ai entendu dire que vous aviez bien aimé *Le Choc du Futur*.

– Plus ou moins, dit Rubin.

Il ferma les yeux et avala une nouvelle gorgée.

– Même Henry ne vous prend pas au sérieux, Manny, dit Gonzalo. Regardez-le sourire.

Henry était en train de mettre le couvert.

– C'est simplement un sourire de satisfaction, monsieur Gonzalo, dit-il et effectivement, son visage, étonnamment lisse pour ses soixante ans, reflétait exactement ce sentiment. Monsieur Rubin m'a recommandé un certain nombre de livres qui ont été très appréciés dans les universités et je les ai généralement lus avec grand plaisir. Je le soupçonne d'aimer davantage les livres qu'il ne veut bien le reconnaître.

Rubin ignora la remarque d'Henry et reporta son regard las sur Gonzalo.

– D'ailleurs, qu'est-ce que ça veut dire, ça, « même Henry »? Il lit sacrément plus que vous.

– Peut-être, mais il ne lit pas vos livres.

– Henry! s'écria Rubin.

– J'ai acheté et lu plusieurs romans policiers écrits par monsieur Rubin, dit Henry.

– Et qu'est-ce que vous en pensez? demanda Gonzalo. Dites la vérité, je vous protégerai.

– Ils m'ont plu. Ils sont très bons, dans le genre. Il est vrai que j'ai l'esprit très terre à terre. Et quand on est comme ça, on arrive parfois à entrevoir la solution – quand l'auteur le permet.

A ce moment-là, les autres commencèrent à arriver et Henry s'affaira à leur servir l'apéritif.

Ça faisait longtemps que les Veufs Noirs n'avaient pas invité un étranger et Drake, qui était l'hôte, sentait toute la gloire en rejaillir sur lui et il souriait paisiblement à travers les volutes de fumée de son éternelle cigarette. De plus, l'invité était russe, un vrai Russe d'Union soviétique, et Geoffrey Avalon, qui avait appris le russe pendant la Seconde Guerre mondiale, eut l'occasion de réemployer ce qu'il arrivait à se rappeler.

Dominant de toute sa hauteur, il s'exprimait d'une voix nette, pesant sur chaque syllabe, employant son plus beau ton d'avocat, comme s'il s'adressait à des jurés russes. Le Soviétique, qui s'appelait Grigori Deryashkin, semblait être content et il répondit lentement et distinctement jusqu'à ce qu'Avalon fût à court.

Deryashkin était trapu et portait un costume gris pas très ajusté, une chemise blanche et une cravate foncée. Il avait des traits doux, de larges dents, un sourire facile, et son anglais comprenait un vocabulaire adéquat, une grammaire incertaine et un fort accent qui n'était nullement désagréable.

– D'où le sortez-vous? demanda tout doucement Thomas Trumbull à Drake au moment où Deryashkin se retournait un instant pour prendre le grand verre de vodka avec des glaçons que lui tendait Henry.

– C'est un auteur scientifique, dit Drake. Il est venu visiter le laboratoire pour qu'on lui explique ce qu'on fait sur les insecticides aux hormones. On s'est mis à discuter et je me suis dit qu'il aimerait peut-être frayer avec de sales capitalistes.

Que Deryashkin ait apprécié le repas, c'était une chose certaine. Il avait mangé avec un énorme appétit et Henry, atteint par la politique de la main tendue – ou peut-être désireux d'étaler une certaine munificence de l'Amérique – lui avait servi une seconde assiettée de chaque plat, tranquillement, avec la discrétion qui le caractérisait dans l'exercice de sa profession.

Roger Halsted avait observé ce manège avec un air de regret, mais sans rien dire. D'ordinaire, on regardait de haut celui qui reprenait d'un plat aux banquets des Veufs Noirs, en avançant que quand on s'était goinfré, on ne pouvait pas se montrer aussi brillant pendant la conversation qui suivait le repas. Halsted, qui enseignait les mathématiques dans un collège et qui ressentait souvent le besoin de se sustenter abondamment pour affronter ses élèves, n'était absolument pas d'accord avec cette théorie.

– De quelle partie de l'Union soviétique venez-vous, monsieur Deryashkin? demanda Trumbull.

– De Toula, à cent quatre-vingt-dix kilomètres au sud de Moscou. Vous avez entendu parler de Toula?

Il y eut un moment de silence, puis Avalon déclara d'un ton docte :

– Je crois que cette ville a joué un rôle dans la guerre contre Hitler.

– Oui, c'est ça, dit Deryashkin, l'air reconnaissant. A la fin de l'automne 1941, il voulait prendre Moscou dans un étau, par le sud et le nord. L'avant-garde allemande est arrivée à Toula. Dans le froid et dans la neige, nous les avons empêchés d'avancer. Ils n'ont pas pris Toula. Ils n'ont jamais pris Toula. Nous avons appelé ceux qui étaient restés pour garder les maisons : les jeunes garçons, les vieillards. J'avais seize ans et je portais un fusil fabriqué dans notre propre usine. Nous faisons aussi les meilleurs samovars de Russie. Toula se distingue en temps de paix et en temps de guerre. Un peu plus tard, pendant la guerre, j'ai été dans l'artillerie. J'ai atteint Leipzig mais pas Berlin... Nous étions alors amis, l'Union soviétique et l'Amérique. Je souhaite que nous le restions, dit-il en levant son verre.

Il y eut un murmure d'assentiment et la bonne humeur de Deryashkin fut encore renforcée au moment du dessert.

– Qu'est-ce que c'est? dit-il après la première bouchée en désignant de la fourchette ce qu'il avait dans son assiette.

– Du *pecan pie*, dit Drake.

– C'est très bon, c'est un aliment très riche.

Dès que Deryashkin eut fini sa part de tarte, Henry en posa une seconde devant lui. Puis, ayant remarqué qu'Halsted avait suivi des yeux ce second morceau, il lui en resservit un à lui aussi. Halsted regarda à droite et à gauche, s'aperçut qu'on l'ignorait soigneusement et s'y attaqua avec entrain.

Trumbull se pencha vers Drake et murmura :

– Est-ce que votre invité sait qu'il risque d'être cuisiné?

– J'ai essayé de le lui expliquer, mais je ne suis pas sûr qu'il ait vraiment compris, murmura Drake. De toute façon, il vaut mieux ne pas commencer par la traditionnelle question sur la justification de son existence. Il pourrait considérer qu'il s'agit là d'une remarque antisoviétique.

Le visage tanné de Trumbull se plissa en un muet grognement. Puis il dit :

– Après tout, c'est votre bonhomme. A vous de jouer.

Henry remplissait silencieusement les petits verres à cognac quand Drake toussa, écrasa sa cigarette et frappa son verre à eau avec sa fourchette en disant :

– Il est temps de nous occuper de notre invité étranger et je suggère que Manny, qui s'est montré étrangement silencieux pendant tout le repas, se charge de...

Deryashkin, qui s'appuyait au dossier de sa chaise, le veston déboutonné et la cravate desserrée, dit :

– Nous en arrivons maintenant à la conversation, et je suggère, avec la permission de l'assemblée, que nous parlions de votre grande ville de New York. Je suis ici depuis quinze jours et je dirai que c'est une ville de damnés.

Il sourit au milieu du vide que sa remarque avait créé, tout en hochant gaiement la tête.

– Une ville de damnés, répéta-t-il.

– Je suppose que vous faites allusion à Wall Street, ce repaire d'infâmes exploiteurs impérialistes? dit Trumbull.

Drake lui donna un coup de pied dans les tibias. Mais Deryashkin secoua la tête et haussa les épaules.

– Wall Street? Je ne suis pas allé là-bas et ça ne m'intéresse pas. Compte tenu de l'état de votre dollar, je doute que Wall Street ait beaucoup de pouvoir aujourd'hui. D'ailleurs, nous sommes amis et je ne souhaite pas employer des expressions telles qu'infâmes exploiteurs impérialistes. Elles font partie des clichés journalistiques, comme « sale rat communiste ». Ce n'est pas vrai?

– Très bien, dit Rubin. N'utilisons pas de vilains mots. N'employons que des termes gentils comme ville de damnés. Pourquoi est-ce que New York est une ville de damnés?

– C'est une ville de terreur! Le crime est partout. Vous vivez dans la peur. Vous ne vous promenez pas dans les rues. Vos parcs sont des réservoirs de violence où seuls les voyous peuvent aller se promener. Vous vous terrez derrière des portes verrouillées.

– Je suppose que New York partage ces problèmes avec toutes les grandes villes surpeuplées actuelles, y compris, j'en suis sûr, les grandes villes d'Union soviétique, dit Avalon. Mais ces problèmes ne sont cependant pas aussi aigus qu'on veut bien le dire.

Deryashkin leva les deux bras en l'air.

– Ne me comprenez pas mal. Vous êtes mes excellents hôtes et je n'ai pas le désir de vous offenser. Je reconnais que cette situation est répandue, mais dans une ville comme New York, magnifique par bien des côtés, très avancée et très riche dans beaucoup d'endroits, il semble curieux, ironique, qu'il y ait autant de peur. Les meurtres sont ouvertement discutés dans les rues! En fait, c'est la guerre d'une partie de la population avec une autre!

Pour la première fois de la soirée, Rubin s'interposa, la barbe hérissée d'agressivité :

– Je ne veux pas vous offenser non plus, camarade, mais je pense que votre problème, c'est que vous croyez à votre propre propagande. La criminalité existe, certes, mais la plus grande partie de la ville est paisible et financièrement à l'aise. Est-ce que vous avez été agressé, monsieur? Est-ce qu'on vous a attaqué d'une manière ou d'une autre?

Deryashkin secoua la tête.

– Jusqu'à présent, non. Je serai honnête. Jusqu'à présent, j'ai été traité avec toute la courtoisie possible, ici tout particulièrement. Je vous remercie. Mais je suis surtout allé dans des quartiers riches. Je ne suis pas allé là où vous avez des problèmes.

– Alors comment savez-vous qu'il y a des problèmes si ce n'est au travers de médias prédisposés à la critique? dit Rubin.

– Ah! dit Deryashkin. Mais je me suis aventuré dans le parc, près de la rivière. Là, j'entends discuter d'un meurtre. Ce n'est pas ce que j'ai lu dans un journal ou ce que m'a dit un ennemi ou un adversaire de votre pays. C'est la vérité. Je l'entends.

Ses lunettes semblant concentrer toute sa fureur dans son regard incandescent, Rubin pointa sur lui un doigt quelque peu tremblant et lui dit :

– Écoutez...

Mais Avalon était déjà debout, et du haut de son mètre quatre-vingt-cinq au bas mot, il dominait facilement l'assemblée.

– Messieurs, arrêtons-nous là-dessus, dit-il de sa voix autoritaire de baryton. J'ai une suggestion à vous faire. Notre invité, Tovarisch Deryashkin, semble croire qu'il a entendu discuter ouvertement d'un meurtre dans la rue. J'avoue que je ne comprends pas ce qu'il veut dire par là, mais je propose que nous lui demandions de nous raconter en détail ce qu'il a entendu et de nous dire quelles étaient les circonstances. Après tout, il pourrait avoir raison et cette histoire sera peut-être intéressante.

Drake acquiesça d'un vigoureux signe de tête.

– De par mon privilège d'hôte, je demande que monsieur Deryashkin nous raconte depuis le début l'histoire du meurtre dont il a entendu discuter. Manny, vous le laisserez parler.

Deryashkin répondit :

– Je serais heureux de raconter cette histoire aussi scrupuleusement que possible. Il n'y a pas beaucoup de détails, mais elle implique bien un meurtre, il n'y a pas de doute... Peut-être, avant de commencer, un peu plus de brandy... Merci, mon ami, dit-il aimablement à Henry.

Deryashkin sirota son brandy et déclara :

– Ça s'est passé aujourd'hui, en fin de matinée. Zelykov et moi... Zelykov est un collègue, brillant en biologie et en génétique, qui n'est pas vraiment complètement apprécié à une époque où la pensée de Lyssenko domine, mais il est excellent. Il ne parle pas bien l'anglais et je fais l'interprète pour lui. Zelykov et moi, nous sommes allés au département de biologie de l'université de Columbia pendant une ou deux heures ce matin.

» Quand nous en sommes ressortis, nous ne savions pas comment utiliser les indications que nous avions obtenues. Nous n'étions pas complètement sûrs d'avoir bien compris ce que nous avions entendu et nous ne savions pas vraiment ce que nous devions faire. Nous avons marché vers la rivière, l'Hudson, qui est très polluée, d'après ce que j'ai entendu dire, et nous avons regardé vers l'autre rive, qui est très belle, de loin, mais commerciale, on m'a dit, et vers l'autoroute qui est entre les deux, et qui n'est pas très jolie.

» Il faisait beau. Assez froid, mais le froid ne fait pas peur à un Russe de Toula. Nous nous asseyons et nous parlons en russe et ça fait plaisir. Zelykov ne possède que quelques mots d'anglais et même pour moi, c'est fatigant de parler anglais tout le temps. C'est une langue admirable, je ne voudrais pas vous offenser, c'est la langue de Shakespeare, de votre Mark Twain et de votre Jack London, et je l'aime beaucoup. Mais... – il pencha la tête sur le côté et fit la moue – mais c'est fatigant, et c'est agréable de parler sa langue maternelle et de pouvoir s'exprimer facilement.

» Mais je dis que nous parlions russe seulement parce que ça joue un rôle dans l'histoire. Voyez-vous, deux jeunes gens, qui n'ont pas l'air de voyous, s'approchent. Ils ont des cheveux courts, ils sont rasés, ils ont l'air d'avoir de l'argent. Je ne fais pas vraiment attention au début. Je les vois approcher mais je suis intéressé par ce que je suis en train de dire et je ne me rends pas vraiment compte qu'ils vont parler jusqu'au moment où ils le font. Je ne me rappelle pas exactement ce qu'ils disent, mais c'était quelque chose comme : « Ça ne vous dérange pas si nous nous asseyons? »

» Naturellement, ça ne me dérange pas. Le banc est séparé en deux par du métal. Chaque moitié est plus que suffisante pour deux personnes. Zelykov et moi, nous sommes sur une moitié et ces deux jeunes gens peuvent prendre l'autre. Je dis : « Soyez nos invités. Vous êtes les bienvenus. Asseyez-vous et mettez-vous à l'aise. » Quelque chose comme ça.

» Mais – et c'est là l'important – je venais de parler en russe à Zelykov, alors, quand les jeunes gens posent la question, sans réfléchir, je leur réponds en russe. J'aurais rectifié, mais ils se sont assis tout de suite et ils n'ont plus fait attention à nous, donc je me suis dit, bon, c'est fait, c'est fait, inutile d'insister.

» Vous voyez, cependant... – là, il s'arrêta et se tapota le nez avec son index – la signification de ceci?

Rubin déclara immédiatement :

– Non, je ne vois pas.

– Ils pensaient que nous étions des étrangers.

– Eh bien, vous l'êtes, dit Rubin.

– Ah, mais des étrangers qui ne savaient pas parler l'anglais, dit Deryashkin.

Trumbull s'interposa :

– Et en quoi est-ce important, monsieur Deryashkin?

Deryashkin frappa la paume de sa main gauche avec son index pour ponctuer chaque argument.

– S'ils pensent que nous parlons l'anglais, ils vont prendre un autre banc. Mais comme ils se disent : « Bon, nous avons là deux étrangers qui ne vont pas nous comprendre », ils s'assoient juste à côté de nous et parlent librement. Moi, bien sûr, j'écoute. Je parle à Zelykov, mais j'écoute aussi.

Fixant son verre de brandy vide, Halsted demanda :

– Pourquoi écoutiez-vous? Est-ce qu'ils avaient l'air suspect?

– Pour moi, oui, dit Deryashkin. Ce sont des étudiants, puisque nous sommes à côté de Columbia, et ils portent des livres. Je sais, bien sûr, que la corporation des étudiants est très active et, dans certains cas, destructrice.

Rubin l'interrompit avec chaleur :

– Il y a trois ans. Plus maintenant.

– Bien sûr, vous vous défendez, dit Deryashkin avec bonne humeur. Je ne critique pas. Je crois savoir que beaucoup d'étudiants ont été motivés par une hostilité à la guerre et je le comprends bien. Tout idéaliste qui fait preuve d'humanité est en faveur de la paix. Pourtant, il est indéniable que sous le couvert de l'idéalisme, il y a également des éléments indésirables. En outre, nous sommes assis dans un parc. Il est vide et il n'y a personne à qui on pourrait demander de l'aide si les étudiants sont armés et deviennent hostiles. Il est également bien connu qu'à New York, les passants ne font rien quand il se produit un crime.

» Je ne pense pas que nous courons un danger imminent, mais ce ne serait pas prudent de relâcher notre attention. Je continue à surveiller ces voyous et sans les regarder, j'écoute un peu ce qu'ils disent.

– Pourquoi tenez-vous à les appeler des voyous? dit Rubin. Ils n'ont rien fait si ce n'est venir s'asseoir sur le banc. Et encore, ils vous ont poliment demandé la permission.

– Il ne faut pas accorder trop de crédit à la politesse, dit Deryashkin. C'était seulement pour vérifier ce que nous étions. Et je les appelle voyous parce que c'est ce qu'ils étaient. Ils étaient en train de préparer un meurtre.

Autour de la table, une expression d'incrédulité se peignit sur tous les visages tandis que Deryashkin faisait une pause délibérée pour obtenir son effet. Finalement, Avalon demanda :

– Vous en êtes sûr, monsieur Deryashkin?

– Tout à fait sûr. Ils ont employé le mot « meurtre ». Ils l'ont répété plusieurs fois. Je n'ai pas tout entendu clairement. Ils parlaient à voix basse – précaution bien naturelle. Je parlais aussi moi-même, ainsi que Zelykov.

Rubin s'appuya au dossier de sa chaise.

– Donc, vous n'avez entendu que des bribes de conversation. Vous ne pouvez pas être sûr qu'il y ait quoi que ce soit qui cloche là-dedans.

– J'ai entendu le mot « meurtre », monsieur Rubin, dit Deryashkin d'un ton sérieux. Je l'ai entendu plusieurs fois. Vous connaissez l'anglais mieux que moi, je n'en doute pas, mais dites-moi s'il y a un mot qui se rapproche de *murder*. S'ils avaient dit *mother*, j'aurais entendu la différence. Je peux parfaitement prononcer le son *th* et je suis capable de le reconnaître, donc je ne confonds pas avec un *d*. J'ai entendu nettement, le *m* du début, donc ça ne pouvait pas être, disons... *girder*, qui est, je crois, un mot pour désigner les poutres métalliques dans la construction. J'ai entendu *murder*. De quoi d'autre peut-on parler sinon de tuer quand on parle de meurtre?

– Ils pouvaient employer cette expression au figuré, dit Gonzalo. S'ils parlaient d'un match de football contre une autre université, ils ont pu dire : « ça va être un meurtre » pour dire qu'ils allaient se faire battre.

– Ils parlaient trop sérieusement pour ça, mon cher monsieur, dit Deryashkin. Ce n'est pas d'un match de football qu'ils discutent. Ils s'expriment à voix basse, sérieusement, très sérieusement, et il faut aussi tenir compte de ce qu'ils ont dit d'autre.

– Eh bien, qu'ont-ils dit d'autre? demanda Trumbull.

– Ils parlaient d'« attendre les ombres », ce qu'on ne fait pas dans les matches de football. Ils attendaient les ombres pour prendre quelqu'un au piège, le surprendre et l'assassiner.

– Ils ont dit tout ça? demanda Rubin.

– Non, non, c'est mon interprétation, dit Deryashkin en fronçant les sourcils. Ils ont aussi parlé d'« attacher quelqu'un dans les ténèbres ». Ils ont dit ça. Je me rappelle très bien. Il était également question d'une organisation.

– Comment ça? demanda Avalon.

– Ils voulaient remonter les anneaux d'une chaîne. J'ai aussi entendu ça. Je crois que c'est une conspiration très bien organisée. Ils vont attendre dans le noir, ils vont s'attaquer à la ou les victimes, les attacher et les tuer. Et ils feront la même chose avec les autres membres de l'organisation en question.

» Il n'y a pas de doute dans mon esprit, poursuivit Deryashkin. Un voyou commence par parler, comme s'il récitait leur plan, et quand il a fini, l'autre dit : « Bien, c'est parfait! Il faut revoir certaines autres choses, mais tu vas très bien t'en sortir. » Et il lui recommande de ne rien dire.

– De ne rien dire? dit Rubin.

– Plusieurs fois, ils le répètent tous les deux. Ne rien dire. Sur un ton très sérieux.

– Vous voulez nous faire croire qu'ils s'assoient à côté de deux personnes qu'ils ne connaissent pas, qu'ils parlent tant qu'ils peuvent, et ensuite qu'ils se recommandent mutuellement de ne rien dire? dit Rubin.

Deryashkin dit d'un ton assez pincé :

– J'ai dit plusieurs fois qu'ils ont cru que nous ne parlions pas l'anglais.

– Écoutez, Manny, ne nous disputons pas, dit Trumbull. Monsieur Deryashkin a peut-être raison. Il y a des groupuscules radicaux parmi les étudiants américains. Ils ont déjà fait sauter des immeubles.

– Il n'y a pas eu de meurtres exécutés de sang-froid après avoir été soigneusement préparés, dit Rubin.

– Il faut un commencement à tout, dit Avalon en fronçant les sourcils et en se sentant visiblement inquiet.

– Et alors, monsieur Deryashkin, dit Trumbull, vous avez fait quelque chose?

– Fait quelque chose? répéta Deryashkin d'un air perplexe. Pour les empêcher, vous voulez dire? Ce n'était pas si facile. J'écoute, j'essaie de comprendre, d'en savoir le plus possible sans montrer que j'écoute. S'ils voient que j'écoute, ils vont voir que nous comprenons et ils vont s'arrêter de parler. Nous pouvons même être en danger. Donc, je ne les regarde pas pendant que j'écoute et soudain, c'est le silence et ils s'éloignent.

– Vous ne les avez pas suivis? demanda Drake.

Deryashkin secoua la tête avec emphase.

– Si ce sont des voyous, ils sont armés. Il est connu que les pistolets se vendent librement en Amérique et c'est très fréquent que des jeunes aient des armes. Ils sont jeunes et ils ont l'air forts, et moi, j'ai presque cinquante ans et je suis pour la paix. Je suis un vétéran de la guerre, mais je suis pour la paix. Quant à Zelykov, il souffre de la poitrine et sur lui je ne peux pas compter. Si les voyous s'en vont, qu'ils s'en aillent.

– Vous êtes allé voir la police? demanda Halsted.

– Moi? Pour quoi faire? Quelle preuve j'ai? Qu'est-ce que je peux dire? Je vois maintenant que vous êtes tous sceptiques et pourtant, vous êtes des hommes intelligents qui connaissent ma situation et qui savent que je suis un homme responsable, un scientifique. Et pourtant, vous êtes sceptiques. Que dire à un policier à part que j'ai entendu des bribes de phrases? Et puis, je suis un citoyen soviétique. Est-ce qu'il est possible qu'un policier accepte la parole d'un Russe contre celle de jeunes Américains? Et je ne voudrais pas être impliqué dans ce qui pourrait devenir un énorme scandale qui risquerait de compromettre ma carrière et d'embarrasser mon pays. Alors je ne dis rien. Je ne fais rien. Pouvez-vous suggérer ce que j'aurais dû faire ou dire?

– Eh bien, non, dit lentement Avalon. Mais si on se réveille un beau matin en découvrant que le meurtre a été commis et que c'est un groupe d'étudiants qui en est l'auteur, on n'aura pas très bonne conscience. Moi, en tout cas.

– Moi non plus, dit Trumbull, mais je comprends la position de monsieur Deryashkin. Sur la base de ce qu'il nous a dit, il aurait certainement du mal à intéresser à son affaire un sergent de police dur à cuire... A moins qu'il ne puisse avancer une preuve solide. Avez-vous une idée de ce à quoi ressemblaient ces étudiants, monsieur Deryashkin ?

– Aucune. Je ne les ai vus qu'un instant quand ils se sont approchés. Ensuite, je ne les ai pas regardés, je n'ai fait qu'écouter. Quand ils sont partis, je n'ai pu voir que leurs dos. Je n'ai rien remarqué de bizarre.

– Donc, vous ne pourriez pas les reconnaître ?

– En aucune manière. J'y ai pensé. Je me suis dit, si les services de l'université me montraient des photos de tous les jeunes gens inscrits à Columbia, je ne pourrais pas reconnaître les deux qui étaient assis sur le banc.

– Vous avez remarqué comment ils étaient habillés ? demanda Gonzalo.

– Il faisait froid, alors ils portaient des manteaux, dit Deryashkin. Des manteaux gris, je crois. Je n'ai pas vraiment fait attention.

– Des manteaux gris, marmonna Rubin.

– Est-ce qu'ils portaient quelque chose d'inhabituel ? dit Gonzalo. Des chapeaux bizarres, des moufles, des écharpes à carreaux ?

– Parce que vous croyez que vous allez pouvoir les identifier comme ça ? dit Rubin. Vous vous imaginez que vous pourrez aller trouver la police et qu'elle vous dira : « Ça doit être Moufle Garfinkel, un célèbre voyou. Il porte toujours des moufles. »

Gonzalo dit d'un ton patient :

– Toutes les informations....

Mais Deryashkin s'interposa :

– Je vous en prie, messieurs, je n'ai rien remarqué de tel. Je ne peux pas vous aider en ce qui concerne leurs vêtements.

– Et votre collègue, M. ... euh... commença Halsted.

– Zelykov.

– Et M. Zelykov? dit Halsted de sa voix douce, semblant pensif. S'il avait remarqué quelque chose...

– Non, il ne les a pas regardés du tout. Nous étions en train de discuter de gènes et d'ADN. Il ne s'est même pas aperçu qu'ils étaient là.

Halsted plaça délicatement la paume de sa main sur son front haut pour ramener en arrière des cheveux inexistants.

– Vous ne pouvez pas en être sûr, n'est-ce pas? dit-il. Y a-t-il un moyen de l'appeler maintenant pour le lui demander?

– Ce serait inutile, protesta Deryashkin. Je le sais, croyez-moi. Quand ils sont partis, je lui ai dit en russe : « Vous vous rendez compte de la criminalité de ces voyous? » et il a répondu : « Quels voyous? » Je lui ai dit : « Ceux qui viennent de partir. » Il a haussé les épaules et n'a pas regardé mais il a continué à parler. Il a commencé à faire froid, même pour nous, et nous sommes partis. Il ne sait rien.

– C'est très frustrant, dit Halsted.

– Mince alors, dit Rubin. Tout ça ne veut rien dire. Je n'y crois pas.

– Vous voulez dire que je mens? dit Deryashkin en fronçant les sourcils.

– Non, dit Rubin. Je veux dire que vous n'avez pas bien interprété ce qu'ils ont dit. Ce que vous avez entendu ne signifie pas qu'il y aura un meurtre.

Les sourcils toujours froncés, Deryashkin demanda :

– Est-ce que vous tous, messieurs, vous ne croyez pas que ce que j'ai entendu signifie qu'il y aura un meurtre?

Les yeux fixés sur la nappe, Avalon dit avec embarras :

– Je ne peux pas affirmer que je suis certain qu'ils préparaient un meurtre, mais je crois que nous devrions agir comme si c'était le cas. Si nous nous trompons, nous n'aurons fait que nous rendre ridicules. Si nous avons raison, nous pourrons peut-être sauver une ou plusieurs vies. Est-ce que tout le monde est d'accord?

Il y eut un murmure ambigu qui pouvait passer pour un murmure d'assentiment, mais Rubin leva le poing d'un geste belliqueux et dit :

– Qu'est-ce que vous voulez dire par « nous devrions agir », Jeff? Qu'est-ce que nous sommes censés faire?

– Nous pourrions aller trouver la police, dit Avalon. Ce serait difficile pour monsieur Deryashkin d'arriver à se faire entendre, mais si l'un de nous... ou plusieurs d'entre nous l'appuyaient...

– Qu'est-ce que ça changerait? dit Rubin sur un ton sardonique. Même si nous étions cinquante millions pour amener notre ami, les faits se ramèneraient au vague souvenir de quelqu'un qui se rappelle quelques bribes d'une conversation et qui ne peut pas identifier ceux qui parlaient.

– Là, monsieur Rubin a raison, dit Deryashkin. D'ailleurs, je ne veux pas participer à ça. C'est votre ville, c'est votre pays, et je ne veux pas m'en mêler. De toute façon, on ne peut rien faire, et quand le meurtre aura lieu, ce sera vraiment dommage, mais on n'y pourra rien.

– Il ne va rien se passer, dit Rubin.

– Ah non? fit Deryashkin. Alors, comment pouvez-vous expliquer ce que j'ai entendu? Sans parler du reste, il y a le mot « meurtre ». Je l'ai clairement entendu à plusieurs reprises et c'est un mot que je n'ai pas pu confondre. En anglais, il n'y a rien qui ressemble à *murder* et je n'ai pas pu me tromper. Et si les gens parlent de meurtre, c'est sûrement qu'il y a un meurtre dans l'air. Je crois que vous êtes le seul ici à mettre cela en doute, monsieur Rubin.

On entendit un faible toussotement au bout de la table. Henry, qui avait débarrassé les tasses à café, dit d'un air d'excuse :

– Il n'est pas le seul, monsieur Deryashkin. J'en doute, moi aussi. En fait, je suis tout à fait certain que ce que disaient les jeunes gens était inoffensif.

Deryashkin se retourna sur sa chaise. Il eut l'air surpris.

– Camarade serveur, si vous...

Trumbull s'empressa de dire :

– Henry est membre des Veufs Noirs. Henry, comment pouvez-vous en être certain?

– Si monsieur Deryashkin avait l'amabilité de bien vouloir répondre à quelques questions, je pense que nous arriverions tous à en être certains.

Deryashkin fit un grand signe de tête et écarta les bras.

– Demandez! Je répondrai.

– Monsieur Deryashkin, il me semble que vous avez dit que le parc était vide et qu'il n'y avait personne en vue pour vous aider si les jeunes gens se montraient violents. Ai-je bien compris? Les autres bancs du parc étaient-ils inoccupés?

– Ceux que nous pouvions voir étaient inoccupés, répondit promptement Deryashkin. Aujourd'hui, ce n'était pas un jour idéal pour s'asseoir dans un parc.

– Alors pourquoi croyez-vous que les jeunes gens soient venus vers votre banc, le seul à être occupé?

Deryashkin eut un rire bref et répondit :

– Il n'y a pas de mystère, mon ami. Il faisait froid et notre banc était le seul à être au soleil. C'est pour ça que nous l'avions nous-mêmes choisi.

– Mais s'ils voulaient discuter d'un meurtre, ils auraient sûrement préféré avoir un banc à eux, même s'ils avaient dû avoir un peu froid.

– Vous oubliez. Ils pensaient que nous étions des étrangers qui ne parlaient pas et ne comprenaient pas l'anglais. D'une certaine manière, le banc était bien vide.

Henry secoua la tête.

– Ça ne rime à rien. Ils se sont rapprochés de vous et ils vous ont demandé la permission de s'asseoir avant de savoir que vous alliez leur répondre en russe. Ils n'avaient aucune raison de penser que vous ne compreniez pas l'anglais au moment où ils sont venus vers vous.

Deryashkin dit avec humeur :

– Ils ont pu nous entendre parler en russe de loin et ils ont vérifié.

– Et ils se sont assis presque tout de suite, dès que vous avez parlé russe ? Ils n'ont pas cherché à vous tester un peu plus avant ? Ils ne vous ont pas demandé si vous compreniez l'anglais ? Avec un meurtre à l'esprit, ils se sont contentés d'une petite réponse en russe, ils se sont dit qu'ils ne risquaient rien et ils se sont assis pour discuter ouvertement d'un horrible crime ? S'il s'agissait de conspirateurs, ils se seraient sûrement mis le plus loin possible, pour commencer, et même s'ils s'étaient sentis irrésistiblement attirés par le soleil, ils vous auraient soumis à un test plus attentif. L'interprétation logique des événements, du moins pour moi, c'est qu'ils devaient discuter de quelque chose de tout à fait inoffensif, qu'ils voulaient un banc au soleil et qu'ils ne s'inquiétaient pas de savoir si on pouvait les entendre ou non.

– Et le mot « meurtre »? dit Deryashkin avec un ton très sarcastique. Ça aussi, c'est sûrement tout à fait inoffensif.

– C'est justement l'emploi de ce mot qui me fait penser que toute la conversation était bien inoffensive, monsieur, dit Henry. Il me semble que personne n'emploierait le mot « meurtre » pour désigner ses propres activités, mais seulement pour désigner celles des autres. Si vous allez assassiner quelqu'un, vous parlerez plutôt de « le supprimer », de « le faire définitivement taire », de « vous débarrasser de lui » ou si vous voulez bien excuser cette expression, de « le liquider ». Vous pourrez même dire « le tuer » mais sûrement pas parler de commettre un meurtre. C'est un terme trop laid. Il demande à être corrigé par un euphémisme.

– Et pourtant, ils l'ont dit, monsieur le serveur, dit Deryashkin. Vous pouvez bien dire ce que vous voudrez, vous n'arriverez pas à me persuader que je n'ai pas entendu clairement prononcer ce mot à plusieurs reprises.

– Ils n'ont peut-être pas dit ce que vous avez cru entendre.

– Et comment est-ce possible, mon ami? Hein?

– Même avec la meilleure volonté du monde et l'honnêteté la plus rigoureuse, on peut se tromper en interprétant ce que l'on entend, monsieur Deryashkin, particulièrement, et je vous prie de m'excuser de vous dire ça, s'il ne s'agit pas de sa langue maternelle, dit Henry. Par exemple, vous avez dit qu'ils avaient employé les mots « les attacher ». Ne serait-il pas possible que vous ayez entendu « les lier » et que vous avez interprété ça comme « les attacher »?

Deryashkin parut décontenancé. Il réfléchit un instant et dit :

– Je ne pourrais pas jurer que je ne les ai pas

entendus dire « les lier ». Maintenant que vous le dites, je commence à m'imaginer que je l'ai peut-être entendu. Mais quelle importance cela a-t-il? « Les attacher » veut dire la même chose que « les lier ».

– La signification est à peu près la même, mais les mots sont différents. Et si c'est bien « les lier », je sais ce que vous avez dû entendre en récapitulant tout ce que vous nous avez raconté. Monsieur Rubin le sait également... mieux que moi, je crois, bien qu'il ne s'en rende pas tout à fait compte pour l'instant. Je pense que c'est parce qu'il le savait dans son subconscient qu'il a été si réticent à se faire à l'idée que monsieur Deryashkin avait surpris une véritable conspiration.

Rubin se redressa sur sa chaise en clignant des yeux.

– Qu'est-ce que je sais, Henry?

Deryashkin dit :

– Il faudra que vous expliquiez le « meurtre ». Rien ne compte si vous n'expliquez pas ce mot.

– Je ne suis pas linguiste, monsieur Deryashkin, dit Henry, mais j'ai un jour entendu dire que c'étaient les voyelles d'une langue étrangère qui étaient les plus difficiles à acquérir et que ce que l'on appelle un « accent étranger » est surtout une mauvaise prononciation des voyelles. Vous avez donc très bien pu ne pas distinguer certaines voyelles et comme les consonnes étaient les mêmes, vous avez entendu *murder* alors qu'il pouvait s'agir de *Mordor*.

A ces mots, Rubin leva les bras au ciel et s'exclama :

– Oh! mon Dieu!

– Exactement, monsieur, dit Henry. Au début de la soirée, je me souviens d'une discussion entre monsieur Gonzalo et vous-même au sujet de livres qui ont la faveur des étudiants. L'un d'eux est sûrement la trilogie du *Seigneur desAnneaux* de J.R.R. Tolkien.

– Tolkien? dit Deryashkin, désorienté, en trébuchant sur ce nom.

– C'est un écrivain anglais de littérature fantastique et il vient de mourir, dit Henry. Je suis presque sûr que certains étudiants ont formé des sociétés secrètes qui se réclament de lui. Ce qui pourrait expliquer les allusions à ne pas parler que vous nous avez rapportées comme faisant partie de la conversation des deux jeunes gens, monsieur Deryashkin. Ils ne s'exhortaient pas mutuellement au silence mais ils parlaient de la Société Tolkien à laquelle l'un d'eux, j'imagine, voulait adhérer.

» Pour y être admis, il se peut que le candidat ait à apprendre par cœur le petit poème qui constitue le thème de la trilogie entière. Si le jeune homme récitait bien ce poème, dans lequel il est deux fois question du « Pays de Mordor », alors je crois que toutes les bribes de conversation que vous avez entendues pourraient parfaitement s'expliquer. Monsieur Rubin m'a un jour recommandé cette trilogie et je l'ai énormément aimée. Je ne me rappelle pas le poème mot pour mot, mais je soupçonne que monsieur Rubin le connaît par cœur.

– Et comment! explosa Rubin.

Il se leva, mit une main sur la poitrine, éleva l'autre vers le plafond et se mit à déclamer sur un ton grandiloquent :

Trois Anneaux pour les Rois Elfes sous le ciel,
Sept pour les Seigneurs Nains dans leurs demeures de pierre,
Neuf pour les Hommes Mortels destinés au trépas,

Un pour le Seigneur des Ténèbres sur son sombre trône
Dans le Pays de Mordor où s'étendent les Ombres.
Un Anneau pour les gouverner tous, Un Anneau pour les trouver,
Un Anneau pour les amener tous et dans les ténèbres les lier
Au Pays de Mordor où s'étendent les Ombres [1].

Henry hocha la tête.

– Vous voyez, il y a non seulement le mot que monsieur Deryashkin a interprété comme « meurtre », mais aussi une référence à « anneau », aux « ombres » et l'expression « dans les ténèbres les lier ».

Il y eut un moment de silence puis Deryashkin dit :

– Vous avez raison. Maintenant que j'entends le poème, je dois reconnaître que c'est ce que j'ai entendu ce matin. Très juste... Mais comment pouviez-vous le savoir, serveur?

Henry sourit.

– J'ai l'esprit très terre à terre, monsieur Deryashkin. Vous avez l'impression que New York est une jungle, alors vous entendez les bruits de cette jungle. Quant à moi, je préfère supposer que des étudiants parlent comme des étudiants.

Remarque

J.R.R. Tolkien est mort le 2 septembre 1973. A ce moment-là, j'étais à Toronto pour y assister à la 31e Convention Mondiale de la Science-Fiction et cette nouvelle m'a profondément affecté... Pour-

1. *Le Seigneur des Anneaux*, traduction de F. Ledoux. (*N.d.T.*)

tant, le jour même où j'apprenais sa mort, je recevais le Hugo Award pour mon roman de science-fiction intitulé *The Gods Themselves* (traduction française : *Les Dieux eux-mêmes*, Denoël) et je ne pouvais m'empêcher d'être heureux.

Ayant lu trois fois *le Seigneur des Anneaux* au moment où Tolkien est mort (depuis, je l'ai lu une quatrième fois) et l'ayant davantage aimé à chaque lecture, j'ai eu l'impression que la seule façon de me rattraper pour m'être senti heureux en ce triste jour était d'écrire une nouvelle à sa mémoire. J'ai donc écrit *Nothing Like Murder.*

Ellery Queen's Mystery Magazine a toutefois décidé de ne pas l'utiliser. Ils se disaient que les lecteurs ne seraient peut-être pas assez familiarisés avec Tolkien pour apprécier cette histoire. Donc, après quelque hésitation, je l'ai envoyée au *Magazine of Fantasy and Science Fiction*, pour lequel je rédige une rubrique scientifique mensuelle.

J'ai été plutôt surpris que le rédacteur en chef de *F & SF*, Ed Ferman, l'ait acceptée, car il ne s'agit ni de fantastique ni de science-fiction, et elle est parue dans le numéro d'octobre 1974 de ce magazine. Je me suis alors attendu à recevoir des lettres outrées de la part d'amateurs de science-fiction, mais tout ce que j'ai eu, c'est un certain nombre de commentaires de satisfaction envoyés par des lecteurs ravis de constater que je suis un admirateur de Tolkien. Donc, tout va bien.

DÉFENSE DE FUMER

James Drake n'était absolument pas le seul fumeur du petit club des Veufs Noirs, mais il apportait certainement la plus grande contribution au voile qui planait généralement au-dessus des banquets mensuels de cette auguste corporation.

C'est peut-être pour cette raison que Thomas Trumbull, cet homme au visage austère, qui était, comme toujours, arrivé à la fin de l'apéritif et s'était « dessoiffé » avec un scotch à l'eau de Seltz que lui avait immédiatement et adroitement tendu l'incomparable Henry, agita ostensiblement le revers de son veston en direction de Drake.

– Qu'est-ce que c'est que ça? demanda Drake en louchant derrière la fumée de sa cigarette.

– Ben mince alors, pourquoi ne lisez-vous pas pour le savoir? dit Trumbull avec un peu plus de férocité que de coutume. C'est-à-dire, si la nicotine vous a laissé des yeux pour voir.

Le revers de Trumbull arborait un badge sur lequel était écrit : « Merci de ne pas fumer. »

Ayant scruté le badge d'un air pensif, Drake souffla une bouffée de fumée dans sa direction en disant :

– Il n'y a pas de quoi. Je suis toujours ravi de rendre service.

– Nom de Dieu, je fais partie de la minorité la plus opprimée du monde! dit Trumbull. Un non-fumeur n'a aucun droit que les fumeurs se sentent obligés de respecter. Seigneur, est-ce que je ne pourrais tout de même pas exiger un peu d'air raisonnablement pur et non pollué?

Emmanuel Rubin s'avança lentement vers eux. Sa barbe clairsemée se soulevait – ce qui annonçait invariablement qu'il allait se mettre à pontifier – et ses yeux de hibou se plissaient derrière ses verres formant loupe.

– Quand on habite New York, on avale, en gaz d'échappement, l'équivalent de deux paquets de cigarettes par jour, alors qu'est-ce que ça change? dit-il et il alluma ostensiblement une cigarette.

– Raison de plus pour ne pas vouloir ajouter de la fumée de cigarette aux gaz d'échappement que je respire, dit Trumbull en fronçant les sourcils.

– N'allez pas me dire que vous croyez ces foutaises que... commença Drake de sa petite voix rauque.

– Oui, j'y crois, lâcha Trumbull. Si vous voulez courir le risque d'avoir une attaque, un emphysème et un cancer du poumon, c'est votre affaire, et je vous souhaite bien du plaisir si vous avez l'une de ces maladies ou si vous les avez toutes. Je n'irais pas me mêler de votre plaisir si vous le faisiez quelque part dans une pièce fermée. Mais nom de Dieu, pourquoi est-ce que moi, je devrais respirer votre immonde fumée et courir le risque d'avoir une maladie simplement pour que vous puissiez avoir votre petit plaisir pervers...

Il s'interrompit car Drake, qui essayait visiblement de se retenir, eut l'une de ses assez fréquentes quintes de toux.

Trumbull parut satisfait.

– Joyeuse toux! dit-il. A quand remonte la dernière fois que vous avez pu respirer normalement?

Roger Halsted, qui fumait de temps à autre mais ne le faisait pas pour l'instant, dit avec le léger bégaiement qui l'affligeait parfois :

– Pourquoi êtes-vous aussi en colère, Tom? En quoi est-ce que cette soirée est différente des autres?

– En rien, mais j'ai eu ma dose. Je déborde. A chaque fois que je rentre à la maison après avoir passé la soirée avec vous autres, qui n'êtes que des déchets en train de vous consumer, mes vêtements sentent mauvais et je suis obligé de les brûler.

– A mon avis, dit Drake, il a dû trouver ce badge en cherchant un journal dans une poubelle du métro, et maintenant, il se prend pour un missionnaire.

– Je me sens en effet l'esprit missionnaire, dit Trumbull. J'aimerais forcer le Congrès à voter une loi qui mettrait le tabac dans la même catégorie que la marijuana et le haschisch. Nom de Dieu, les dommages physiologiques causés par le tabac sont infiniment plus évidents que ceux qui sont causés par la marijuana.

Geoffrey Avalon, qui était toujours sensible à toute référence à sa profession d'avocat, jeta un regard austère du haut de son mètre quatre-vingt-cinq et dit :

– Je ne recommanderais pas de nouvelle loi pour réglementer la moralité. Certains des meilleurs hommes de l'Histoire ont essayé de réformer le monde en faisant voter des lois contre de mauvaises habitudes et rien ne prouve que l'effet a été atteint. Je suis assez vieux pour me souvenir de la Prohibition dans ce pays.

– Vous fumez la pipe, dit Trumbull. Vous ne

pouvez pas être objectif. Est-ce que je suis le seul non-fumeur ici?

– Moi, je ne fume pas, dit Mario Gonzalo en élevant la voix.

Il était à l'autre bout de la pièce, en train de discuter avec l'invité.

– Parfait, dit Trumbull. Venez ici, Mario. Vous êtes l'hôte de la soirée. Interdisez qu'on fume.

– Il n'en est pas question, il n'en est pas question! dit Rubin avec chaleur. Dans l'organisation des Veufs Noirs, l'hôte ne peut légiférer qu'en matière de procédures, pas en matière de moralité. Il ne peut pas ordonner aux membres de se déshabiller, de faire le poirier en sifflotant « Dixie », de cesser de fumer – ni de se mettre à fumer non plus, d'ailleurs.

– Ce serait possible si l'hôte proposait cette règle et la soumettait à un vote, dit doucement Halsted. Mais les fumeurs sont quatre et vous n'êtes que deux, Tom.

– Attendez un peu, dit Trumbull. Il y a Henry. Il est membre. Qu'en pensez-vous, Henry?

Henry, le fidèle serveur des banquets des Veufs Noirs, avait presque terminé de mettre le couvert. Il leva son visage lisse dont l'absence de rides démentait, comme toujours, le fait qu'il était sexagénaire, et il dit :

– Pour ma part, je ne fume pas et je serais ravi qu'on l'interdise, mais je ne l'exige pas.

– Même s'il l'exigeait, dit Rubin, ça ferait toujours quatre contre trois, avec une majorité du côté du vice.

– Et l'invité? persista Trumbull. M...

– Hilary Evans, dit sévèrement Avalon.

Il se faisait une règle de ne jamais oublier le nom d'un invité, au moins pendant toute la soirée à laquelle il participait.

– Quelle est votre position, monsieur Evans?

Hilary Evans était petit et rondouillard, avec des joues pleines, roses et lisses. Il avait une petite bouche et des yeux vifs derrière les verres légèrement fumés de ses lunettes à monture argentée. Ses cheveux, étonnamment noirs, contrastant avec son teint clair, étaient souplement rejetés en arrière. Il pouvait avoir environ quarante-cinq ans. Il dit d'une voix de ténor :

– Je fume à l'occasion et en général, ça ne me dérange pas si d'autres fument, mais en ce moment, je n'ai aucun mal à comprendre votre attitude, monsieur. Les cigarettes ont fait mon malheur.

Trumbull, qui avait presque fermé un œil en retroussant un côté de la bouche pour émettre un grognement, semblait avoir envie d'en savoir plus, mais Rubin s'écria immédiatement :

– Cinq contre trois. La question est réglée.

Et Henry annonça imperturbablement que le dîner était servi.

Trumbull se battit pour pouvoir s'installer à côté de Gonzalo et il lui demanda à mi-voix :

– Qui est cet Evans?

– C'est le chef du personnel d'une entreprise qui m'a engagé pour une campagne publicitaire, dit Gonzalo. Il m'a convoqué pour un entretien et bien qu'il soit un type assez bizarre, on s'est bien entendus. Je me suis dit qu'il pouvait être intéressant.

– Je l'espère, même si je n'aime pas beaucoup que quelqu'un vote pour le camp adverse tout en reconnaissant qu'il me comprend très bien, dit Trumbull.

– Vous ne connaissez pas les détails de l'histoire, dit Gonzalo.

– J'ai bien l'intention de les apprendre, dit Trumbull d'un air sombre.

Pendant le dîner, la conversation eut du mal à

s'écarter du sujet du tabac. Avalon, qui avait, comme d'habitude, réduit à la moitié son deuxième verre d'apéritif pour l'abandonner ensuite sévèrement, fit remarquer que la cigarette était le seul vice qui avait été introduit par l'homme moderne.

– Et que faites-vous du LSD et des stimulants de l'activité cérébrale? demanda immédiatement Gonzalo.

Ayant réfléchi un instant là-dessus, Avalon reconnut sa défaite. Rubin exigea d'une voix forte de savoir quelle était la définition de « vice ».

– Tout ce qu'on n'aime pas est un vice, dit-il. Si on trouve ça bien, ce n'en est plus un. Parmi ceux qui faisaient croisade pour la lutte antialcoolique, plus d'un se jetait sur la nourriture comme on s'adonnerait à la boisson.

Et Rubin, qui était mince, repoussa sa soupe dont il n'avait mangé que la moitié avec une expression ostentatoirement vertueuse. Halsted, qui n'était pas mince, marmonna :

– Il n'y a pas beaucoup de calories dans le consommé de tortue.

– Écoutez, je me fiche éperdument de ce que vous faites, et je ne veux pas savoir si c'est du vice ou de la vertu tant que vous le faites tout seul ou avec ceux qui le font aussi. Si vous buvez du whisky et que je ne veux pas en boire, l'alcool ne va pas passer dans mon sang. Si vous voulez lever une gonzesse à vos risques et périls, moi, je ne vais pas attraper quoi que ce soit. Mais quand vous tirez sur une cigarette, je sens la fumée, elle entre dans mes poumons et je risque d'avoir un cancer.

– Tout à fait juste, dit soudain Evans. C'est une sale habitude.

Et il jeta un bref coup d'œil à Drake, qui était assis à côté de lui et qui fit passer sa cigarette dans son autre main pour l'éloigner d'Evans. Avalon s'éclaircit la gorge.

– Messieurs, il n'y a rien de nouveau dans ce qu'on peut reprocher au tabac, dit-il. Déjà, il y a trois siècles et demi, le roi Jacques Ier d'Angleterre écrivait un livre intitulé *Counterblaste to Tobacco*, dans lequel il passait en revue chaque argument que Tom pourrait avancer, compte tenu de l'évolution de la science depuis cette époque...

– Et vous savez ce qu'il était, Jacques Ier? dit Rubin avec un reniflement de mépris. Il était ordurier et stupide.

– Pas vraiment stupide, dit Avalon. Le roi de France Henri IV l'appelait le « fou le plus sage de toute la chrétienté » mais ça veut simplement dire qu'il manquait de jugement plutôt que de connaissances.

– Moi, j'appelle ça être stupide, dit Rubin.

– Si manquer de jugement était le critère de la bêtise, nous ne serions pas nombreux à y échapper, dit Avalon.

– Et vous seriez en première ligne, Manny, dit Trumbull.

Puis son expression s'adoucit car Henry venait de placer devant lui une part généreuse de *pecan pie* [1] surmonté de glace. Trumbull appréciait le *pecan pie* comme peu de choses dans la vie.

Tandis qu'on finissait de prendre le café, Gonzalo annonça :

– Messieurs! Messieurs! Je crois qu'il est temps de passer du général au particulier. C'est maintenant notre invité qui va être le sujet de la conversation. Tom, est-ce que vous voulez bien...

Trumbull répondit avec empressement :

– Non seulement je veux bien le cuisiner, mais j'insiste pour le faire. Un peu de silence, je vous prie... Henry, vous pourrez servir le brandy quand

1. Tarte à la noix de pacane. (*N.d.T.*)

vous voudrez... Monsieur Evans, la coutume de notre organisation veut que nous commencions par demander à nos invités comment ils justifient leur existence. Dans le cas présent, je vais vous dire, pour ma part, comment vous pouvez justifier votre existence. Pourriez-vous, je vous prie, me dire pourquoi vous n'avez en ce moment aucun mal à comprendre mon attitude en ce qui concerne le tabac, alors que vous fumez vous-même à l'occasion? Est-ce que l'industrie du tabac vous aurait escroqué?

Evans secoua la tête et eut un bref sourire.

– Non, ça n'a rien à voir avec l'industrie du tabac. Je préférerais que ce soit le cas. Je travaille pour une compagnie d'investissement et cela concerne mon activité professionnelle.

– De quelle manière?

Evans s'assombrit quelque peu.

– Ce serait assez difficile à expliquer correctement, dit-il. Disons qu'une histoire de cigarettes est venue gâcher les résultats très concluants que j'obtenais jusqu'ici en jouant à Sherlock Holmes. Mais... – et il soupira – pour être vraiment franc, j'aimerais mieux ne pas en parler.

– En jouant à Sherlock Holmes? dit Gonzalo d'un ton ravi. Henry, si...

Trumbull fit un geste impérieux de la main.

– Taisez-vous donc, Mario. Monsieur Evans, je crois qu'en contrepartie de votre repas, vous nous devez une franche tentative d'explication de ce que vous entendez exactement par là. Nous avons le temps et nous vous écouterons.

Evans soupira à nouveau. Il ajusta ses lunettes et dit :

– Monsieur Gonzalo, quand vous m'avez invité, vous m'avez annoncé que je serais cuisiné. Je dois avouer que je ne m'attendais à ce qu'un point sensible soit évoqué dès le départ.

– Monsieur, je n'ai fait que reprendre votre propre remarque, dit Trumbull. Si vous devez vous en prendre à quelqu'un, c'est à vous-même, dans la mesure où c'est vous qui avez abordé le sujet. Je vous en prie, ne nous gâchez pas notre petit jeu.

– Il n'y a pas de problème, monsieur Evans, dit Gonzalo. Je vous ai dit que rien de ce qui se disait dans cette pièce ne pouvait être répété à l'extérieur.

– Ah, ça, jamais! s'exclama énergiquement Trumbull.

– Ce n'est pas qu'il y ait quoi que ce soit d'illégal ou d'amoral dans ce qui m'est arrivé, dit Evans. C'est simplement que je vais être obligé de... de ne pas me montrer à mon avantage. Je suppose qu'on pourrait facilement se moquer de moi si on savait que...

– On ne le saura pas, dit Trumbull et en raison d'une longue expérience, il anticipa sur la remarque que son interlocuteur n'allait pas manquer de lui faire et il poursuivit : Et que notre estimé serveur ne soit pas un problème pour vous. Henry est le plus digne de confiance de nous tous.

Evans s'éclaircit la gorge et attrapa le pied de son verre de brandy entre le pouce et l'index.

– Il faut vous dire que je suis chef du personnel. Mon boulot consiste à aider à prendre certaines décisions sur les gens qu'on doit engager, mettre à la porte, promouvoir ou laisser végéter. Parfois, je décide en dernier appel dans la mesure où j'ai prouvé mes capacités en la matière... Voyez-vous, depuis qu'on m'a assuré que ce que je dirais serait confidentiel, je peux me permettre de chanter mes louanges.

– Dites la vérité même si elle est élogieuse pour vous, dit Trumbull. De quelle manière avez-vous prouvé vos capacités?

– En embauchant un homme à un poste très délicat, dit Evans. Chez nous, il y a beaucoup de postes très délicats puisque nous brassons constamment de fortes sommes d'argent. Nous nous fondons bien sûr sur toutes sortes de données, ce que le candidat, qu'il vienne de l'extérieur ou qu'il fasse l'objet d'une promotion interne, ne sait pas toujours. Nous avons de nombreuses informations sur ses antécédents, son caractère, sa personnalité, son expérience professionnelle.

» Mais voyez-vous, tout ceci ne suffit pas toujours. Savoir que quelqu'un s'en est bien tiré dans un certain travail ne veut pas forcément dire qu'il fera de même à un poste de plus grande responsabilité, ou dans l'accomplissement de tâches différentes. Savoir qu'il s'en est bien tiré dans le passé ne nous dit pas si certaines tensions ne vont pas l'amener à mal agir dans le futur. Nous ne pouvons pas savoir à quel point il peut être capable de dissimulation. L'esprit humain est un mystère, messieurs.

» Il arrive parfois qu'en certaines occasions, un doute subsiste malgré toutes les informations dont nous disposons. C'est alors qu'on s'en remet à moi pour la décision finale. Pendant de nombreuses années, mes jugements ont été confortés par les bons résultats de ceux que j'avais choisis pour tel ou tel poste, et dans pas mal de cas, par ce que sont devenus ceux que j'avais écartés. Du moins, c'est comme ça que ça se passait jusqu'à ce que...

Evans enleva ses lunettes et se frotta les yeux comme s'il était conscient qu'une bonne perception de la situation lui avait fait défaut.

– Mes supérieurs ont la gentillesse de dire qu'une erreur en vingt-trois ans est excusable, mais ça ne change rien. Dorénavant, on ne me fera plus autant confiance. Et on aura bien raison, parce que j'ai agi trop vite, sous le coup d'un préjugé.

Gonzalo, qui mettait la touche finale à l'esquisse de l'invité et qui lui avait donné un air anormalement collet monté en lui faisant une bouche pincée jusqu'à n'être plus qu'un point, demanda :

– Vous aviez des préjugés contre qui ou contre quoi?

– Contre les artistes, j'espère, dit Rubin.

– Laissez-le donc parler! s'écria Trumbull. Est-ce que ce préjugé avait quelque chose à voir avec le tabac?

Evans remit soigneusement ses lunettes et fixa les yeux sur Trumbull.

– J'ai un système qu'il m'est impossible de vous décrire par des mots car il se fonde en partie sur l'intuition et en partie sur l'expérience... J'observe de très près les petits détails de la conduite des hommes, les choses insignifiantes. Je me concentre sur une caractéristique d'une personne particulière et je la choisis d'après une sorte d'instinct que je semble avoir.

» Mettons que ce soit le fait de fumer. Dans ce cas, je note comment quelqu'un tient sa cigarette, comment il la tripote, la manière dont il aspire la fumée, les intervalles entre les bouffées, jusqu'où il fume son mégot, comment il l'écrase. Il y a une infinie complexité dans l'interaction entre un homme et sa cigarette... ou n'importe quoi, son épingle de cravate, ses doigts, la table qui est devant lui. J'ai étudié la complexité de ces petits détails toute ma vie, depuis que je suis adulte, d'abord par curiosité et amusement, et assez vite, dans un but plus sérieux.

Drake eut un petit sourire tendu et dit :

– Vous voulez dire que ces petits détails vous apprennent quelque chose sur les gens avec lesquels vous avez un entretien?

– Oui, absolument, déclara énergiquement Evans.

– Très bien. C'est là qu'intervient Sherlock Holmes. Alors, que pouvez-vous nous dire sur chacun de nous?

Evans secoua la tête.

– Je n'ai observé aucun de vous dans une optique professionnelle. Même si je l'avais fait, les conditions de mon étude ne sont pas réunies et je ne dispose pas des informations accessoires qui se seraient normalement accumulées sur mon bureau. Je ne peux pas dire grand-chose à votre sujet.

– De toute façon, nous ne sommes pas en train de jouer à un jeu de société, Jim, dit Trumbull. M. Evans peut vous dire que le tabac est pour vous une drogue et que vous laissez tomber des cendres dans votre soupe...

Evans eut l'air surpris et s'empressa de dire :

– En fait, le Dr Drake a effectivement laissé tomber des cendres dans sa soupe...

– Et je l'ai remarqué moi aussi, dit Trumbull. Quelles sont les conditions requises pour que vous puissiez étudier votre victime?

– Ce sont celles que j'ai adoptées au fil des ans. La personne avec laquelle je dois avoir un entretien entre seule dans mon bureau. Elle s'assied sur une certaine chaise sous une certaine lampe. Elle éprouve une certaine tension que je ne fais rien pour soulager. Je mets quelque temps à décider sur quoi je vais me concentrer et à ce moment-là, nous commençons.

– Et si vous ne trouvez rien à observer? demanda Gonzalo. Si la personne est complètement impénétrable?

– Ça n'arrive jamais. Il y a toujours quelque chose qui surgit.

– Est-ce que quelque chose a surgi quand vous m'avez interrogé? dit Gonzalo.

Evans secoua la tête.

– Je ne discute jamais de ce genre de choses avec la personne concernée, mais je peux vous dire ceci : il y avait un miroir dans la pièce.

Gonzalo essaya de faire bonne figure face à l'hilarité générale et dit :

– Quand on est beau, ça pose parfois des problèmes.

– Quelqu'un a dû vous souffler ça, dit Trumbull. Monsieur Evans, pourriez-vous en arriver au point crucial de votre récit, à savoir votre embarras?

Evans acquiesça et eut l'air malheureux. Il se tourna légèrement et dit à Henry :

– Je me demande si je ne pourrais pas avoir une autre tasse de café.

– Certainement, monsieur, dit Henry.

Evans en but une gorgée et dit d'un air pensif :

– Le problème, voyez-vous, c'est que j'ai observé avec tant d'attention la manière de fumer des gens que j'en suis arrivé à ne pas aimer les fumeurs. C'est un préjugé, si vous voulez, même si je fume moi-même à l'occasion. Il n'est pas aussi fort que le vôtre, monsieur Trumbull, mais de temps à autre, il explose, et un jour, c'est ce qui s'est produit à mes dépens.

» L'histoire concerne deux hommes qui avaient travaillé dans une de nos agences. Appelons-les... euh... Williams et Adams.

Avalon s'éclaircit la gorge et dit :

– A votre place, monsieur Evans, j'utiliserais leurs vrais noms. Au cours de votre récit, vous serez probablement amené à le faire de toute manière. Rappelez-vous que ce que vous dites ici est confidentiel.

– Je vais tout de même essayer de me débrouiller comme ça, dit Evans. Les deux hommes étaient très différents physiquement. Williams était un type grand et gros, un peu voûté et au débit lent. Adams était plus petit, il se tenait plus droit et pouvait se montrer très éloquent.

» Tous deux avaient une trentaine d'années; tous deux étaient également compétents, semblait-il, et s'étaient acquittés de leurs tâches d'une manière aussi satisfaisante l'un que l'autre; tous deux paraissaient qualifiés pour occuper un poste clé qui venait de se libérer dans la maison mère. Tous deux étaient célibataires, tous deux assez renfermés. Tous deux menaient une vie tranquille et ne semblaient pas présenter d'instabilité dans leur vie sociale...

Halsted l'interrompit.

– Qu'est-ce que ça veut dire, ça, instabilité?

– Ni l'un ni l'autre ne s'adonnait dangereusement au jeu. Ni l'un ni l'autre n'affichait d'habitudes personnelles ou sexuelles tranchant sur leur environnement au point de se faire exagérément remarquer. Aucun ne laissait voir de goûts ou d'aversions prononcés qui auraient pu les conduire à des actes imprévisibles. Ils avaient fini par être amis en travaillant dans le même bureau, d'une manière tranquille, mais symptomatique du manque d'intensité de leurs émotions, si bien que même s'il s'agissait là de la plus grande amitié qu'ils avaient tous deux, ce n'était qu'une banale relation.

Rubin dit en s'appuyant au dossier de sa chaise :

– Eh bien, voilà qui réveille mon âme d'écrivain. Nous avons donc deux copains bien tranquilles, qui suivent des chemins parallèles, de paisibles dégonflards... et tout à coup, ils s'aperçoivent qu'ils veulent obtenir le même poste, un poste qui leur vaudra plus d'argent et plus de prestige, et soudain, les agneaux se changent en lions et se tombent dessus...

– Absolument pas, dit Evans avec impatience. Il

y avait bien sûr une certaine compétition entre eux. C'était inévitable. Mais ni avant ni après, on n'aurait pu se dire que cette rivalité allait trouver un exutoire dans la violence.

» Tous deux avaient profité de la politique de la société en matière de formation continue et ils avaient pris des cours d'informatique que nous supervisions. Tous deux s'en étaient bien tirés. C'était difficile de choisir entre eux. Toutes les données que nous avions indiquaient, de façon surprenante, que Williams, ce rond-de-cuir lent et maladroit, était en fait un soupçon plus intelligent que l'autre. Et pourtant, on n'arrivait pas à se décider. Il n'avait pas l'air plus intelligent qu'Adams, qui lui, était vif et s'exprimait bien. La société m'a donc laissé le soin de prendre la décision, avec la confiance habituelle qu'ils avaient en mes méthodes...

– Vous voulez dire que votre société savait que vous jugiez les gens d'après leur manière de tripoter des trombones et ainsi de suite? dit Trumbull.

– Ils le savaient, dit Evans, un peu sur la défensive, mais ils savaient aussi que mes recommandations s'étaient invariablement révélées correctes par la suite. Que pouvaient-ils demander de plus?

Il termina son café et poursuivit :

– J'ai d'abord vu Williams parce que je soupçonnais qu'il pourrait être notre homme. Je ne voulais pas l'écarter s'il était le plus qualifié simplement parce qu'il n'avait pas une grande facilité d'élocution. Je suppose, dit-il en soupirant, que tout aurait été complètement différent si j'avais reçu Adams en premier, mais on ne peut pas revenir en arrière.

» Williams avait l'air nettement nerveux, mais ce n'était en aucune manière inhabituel chez lui. Je lui ai posé quelques questions concernant le travail courant, tout en étudiant ses réactions. Je me suis aperçu qu'il déplaçait son doigt sur le bureau, comme s'il écrivait quelque chose, mais il s'est arrêté quand il m'a vu en train d'observer sa main. J'aurais dû faire plus attention à ça. En fait, je n'avais pas encore choisi sur quoi j'allais me concentrer quand il a attrapé les cigarettes et les allumettes.

– Quelles cigarettes? demanda Rubin.

– J'ai toujours un paquet non entamé sur mon bureau, ainsi qu'une pochette d'allumettes, des trombones, un stylo à bille et d'autres menus objets placés à portée de la main de celui que je reçois. Les gens ont généralement tendance à les toucher, ce qui peut m'être utile. Ils jouent souvent avec le paquet de cigarettes, par exemple, mais ils vont rarement jusqu'à l'ouvrir.

» Williams l'a cependant fait et j'avoue que je ne m'y attendais pas. Dans son dossier, on ne disait pas que c'était un grand fumeur et il faut vraiment ne pas pouvoir résister à l'envie de fumer pour se servir sans demander la permission à celui qui vous fait passer un test.

Evans ferma les yeux, semblant visualiser cette scène et il dit :

– Je le revois bien. Je me suis dit qu'il y avait quelque chose de curieux quand il a placé une cigarette entre ses lèvres en essayant vainement de prendre un air sûr de lui. C'est à ce moment-là que j'ai commencé à l'observer de plus près, dans la mesure où mon attention avait été attirée sur l'incompatibilité existant entre l'arrogance avec laquelle il avait attrapé une cigarette sans demander la permission, et la timidité avec laquelle il maniait cette cigarette.

» Il avait les lèvres sèches, de sorte qu'il a dû retirer un instant la cigarette pour se passer la langue sur les lèvres. Puis il a remis la cigarette à la bouche et il l'a serrée comme s'il avait peur qu'elle tombe. Il avait l'air de plus en plus nerveux et je me suis mis à observer uniquement sa main et sa cigarette. J'étais sûr que j'apprendrais ainsi tout ce que je voulais savoir. Je l'ai entendu craquer une allumette et tenant toujours la cigarette, il l'a allumée de la main gauche.

» Il a semblé hésiter, il a tiré un ou deux semblants de bouffée et puis, comme s'il se rendait compte que je n'étais pas impressionné par son numéro, il a vraiment avalé la fumée et il a immédiatement eu un long accès de toux, apparemment très sérieux... En fait, j'ai découvert qu'il ne fumait pas.

Evans ouvrit les yeux.

– Je m'en suis bien entendu immédiatement aperçu. Apparemment, il se disait qu'il m'impressionnerait en fumant et passerait pour un type dégourdi et compétent. Il savait qu'il avait l'air pataud et il voulait donner l'impression inverse. C'est le contraire qui s'est passé. Il essayait de se servir de moi, de me faire passer pour un idiot, et j'étais furieux. J'ai essayé de ne pas le montrer mais j'ai tout de suite su que je ne recommanderais Williams en aucun cas.

» Et cette décision s'est avérée désastreuse, bien entendu. Si j'avais vu Adams en premier, je suis sûr que je l'aurais interrogé de façon très scrupuleuse, comme je le fais toujours. Dans la mesure où j'avais écarté Williams, j'ai bien peur d'avoir testé Adams d'une manière bien superficielle. Je l'ai recommandé après un échange de vues très sommaire. Dans ces conditions, est-ce que ça vous étonne, monsieur Trumbull, que mon préjugé contre les fumeurs se soit renforcé et que je sois à présent un peu plus tenté de comprendre votre position?

– Je suppose que M. Adams s'est révélé incompétent dans son travail, dit Trumbull.

– Pas du tout, dit Evans. Pendant deux ans, il s'en est acquitté de la manière que j'avais annoncée dans mon rapport, après l'avoir bien mal testé. Il était vraiment brillant. En plusieurs occasions, il a pris des décisions qui demandaient réellement du courage et qui se sont avérées tout à fait correctes par la suite.

» En fait, il était proposé pour une nouvelle promotion quand il a disparu un beau jour avec un million de dollars en avoirs de la société. Quand on a examiné la situation, on s'est dit qu'il avait été assez intelligent et assez entreprenant pour s'amuser à un petit jeu avec un ordinateur, et ses décisions courageuses, que nous avions tous applaudies, avaient fait partie de ce jeu. Vous comprenez, si je l'avais étudié aussi scrupuleusement que j'aurais dû le faire, je n'aurais pas manqué de remarquer ce côté sournois et patient. Manifestement, il avait tout prévu plusieurs années à l'avance et il avait pris des cours d'informatique avec cet objectif en tête, de façon à être qualifié pour la promotion qu'il a finalement obtenue... C'est désastreux, vraiment désastreux!

– Ça peut effectivement être désastreux quand il s'agit de plus d'un million de dollars, dit Drake.

– Non, non, dit Evans. Je voulais parler du coup que ça a porté à mon amour-propre et à la manière dont on me considère dans la société. Financièrement, ce n'est pas très grave. Nous étions assurés et nous pourrons peut-être même récupérer un jour ce qui a été volé. En réalité, justice a été faite, et plutôt brutalement. Adams ne s'en est pas tiré à si bon compte. En fait, il est mort.

Evans secoua la tête et eut l'air déprimé.

– D'une manière assez violente, d'ailleurs, poursuivit-il. Il s'était délibérément, et avec succès, perdu dans l'une des cages à lapins que sont certains immeubles en ville. Pour se cacher, il comptait plus sur son nouveau mode de vie que sur un changement d'aspect. Il vivait de ses économies sans toucher à ce qu'il avait volé et il attendait patiemment que le temps lui apporte une relative sécurité. Mais il s'est retrouvé au milieu d'une bagarre et il a été tué d'un coup de couteau. On l'a emmené à la morgue et on a pu l'identifier grâce à ses empreintes. Ça s'est passé il y a six mois.

– Qui l'a tué? demanda Gonzalo.

– On l'ignore. La théorie de la police est que... Dans un taudis, il n'y a pas beaucoup d'intimité et le fait qu'Adams avait caché quelque chose a dû se savoir. Il a peut-être bu un peu pour oublier la vie misérable qu'il menait en attendant d'être riche sans risque, et il a peut-être un peu trop parlé. Quelqu'un a essayé de s'approprier une partie du fric. Adams a résisté et il est mort.

– Et celui qui l'a tué a pris le fric?

– La police pense que non, dit Evans. Rien de ce qui a été volé n'a été mis en circulation depuis six mois qu'Adams est mort. Adams pouvait bien avoir la patience de laisser dormir sa fortune et de se faire oublier, mais un voleur ne l'aurait généralement pas fait. Donc, la police pense que le magot est toujours à l'endroit où Adams l'avait mis.

Halsted fit le geste, caractéristique chez lui, de passer la main sur son front dégarni, comme s'il voulait vérifier si ses cheveux n'avaient pas repoussé, puis il dit d'un air pensif :

– Pourriez-vous vérifier les détails de la vie et de la personnalité d'Adams dans les dossiers de la société, afin d'établir une sorte de portrait psychologique qui vous dirait où il aurait pu cacher ce qu'il a volé?

– J'ai déjà essayé, dit Evans. Mais la réponse est qu'un homme tel que lui l'aurait caché avec la plus grande ingéniosité. Et ça ne nous avance pas.

Avalon dit en abattant brusquement sa main sur la table :

– J'ai une idée! Où est Williams? Je veux parler de l'autre, de celui qui a été évincé?

– Il occupe toujours son ancien poste et il s'en sort assez bien, dit Evans.

– Eh bien, vous pourriez le consulter, dit Avalon. Ils étaient amis. Il pourrait savoir quelque chose que la société ignore. Quelque chose d'essentiel dont il ne peut pas lui-même évaluer l'importance.

– Oui, dit sèchement Evans. C'est ce que nous nous sommes dit et il a été interrogé. Mais ça n'a rien donné. Voyez-vous, l'amitié entre les deux hommes n'était pas très solide à l'origine et elle a complètement cessé après ce qui s'est passé au cours de l'entretien que j'ai eu avec Williams.

» Apparemment, en toute amitié, Adams avait conseillé à Williams de fumer pour se donner un air sûr de lui et décontracté. Adams avait souvent dit à Williams, qui était gros, lent et avait du mal à s'exprimer, qu'il ne faisait pas très bonne impression quand on le voyait pour la première fois et qu'il devait faire quelque chose pour y remédier.

» Ce conseil qu'il lui répétait souvent a été mis en pratique au mauvais moment. Conscient de faire mauvaise impression dans mon bureau, il n'a pas pu s'empêcher d'attraper le paquet de cigarettes... et le résultat a été désastreux pour lui. Le pauvre homme en a voulu à Adams même si c'est lui qui avait agi et s'il n'aurait dû s'en prendre qu'à lui-même. Toujours est-il que ça a mis un terme à leur amitié et que Williams n'a rien pu nous dire d'utile.

Gonzalo l'interrompit d'une voix surexcitée :

– Attendez une minute! Attendez une minute! Est-ce qu'Adams n'aurait pas pu délibérément tout arranger? Est-ce qu'il n'aurait pas pu, d'une certaine manière, hypnotiser Williams pour le faire agir ainsi et s'assurer qu'il attrape une cigarette à un moment fatidique? L'entretien constituait bien un moment fatidique, Williams serait éliminé et Adams aurait le boulot.

– Je ne peux pas admettre un tel machiavélisme, dit Evans. Comment Adams aurait-il su que j'aurais des cigarettes sur mon bureau à ce moment précis? C'est trop invraisemblable.

– D'ailleurs, cette sorte de manipulation à la Iago marche au théâtre, mais pas dans la vie, dit Avalon.

Il y eut un silence, puis Trumbull déclara :

– Bon, eh bien, je suppose qu'il n'y a rien à faire. On se retrouve avec un escroc qui est mort et un magot caché quelque part. Ça ne nous avance pas beaucoup. Je crois que même Henry ne pourrait pas arriver à quelque chose avec ça.

Il se tourna vers Henry qui se tenait patiemment près du buffet.

– Henry! Est-ce que par hasard, vous pourriez nous dire où se trouvent les fonds détournés?

– Je le pense, monsieur, dit calmement Henry.

– Quoi? dit Trumbull.

– Il plaisante? dit Evans en regardant Trumbull.

– Je pense qu'il est possible, à la lumière de ce que nous avons entendu ce soir, de reconstituer ce qui a pu se passer, dit Henry.

– Que s'est-il donc passé d'autre que ce que je vous ai dit? s'exclama Evans sur un ton indigné. C'est absurde!

– Je crois que nous devrions écouter Henry, monsieur Evans, dit Trumbull. C'est un petit malin, lui aussi.

– Bon, dit Evans, laissons-le s'exprimer.

– Je me suis dit qu'à cause de l'attitude irréfléchie qu'avait eue M. Williams lors de l'entretien, vous étiez presque forcé de recommander M. Adams, dit Henry. Et pourtant, il est difficile de croire que M. Williams pouvait vouloir passer pour un fumeur alors qu'il ne l'était pas. Tout le monde sait qu'un non-fumeur va se mettre à tousser en aspirant la fumée pour la première fois de sa vie.

– Williams dit que c'est Adams qui l'a poussé à le faire, dit Evans. C'était plus probablement par stupidité qu'il a agi ainsi. Ça peut sembler difficile à croire, mais quand elles sont tendues, certaines personnes intelligentes font des choses stupides, et en voilà un exemple.

– C'était peut-être le cas, dit Henry. Mais peut-être prenons-nous cette affaire par le mauvais bout. Ce n'était peut-être pas Adams qui a poussé Williams à essayer de fumer et qui vous a ainsi forcé à recommander Adams pour le poste. C'était peut-être Williams qui a délibérément agi ainsi pour vous forcer à recommander Adams.

– Pourquoi aurait-il fait ça? dit Evans.

– Est-ce que les deux hommes n'auraient pas pu se mettre d'accord, Williams étant le cerveau dans cette affaire? Williams se serait débrouillé pour faire faire le travail par Adams en restant dans l'ombre et en dirigeant les opérations. Et ensuite, Williams n'aurait-il pas pu récolter les bénéfices après avoir organisé un meurtre aussi intelligemment qu'il avait organisé le vol? Et si c'était le cas, ne croyez-vous pas que Williams saurait maintenant où se trouve le butin?

Evans se contenta d'écarquiller les yeux d'un air profondément incrédule et il revint à Trumbull d'exprimer la stupéfaction générale.

– Allons, qu'est-ce que vous allez chercher là, Henry!

– Mais tout s'enchaîne, monsieur Trumbull. Adams n'aurait pas pu arranger l'incident des cigarettes. Il ne pouvait pas savoir qu'il y en aurait sur le bureau. Williams le savait, il y était. Il pouvait avoir imaginé autre chose pour faire nommer Adams à ce poste, mais en voyant les cigarettes, il s'est servi de ce moyen.

– Mais votre histoire n'en est pas moins inventée de toutes pièces, Henry. Il n'y a aucune preuve.

– Réfléchissez, dit sérieusement Henry. Un non-fumeur peut difficilement passer pour un fumeur. Il va se mettre à tousser, rien ne pourra l'en empêcher. Mais n'importe qui peut tousser quand ça l'arrange, une toux n'a pas besoin d'être véritable. Et si Williams était en réalité un parfait fumeur qui avait un jour cessé de fumer? Il lui aurait été on ne peut plus facile de prétendre être un non-fumeur en faisant semblant de ne pas pouvoir se retenir de tousser.

Evans secoua la tête d'un air têtu.

– Il n'y a rien qui permette de l'affirmer.

– Vous croyez? dit Henry. Est-il sage de votre part, monsieur, de vous concentrer sur une seule caractéristique de comportement quand vous recevez un candidat? Est-ce que quelque chose de crucial, qui ne faisait pas partie de votre champ d'observation immédiat, n'aurait pas pu vous échapper?

– Non, répondit Evans d'un ton glacial.

– Vous étiez en train d'observer la cigarette, monsieur, et rien d'autre, dit Henry. Vous ne regardiez pas l'allumette qu'il a utilisée. Vous avez dit que vous l'aviez entendu craquer l'allumette, vous ne l'avez pas vu le faire.

– Oui, et alors?

– De nos jours, on n'a plus l'occasion d'utiliser des allumettes pour autre chose que pour allumer une cigarette, dit Henry. A une époque où l'électricité fait tout et où même les cuisinières à gaz ont un allumage automatique, un non-fumeur peut facilement passer des années sans gratter une allumette. Il s'ensuit qu'un non-fumeur, qui ne peut pas avaler la fumée sans tousser, ne peut pas savoir se servir avec dextérité d'une pochette d'allumettes. Et pourtant, vous nous avez dit que Williams tenait sa cigarette de la main droite et ne s'était servi que de sa main gauche pour l'allumer.

– Oui.

– Un fumeur non expérimenté utiliserait sûrement ses deux mains pour allumer une cigarette, l'une pour tenir la pochette d'allumettes et l'autre pour arracher l'allumette et la frotter. Un fumeur expérimenté qui voudrait passer pour un novice pourrait ne penser qu'à tenir sa cigarette d'une manière maladroite et en oublier de faire de même avec l'allumette. En fait, ne pensant plus du tout à l'allumette, il pourrait, dans sa distraction, utiliser la technique que seul un fumeur invétéré aurait pu acquérir, et la frotter d'une seule main. J'ai déjà vu le Dr Drake le faire.

Drake, qui durant cette dernière minute, s'était mis à rire, ce qui avait déclenché un paisible petit accès de toux, réussit à dire :

– Je ne le fais plus très souvent parce que j'utilise un briquet ces temps-ci, mais je vais vous montrer.

Tenant une pochette d'allumettes de la main gauche, il plia en deux la tige d'une allumette avec son pouce gauche de manière à ce que l'extrémité arrive sur le frottoir. Une rapide secousse l'enflamma.

– C'est ce que Williams a dû faire, dit Henry, et y réussir d'une seule main dénote plus sûrement le fumeur expérimenté qu'un accès de toux n'indiquerait un non-fumeur. Si la police remontait assez loin dans son passé, elle découvrirait qu'il a un jour été fumeur. Sa performance dans votre bureau se révélera alors exactement ce qu'elle était, à savoir une performance d'acteur.

– Seigneur, oui, dit Trumbull. Et vous allez même pouvoir respecter le caractère confidentiel des réunions des Veufs Noirs. Il vous suffira de dire à la police que vous vous rappelez... qu'en fait, vous vous rappelez ce que vous venez de nous dire ce soir.

– Mais ne pas m'en être aperçu va me faire passer pour encore plus ridicule, dit Evans d'un air décontenancé.

– Pas si votre déposition mène à la résolution d'une affaire criminelle, dit doucement Henry.

Remarque

No Smoking a été publié dans le numéro de décembre 1974 d'*Ellery Queen's Mystery Magazine* sous le titre *Confessions of anAmerican Cigarette Smoker* (« Les Confessions d'un fumeur américain »).

Je deviens de plus en plus fanatique en ce qui concerne le tabac. Dans cette nouvelle, Trumbull est mon porte-parole. Je ne permets pas qu'on fume dans mon appartement ou dans mon bureau, mais partout ailleurs, il y a une limite aux pouvoirs dictatoriaux que l'on peut exercer. Les réunions des Araignées de la Trappe sont effectivement rendues horribles par la fumée – comme presque toutes les autres réunions auxquelles je participe.

Il n'y a rien que je puisse faire directement, bien entendu, sauf me plaindre quand le droit est pour moi. (Un jour, j'ai arraché une cigarette de la main d'une femme qui fumait sous le panneau « Défense de fumer » d'une cage d'ascenseur et qui avait refusé de l'écraser quand je le lui avais demandé poliment.) Ça m'aide quand même un peu d'écrire une nouvelle qui exprime ma façon de penser.

MEILLEURS VŒUX!

Thomas Trumbull, qui travaillait pour les services secrets du gouvernement américain sans que les autres membres des Veufs Noirs ne sachent exactement ce qu'il y faisait, plissa le front avec une expression douloureusement outragée, se pencha vers Roger Halsted et murmura :

– Des cartes de vœux?

– Pourquoi pas? dit Halsted en haussant ses sourcils qui empiétèrent sur son front rose. C'est une occupation fort honorable.

Trumbull était arrivé en retard au banquet des Veufs Noirs et pendant qu'on le présentait à l'invité de la soirée, il avait pu refermer les doigts sur son scotch à l'eau de Seltz qu'Henry, le prodigieux serveur, avait déposé au creux de sa main. L'invité, Rexford Brown, avait un visage nettement carré, une bouche rieuse, des cheveux blancs frisottés coupés court, une voix douce et un air patient.

– Avec Noël la semaine prochaine, c'est la saison, je vous l'accorde, dit Trumbull d'un ton mécontent. Mais ça veut dire que nous allons rester là à écouter Manny Rubin nous donner son opinion sur les cartes de vœux.

– Qui sait? dit Halsted. On s'apercevra peut-être qu'il a lui-même rédigé des textes pour des cartes de fin d'année. Tous ceux qui ont été évangélistes dans leur jeunesse...

Emmanuel Rubin, écrivain et érudit polyvalent, avait, c'était bien connu, une ouïe qui se révélait incroyablement fine lorsqu'on parlait de lui ou même qu'on se contentait de mentionner son nom. Il s'approcha d'eux et demanda :

– Qu'est-ce que j'ai rédigé?

– Des textes pour des cartes de vœux, dit Halsted. Vous savez bien... « Il y avait une fois trois rois mages, Qui célébrant un bel événement... »

– Pas de limericks [1], nom de Dieu! rugit Trumbull.

Du bout de la pièce, Geoffrey Avalon leva les yeux et dit de sa voix de baryton la plus austère :

– Messieurs, je crois qu'Henry désire nous faire savoir que nous pouvons passer à table.

Mario Gonzalo, l'artiste du club, avait déjà terminé son esquisse de l'invité, réalisée avec une remarquable économie de traits, et il dit d'une voix nonchalante :

– Je pensais justement aux limericks de Roger. C'est vrai qu'ils sont assez infects, mais on pourrait quand même les utiliser.

– Si on les imprimait sur du papier hygiénique... commença Trumbull.

– Je voulais parler d'argent, dit Gonzalo. Écoutez, ces banquets coûtent cher, n'est-ce pas? ça ne serait pas mal de pouvoir nous autofinancer et Manny connaît une demi-douzaine d'éditeurs prêts à publier n'importe quoi puisqu'ils publient sa camelote...

Arrachant d'une main la cigarette qu'il avait

1. Poèmes comiques et absurdes de cinq vers. (*N.d.T.*)

entre les lèvres, Drake appliqua son autre main sur la bouche de Mario.

– Attention à ce que vous dites, Manny risque d'exploser.

Mais Rubin, qui humait avec un plaisir olfactif manifeste l'odeur du veau à l'italienne, dit :

– Laissez-le donc parler, Jim. Je suis sûr qu'il a une idée qui ajoutera une nouvelle dimension au concept de camelote.

– Et si on faisait un *Recueil de Limericks des Veufs Noirs*?

– Un quoi? s'exclama Trumbull d'un ton stupéfait.

– Eh bien, nous connaissons tous quelques limericks. En voici un par exemple : « Il y avait une jeune dame de Sydney Qui pouvait... »

– On le connaît tous, dit Avalon en fronçant les sourcils.

– Et « Il y avait un jeune élève de Juilliard Avec un... »

– Celui-là aussi, on le connaît.

– Oui, mais le grand public ne le connaît pas, dit Gonzalo. Si nous ajoutons tous ceux que nous pouvons rédiger à ceux dont nous arrivons à nous souvenir, comme celui de Jim sur la jeune femme de Yap, celui où il fait rimer « gaudriole » avec « vérole »...

– Je ne consentirai jamais à ce que le nom plus ou moins respectable des Veufs Noirs soit souillé par un projet d'une telle nullité, dit Trumbull.

– Vous voyez bien ce que je vous disais en parlant de camelote? dit Rubin.

Gonzalo eut l'air vexé.

– Qu'est-ce qui vous déplaît dans cette idée? On pourrait gentiment se faire un peu de fric. On pourrait même inclure des limericks qui n'auraient rien de grossier, comme ceux de Roger.

– C'est parce qu'il enseigne dans un collège, dit Drake avec un rire méprisant.

– Vous devriez entendre certains mômes, dit Halsted. Combien parmi vous seraient favorables à l'idée d'un *Recueil de Limericks des Veufs Noirs*?

La main de Gonzalo se leva dans un splendide isolement. Halsted sembla vouloir se joindre à lui; son bras trembla... mais resta baissé.

Rexford Brown demanda doucement :

– Puis-je voter?

– Ça dépend, dit Trumbull d'un air soupçonneux. Vous êtes pour ou contre?

– Oh! je suis pour.

– Dans ce cas, vous ne pouvez pas voter.

– De toute façon, ça n'aurait rien changé, mais je suis pour tout ce qui peut faire passer un bon moment. Il n'y en a pas tant que ça dans la vie.

Gonzalo dit, la bouche pleine :

– Tom n'en a jamais eu. Comment pourrait-il savoir ce que c'est?

Dans un visible effort pour ne pas avoir l'air sardonique et pour ne pas insister sur cette défaite manifeste, Rubin déclara :

– Est-ce que ce sont ces moments de plaisir qui vous conduisent à passer votre vie dans l'industrie des cartes de vœux, monsieur Brown?

– En partie, répondit Brown.

– Ça suffit, Manny, dit Avalon. Attendez le café.

La conversation se fit alors générale bien que Gonzalo gardât le silence d'un air maussade et qu'on pût l'apercevoir en train de tripoter sa serviette sur laquelle il inscrivit soigneusement en écriture gothique : « Il y avait une fois une bande de tristes salauds... » Mais il ne réussit pas à trouver un deuxième vers.

Pendant qu'ils prenaient le café, Halsted dit :

– Bon, Manny, vous avez presque failli le faire tout à l'heure, alors pourquoi ne commenceriez-vous pas à le cuisiner?

A ces mots, Rubin, qui venait d'avancer la main pour indiquer à Henry qu'il avait assez de café pour le moment, leva les yeux, ses yeux de hibou derrière les verres épais de ses lunettes, tandis que sa maigre barbe frémissait.

– Monsieur Brown, comment justifiez-vous votre existence? dit-il.

Brown sourit et répondit :

– Ce café est très bon. Il me donne un instant de plaisir, et c'est exactement ce que me procure une carte de vœux. Mais attendez, ce n'est pas tout. Il y a bien plus. Peut-être ne tirez-vous aucun plaisir de ce que vous considérez comme des vers de mirlition, des sentiments mièvres ou des plaisanteries usées. Mais ça, c'est votre opinion, et elle n'est pas valable pour tout le monde. La carte comportant un message rend service à ceux qui ne peuvent pas écrire de lettres, qui n'ont pas le temps de le faire, ou qui veulent conserver des contacts réduits à leur plus simple expression. Elle répond aux besoins de ceux pour qui les vers de mirliton sont poésie et pour qui le sentimentalisme recèle une réelle émotion, ou de ceux qui ne trouvent pas certaines plaisanteries usées.

– Quel est votre rôle dans ces cartes? demanda Rubin. Est-ce que vous les fabriquez, vous les expédiez, vous les concevez, vous en rédigez les messages?

– Principalement, je les fabrique, mais je contribue à tous ces différents aspects, et plus encore.

– Est-ce que vous êtes spécialisé dans un genre précis?

– Pas vraiment, bien que je sois particulièrement attiré par les cartes humoristiques, qui sont, elles, assez spécialisées. Mais je dois dire que la discussion sur les limericks m'a intéressé. J'ignorais qu'on avait déjà utilisé des limericks sur des cartes de vœux. C'était quoi, le vôtre, Roger?

– Je ne faisais qu'improviser, dit Halsted. Voyons voir... « Il y avait une fois trois rois mages, Qui célébrant un bel événement, Vinrent offrir leurs présents... »

– La rime est pauvre, dit Trumbull.

– Tant pis, dit Halsted. Nécessité fait loi, continuons. Voyons... voyons...

Il réfléchit un moment et dit :

Il y avait une fois trois rois mages,
Qui célébrant un bel événement,
Vinrent offrir leurs présents
Et rendre un humble hommage
Au Roi de la nation israélite.

– Au Roi des Juifs, marmonna Avalon entre ses dents.

– Vous venez de trouver ça? demanda Brown.

Roger rougit légèrement.

– C'est facile quand on a un rythme en tête.

– Je ne sais pas si ce message est utilisable, mais j'en vends un ou deux qui n'en sont pas très éloignés.

– J'aurais bien aimé que vous nous en ayez apporté des exemplaires, dit Avalon avec une expression de léger mécontentement sur son beau visage aux sourcils bruns.

– Je ne savais pas que c'était le genre de dîner pour lequel j'aurais dû le faire, dit Brown. Mais si vous voulez des échantillons, c'est à ma femme que vous devriez vous adresser. Clara est experte en la matière.

– Elle travaille aussi dans les cartes? demanda Gonzalo, ses grands yeux légèrement saillants pleins d'intérêt.

– Non, pas vraiment. Elle a commencé à s'y intéresser à cause de moi, répondit Brown. Elle s'est mise à collectionner celles qui étaient intéressantes et ses amis se sont mis à en collectionner pour les lui envoyer. Depuis dix ou douze ans, les choses sont devenues de plus en plus organisées. Surtout à Noël, bien sûr, dans la mesure où c'est la saison des cartes de vœux par excellence. Mais il n'y a pas de jours fériés sans qu'elle ne reçoive un paquet de cartes peu courantes. Tenez, par exemple, en septembre dernier, elle a reçu quarante-deux cartes de Nouvel An juif, et nous sommes méthodistes.

– Les cartes de Nouvel An juif sont généralement assez traditionnelles, dit Rubin.

– Généralement, mais les gens arrivent à en trouver de surprenantes. Clara les a exposées sur le manteau de la cheminée et vous n'auriez pas pu voir une collection plus curieuse de variations sur le thème de l'étoile de David et des tables de la Loi... Mais c'est à Noël que ça devient intéressant. Elle tapisse presque entièrement les murs de cartes et dans tout l'appartement, c'est une véritable débauche, si vous me permettez cette expression sans penser à mal.

» En fait, messieurs, si vous voulez réellement voir des exemplaires de cartes inhabituelles, vous êtes cordialement invités à venir chez moi. Nous accueillons tout le monde pendant la semaine qui précède Noël. Tous ceux qui ont envoyé des cartes viennent les voir pour avoir une idée de leur contribution. Viennent aussi la plupart des gens de l'immeuble, et il y a beaucoup d'appartements, chez nous... pour ne rien dire du réparateur, du gardien, du facteur, des livreurs et de Dieu sait combien de gens des immeubles voisins. Je ne cesse de suggérer à ma femme de faire classer notre appartement site touristique.

– Je plains votre facteur, dit Drake de sa voix assourdie et rauque de fumeur.

– Ne le plaignez pas, dit Brown. Il éprouve une sollicitude de propriétaire et il nous accorde un traitement de faveur. Il ne laisse jamais notre courrier dans la boîte, même lorsqu'il y aurait assez de place. Il prend toujours l'ascenseur une fois qu'il a distribué celui des autres et il monte nous l'apporter en personne. Si nous ne sommes pas là, il redescend et le laisse au gardien.

– Dans ce cas, vous devez être obligés de lui donner des étrennes conséquentes à Noël, dit Drake.

– Très conséquentes, dit Brown avec un petit rire. J'ai dû le rassurer sur ce point hier.

– Vous lui avez dit que vous lui donneriez des étrennes?

– Oui. Clara et moi, nous étions invités à déjeuner et nous étions en retard, ce qui était ennuyeux parce que j'avais pris un jour de congé pour y aller. Nous sommes sortis en trombe de l'ascenseur, au rez-de-chaussée, juste au moment où le facteur allait monter avec notre courrier. Clara l'a reconnu, bien entendu, parce qu'en décembre, nous recevons toujours un tas aussi volumineux qu'une encyclopédie, et elle a dit : « Je le prends, Paul, merci! » et elle a tourné les talons. Le pauvre type est resté là, cloué de surprise, et si décontenancé que je lui ai dit : « C'est parfait, Paul, vous n'en aurez pas moins d'étrennes pour autant. » Pauvre Clara! dit-il en riant à nouveau sous cape.

– Pourquoi pauvre Clara? demanda Trumbull.

– J'y suis, dit Gonzalo. Ce n'était pas votre courrier.

– Bien sûr que si, c'était notre courrier, dit Brown. C'est le seul que Paul prend la peine de monter. Écoutez, quand il est de repos, on lui garde les cartes de vœux pour qu'il puisse nous les apporter en personne le lendemain. Il est presque attaché à notre service.

– Oui, mais pourquoi pauvre Clara? demanda Trumbull d'une voix qui comptait nettement plus de décibels.

– Oh! Nous sommes montés en voiture et comme il y avait une demi-heure de route à faire, Clara avait l'intention de feuilleter rapidement le courrier et de le laisser sous le siège... Mais la première chose qu'elle a remarquée, c'était une petite enveloppe, renfermant manifestement une carte, qui dépassait du reste de la pile, comme si elle était sur le point de tomber. Je l'avais moi-même aperçue quand elle avait arraché le courrier des mains de Paul. En fait, nous ne recevons jamais de petites cartes, alors elle l'a attrapée en disant : « Qu'est-ce que c'est que ça? »

» Elle a ouvert l'enveloppe et c'était une carte de Noël, la carte de Noël la plus banale, la plus riquiqui, la plus miteuse qui soit. Clara a dit : « Qui a le culot de m'envoyer ça? » Je ne crois pas qu'elle ait seulement vu une carte toute bête depuis plusieurs années. Ça l'a tellement irritée qu'elle a mis le reste du courrier de côté sans même y jeter un coup d'œil et qu'elle a fait la tête pendant tout le chemin.

– C'est probablement un de ses amis qui a voulu lui faire une farce, dit Halsted. Qui l'avait envoyée?

Brown haussa les épaules.

– Voilà bien ce que nous ne savons pas... Ce n'était pas vous, Roger, hein?

– Moi? Vous me prenez pour un cinglé? Je lui

en ai envoyé une avec des clochettes à l'intérieur. Des vraies clochettes. Écoutez, dit-il en se tournant vers les autres, il faut vraiment se creuser la tête avec elle. Vous devriez voir l'appartement le jour de la Fête des Mères. Vous ne croiriez jamais qu'il y a tant de cartes différentes avec des couches minuscules à l'intérieur.

– Et en plus, on n'a pas d'enfant, dit Brown en soupirant.

– Il n'y avait pas de nom sur la carte que vous avez reçue? demanda Trumbull, s'en tenant sévèrement à son sujet.

– Illisible, dit Brown. Indéchiffrable.

– Je flaire un mystère là-dessous, dit Gonzalo. Nous devrions essayer de découvrir qui l'a envoyée.

– Pourquoi? fit Trumbull en changeant immédiatement d'attitude.

– Pourquoi pas? dit Gonzalo. Ça pourrait donner à Mme Brown la possibilité de se venger de la personne qui a fait ça.

– Je vous assure que vous ne trouverez aucun indice concernant l'expéditeur, dit Brown. Même les empreintes digitales ne seraient d'aucun secours. Nous l'avons eue entre les mains ainsi que Dieu sait combien d'employés des postes.

– Il n'empêche que c'est bien dommage de ne pouvoir la voir, dit Gonzalo.

Brown dit d'une manière assez soudaine :

– Oh, vous pouvez la voir. Je l'ai sur moi.

– Vous l'avez sur vous?

– Clara allait la déchirer mais je venais de m'arrêter à un feu rouge et je lui ai dit : « Fais-moi voir ça », je l'ai regardée et quand le feu est passé au vert, je l'ai fourrée dans la poche de mon manteau et je suppose qu'elle y est toujours.

– Dans ce cas, montrez-la-nous, dit Halsted.

– Je vais aller la chercher, dit Brown.

Il s'absenta un instant pour aller au vestiaire et revint très vite avec une enveloppe carrée de couleur rosâtre. Il la tendit à Halsted.

– Vous pouvez la faire circuler, dit-il.

Halsted l'examina. Elle n'avait pas été bien fermée et le rabat s'était décollé sans se déchirer. Au dos, il y avait l'adresse écrite d'une manière qui n'aurait pas pu être plus brève :

BROWN
354 CPS 21 C
NYC 10019

L'écriture était un gribouillis à peine lisible. Le timbre de dix *cents* représentait Jackson, le cachet de la poste était brouillé et il n'y avait pas d'adresse d'expéditeur.

Il n'y avait rien d'inscrit au verso de l'enveloppe. Halsted sortit la carte et s'aperçut que ce n'était qu'un morceau de carton plié en deux. Les deux surfaces externes étaient du même rose que l'enveloppe et il n'y avait rien dessus. Les surfaces internes étaient blanches. Le côté gauche était vide et sur le droit, il y avait « Bonnes Fêtes » écrit en lettres noires qui n'étaient que fort peu ornées. Dessous, on pouvait voir une signature gribouillée qui commençait, semblait-il, par la lettre D, suivie d'une série de vagues de plus en plus petites.

Halsted passa la carte à Drake, qui se trouvait à sa gauche, et elle fit le tour de la table jusqu'à Avalon, qui l'examina puis la passa à Henry, qui était en train de servir le brandy. Henry y jeta un bref coup d'œil et la rendit à Brown.

Brown leva les yeux d'un air un peu surpris, ne s'attendant apparemment pas à ce que la carte lui revienne de ce côté. Il dit « Merci » et huma délicatement son brandy.

– Bon, dit Gonzalo. Je pense que le nom est Danny. Est-ce que vous connaissez un Danny, monsieur Brown?

– Je connais bien un Daniel Lindstrom, mais je crois que même sa propre mère ne se risquerait pas à l'appeler Danny, dit Brown.

– Mais non, mince alors, ce n'est pas Danny, dit Trumbull. Ça pourrait être Donna, ou encore Donner.

– Nous ne connaissons ni de Donna ni de Donner.

– Je suppose que monsieur Brown a dû chercher tous les noms et prénoms possibles commençant par un D dans les gens qu'il connaît, dit Avalon en passant le doigt sur le bord de son verre. S'il n'a pas trouvé de réponse, je suis certain que nous n'en trouverons pas. Si c'est là ce que Gonzalo appelle un mystère, ce n'est sûrement pas la peine de nous acharner à le résoudre. Abandonnons donc le sujet et continuons notre interrogatoire.

– Non, s'écria Gonzalo avec véhémence. Pas encore. Seigneur, Jeff, si vous n'avez pas d'idée sur la question, ça ne veut pas dire qu'on ne peut pas trouver quelque chose.

Il se tourna sur sa chaise.

– Henry, vous avez vu cette carte, n'est-ce pas?

– Oui, monsieur, dit Henry.

– Bon. Vous n'êtes pas d'accord avec moi pour reconnaître qu'il y a là un mystère à élucider?

– Je ne vois pas à quoi on pourrait se raccrocher, monsieur Gonzalo, dit Henry.

Gonzalo eut l'air vexé.

– Henry, d'habitude, vous n'êtes pas aussi pessimiste.

– Nous ne pouvons certainement pas fabriquer des preuves de toutes pièces, monsieur.

– Voilà qui est clair, dit Avalon. Si Henry dit

qu'il n'y a rien à faire, il n'y a rien à faire. Manny, continuez à cuisiner notre invité, voulez-vous?

– Non, mince alors, fit Gonzalo avec un entêtement inhabituel. Si je ne peux pas avoir mon recueil de limericks, il me faut mon petit mystère. Si je peux arriver à vous montrer ce qui, dans cette carte, nous dit quelque chose...

– Avec des si, on mettrait Paris en bouteille, dit Trumbull.

– Privilège de l'hôte, dit Halsted. Laissez parler Mario.

– Merci, Roger, dit Gonzalo en se frottant les mains. On va procéder à la manière d'Henry. Henry, vous m'écoutez et vous allez voir comment on fait. Nous avons une signature sur la carte et la seule chose lisible est le D. On pourrait se dire que le D suffit à nous indiquer le nom de celui qui a signé, mais M. Brown nous dit que non. Supposons qu'on se dise que le D soit la seule lettre lisible de la signature parce que ce serait la seule chose importante.

– Magnifique, dit Trumbull d'un air maussade. Et ça nous avance à quoi?

– Écoutez et vous le saurez. Supposons que la carte soit un moyen de transmettre une information et que le D représente un code.

– Qu'est-ce qu'il vous apprend, ce D?

– Qui sait? Il indique peut-être une certaine colonne dans un journal, une rangée de parking ou une section de consigne. Qui sait? Des espions ou des criminels peuvent être impliqués là-dedans. Qui sait?

– C'est bien là la question, dit Trumbull. Qui sait? Alors, à quoi ça nous avance?

– Henry, vous ne pensez pas que mon argument se tient? dit Gonzalo.

Henry eut un sourire paternel.

– C'est sûrement un point intéressant, monsieur, mais il n'y a aucun moyen de dire s'il a une valeur quelconque.

– Si, il y en a un, dit Avalon. Et qui plus est, un moyen très facile. Si le D a une signification, M. Brown devrait la connaître. Vous savez ce que ça veut dire, monsieur Brown?

– Je n'en ai pas la moindre idée, dit Brown.

– Et nous ne pouvons même pas supposer qu'il n'a pas la conscience tranquille et qu'il nous cache quelque chose, parce que si c'était le cas, pourquoi nous aurait-il montré la carte?

Brown se mit à rire.

– Je vous assure que j'ai la conscience parfaitement tranquille. Du moins, sur ce point.

– D'accord, dit Gonzalo. Je veux bien. Brown ne sait pas ce que D signifie, mais qu'est-ce que ça prouve? ça prouve que la lettre lui est arrivée par erreur. En fait, tout se tient. Qui enverrait une telle carte à quelqu'un qui transforme son appartement en galerie d'exposition de cartes de Noël? C'est forcément une erreur.

– Je ne vois pas comment ce serait possible, dit Avalon. Elle lui est adressée.

– Non, Jeff. Elle ne lui est pas adressée. Elle est adressée à un Brown et des Brown, il doit y en avoir des milliards dans le monde.

La voix de Gonzalo se fit plus forte et son visage s'empourpra nettement.

– En fait, poursuivit-il, je parie qu'il y a un autre Brown dans l'immeuble, que c'est à lui que la carte était destinée et qu'il sait, lui, ce que le D veut dire. En ce moment, cet autre Brown est en train de se demander où peut bien être passée la carte qu'il attend et quelle lettre il y a dessus. Il est dans le pétrin. Ça concerne peut-être de l'héroïne, des faux billets ou...

– Arrêtez, dit Trumbull. Vous échafaudez des hypothèses dans le vide.

– Non, pas du tout, dit Gonzalo. Si j'étais cet autre Brown, je me dirais que la carte a probablement atterri chez le faux Brown, je veux dire, le bon, celui que nous avons là, et j'irais la chercher dans son appartement. Je dirais : « Je voudrais jeter un coup d'œil sur votre collection » et je fouinerais partout. Mais je ne la trouverais pas parce que Brown l'a ici et...

Brown avait écouté les élucubrations de Gonzalo avec une expression bienveillante qui fit soudain place à un profond étonnement.

– Attendez une minute! dit-il.

Gonzalo s'interrompit. Il demanda :

– Qu'est-ce que j'attends?

– C'est drôle, mais Clara m'a dit que quelqu'un avait effectivement fouiné dans les cartes aujourd'hui.

– Oh non! dit Rubin. Vous n'allez pas nous faire croire que les absurdités de Mario ont quelque chose de vrai. Votre femme se l'imagine peut-être, tout simplement.

– C'est ce que je lui ai dit, mais maintenant, je me le demande, répondit Brown. Elle reçoit du courrier tous les jours et elle passe un bon moment à le trier dans sa... eh bien, elle appelle ça sa salle de couture, bien que je ne l'aie jamais vue coudre là-dedans, et ensuite, elle en ressort pour le ranger selon un système sophistiqué. Et aujourd'hui, elle s'est aperçue que certaines cartes avaient été déplacées depuis hier. Je ne l'imagine vraiment pas en train de se tromper dans ce domaine.

– Et voilà, dit Gonzalo en s'appuyant au dossier de sa chaise d'un air suffisant. C'est ce que j'appelle construire un raisonnement d'une logique indiscutable.

– Qui était chez vous aujourd'hui? dit Trumbull. Je veux dire à part vous et votre femme?

– Personne. Il n'y a pas eu de visiteurs. C'est encore trop tôt pour que nous exposions les cartes. Personne. Et personne n'est entré par effraction non plus.

– On ne peut pas en être sûr, dit Gonzalo. J'ai prédit que quelqu'un allait venir fouiner et c'est bien ce qui s'est passé. Je crois qu'il faut maintenant suivre cette piste. Qu'est-ce que vous en dites, Henry?

Henry attendit un moment avant de répondre.

– C'est certainement là une curieuse coïncidence.

– Ce n'est pas curieux du tout, fit Gonzalo. C'est simplement cet autre Brown. Il faut le coincer.

Brown fronça les sourcils, comme s'il ne trouvait plus ce jeu amusant. Il déclara :

– Il n'y a pas d'autre Brown dans l'immeuble.

– Le nom ne s'écrit peut-être pas pareil, dit Gonzalo sans rien perdre, apparemment, de son assurance. Pourquoi pas avec un « e » à la fin, ou avec « au » au lieu de « o », à la manière allemande?

– Non, dit Brown.

– Allons, monsieur Brown. Vous ne connaissez pas le nom de tous les gens qui habitent dans l'immeuble.

– J'en connais pas mal et je connais sûrement tous ceux dont le nom commence par B. Vous savez, on jette parfois un coup d'œil sur le tableau, dans le hall, et on a automatiquement le regard attiré par son nom.

Il réfléchit un instant, semblant se remémorer la liste des locataires. Puis il dit d'une voix qui paraissait un peu embarrassée :

– Mais il y a un Beroun, B-e-r-o-u-n. Je crois que ça s'écrit comme ça. Non, en fait, j'en suis sûr.

Autour de la table, les Veufs Noirs se turent. Gonzalo attendit trente secondes puis il dit à Henry :

– On leur en a bouché un coin, pas vrai?

Halsted se passa la main sur son front dégarni, geste curieux qui lui était habituel, et il dit :

– Tom, vous qui êtes plus ou moins dans les services secrets, vous croyez qu'il serait possible que nous tenions là quelque chose?

Trumbull était plongé dans ses réflexions.

– L'adresse est 354 CPS, dit-il finalement. CPS voulant dire Central Park South. Je préférerais qu'il s'agisse de CPW, de l'ouest de Central Park au lieu du sud.

– Il y a clairement écrit CPS, dit Gonzalo.

– Il y a aussi Brown et non Beroun, c'est indiscutable, dit Drake.

– Écoutez, cette écriture est un vrai gribouillis, dit Gonzalo. On ne peut pas vraiment savoir si c'est un « w » ou un « u » et il pourrait y avoir un « e » entre le « b » et le « r ».

– Non, il ne pourrait pas, dit Drake. Vous ne pouvez pas jouer sur les deux tableaux. Quand vous voulez que le nom s'écrive autrement, vous décrétez que c'est un gribouillis et quand vous voulez que ça soit bien ça, vous trouvez que c'est parfaitement clair.

– D'ailleurs, vous négligez tous le fait qu'il y a plus qu'un nom et une rue dans l'adresse, dit Avalon. Il y a également un numéro d'appartement, le 21C. C'est votre appartement, monsieur Brown?

– Oui, dit Brown.

– Alors, il me semble que votre théorie s'effondre, dit Avalon. Ce n'est pas le faux Brown, ou Beroun, qui habite au 21C, mais le bon Brown.

Pendant un moment, Gonzalo eut l'air décontenancé, puis il dit :

– Non, tout ça s'imbriquait si bien! Ils doivent avoir également fait une erreur dans le numéro de l'appartement.

– Allons, dit Rubin. Le nom est mal orthographié, le numéro de l'appartement n'est pas le bon, et les deux erreurs réunies arrivent à donner une adresse exacte? On trouve bien un Brown au numéro d'appartement indiqué? Voilà qui fait un peu trop appel à des coïncidences.

– Ça pourrait être une toute petite erreur, dit Gonzalo. Supposez que ce Beroun habite au 20C ou au 21E. Il ne faudrait alors que deux petites erreurs, Brown au lieu de Beroun et 21C au lieu de 20C.

– Non, dit Rubin. Ces deux erreurs sont encore bien trop commodes. Allons, Mario, même vous, vous pouvez voir combien c'est stupide.

– Ça m'est égal, que ça puisse paraître stupide, en théorie. Pratiquement, quelle est la situation? Nous savons qu'il y a un Beroun dans le même immeuble que Brown. Tout ce que nous devons faire maintenant, c'est trouver le numéro de son appartement. D'ailleurs, je parie que c'est très proche de 21C et qu'on pourrait facilement avoir fait une erreur.

Brown secoua la tête.

– Je ne crois pas, dit-il. Je sais qu'il n'y a pas de Beroun à mon étage, c'est-à-dire au vingt et unième. Et je connais les gens qui habitent en dessous, au 20C, et ceux qui habitent au-dessus, au 22C, et il n'y a pas de Beroun ou de nom approchant.

– Eh bien, dans ce cas, où est-ce que Beroun habite? Quel est le numéro de son appartement? Tout ce que nous avons à faire, c'est trouver ça.

– Je regrette, j'ignore dans quel appartement habite Beroun, dit Brown.

– Ça ne fait rien, dit Gonzalo. Appelez votre femme. Demandez-lui de descendre regarder le tableau et de nous rappeler.

– Je ne peux pas. Elle est allée au cinéma.

– Alors appelez le gardien.

Brown eut l'air réticent.

– Comment est-ce que je vais lui expliquer...

Drake toussota. Il écrasa sa cigarette, bien qu'il restât encore un demi-centimètre de tabac jusqu'au filtre, et il dit :

– J'ai une idée.

– Laquelle? dit Gonzalo.

– Eh bien, voilà. Vous avez l'appartement 21C et quand vous regardez l'enveloppe, vous vous apercevez que le 21C est fait avec trois traits. Il y a un gribouillis pour le 2, une ligne droite pour le 1 et une sorte d'arc pour le C.

– Et alors? fit Gonzalo comme s'il pensait qu'il avait le monopole des idées ce soir-là.

– Alors comment pouvons-nous être sûrs que le 1 va avec le 2 pour former le nombre 21? Le 1 va peut-être avec le C, et en les rapprochant, on se dit que le type a peut-être voulu écrire un K. Ce que je veux dire, c'est qu'il pourrait s'agir de l'appartement 2K.

– C'est ça, dit Gonzalo d'un air surexcité. Jim, faites-moi penser à embrasser toutes les filles qui seront assises à côté de vous quand il y en aura. Bien sûr! C'est Beroun, 354 CPS 2K, et le facteur a lu Brown, 354 CPS 21C. Tout est réglé. Maintenant, Tom, vous n'avez plus qu'à agir en haut lieu pour que quelqu'un file ce Beroun...

– Vous savez, dit Trumbull, vous commencez à m'hypnotiser avec cette histoire de fous et je suis presque décidé à faire surveiller ce fichu Beroun...

sauf que, quelle que soit la façon dont je regarde cette adresse, je lis toujours Brown, et pas Beroun, et 21C et pas 2K.

– Tom, il faut que ce soit Beroun 2K. Tout s'enchaîne.

Brown secoua la tête.

– Non. Je regrette, Mario, mais ça ne s'enchaîne pas. Si Beroun habitait le 2K, votre théorie pourrait sembler impressionnante, mais il n'y habite pas.

– Vous en êtes sûr? demanda Gonzalo d'un air de doute.

– Il se trouve que c'est l'appartement du concierge. J'y suis allé assez souvent pour le savoir.

– Le concierge... dit Gonzalo, déconcerté un instant avant de repartir à la charge : c'est peut-être encore mieux. Vous savez, c'est un ouvrier, il trafique peut-être dans des paris clandestins. Peut-être qu'il... Mais bien sûr que ça colle. Qui a bien pu fouiner dans votre appartement aujourd'hui pour examiner les cartes de Noël? Eh bien, le concierge! Il n'aurait pas eu besoin d'entrer par effraction. Il a les clés et il peut entrer quand ça lui chante.

– Oui, mais alors pourquoi est-ce que la carte serait adressée à Brown?

– Parce que les noms peuvent être voisins. Comment s'appelle le concierge, monsieur Brown?

Brown soupira.

– Ladislas Wessilewski, dit-il en épelant soigneusement le nom et le prénom. Comment allez-vous faire pour écrire l'un ou l'autre de façon à ce que ça ressemble à Brown?

Assis tout raide sur sa chaise, Avalon lissa soigneusement les deux côtés de sa moustache et dit d'un ton sentencieux :

– Eh bien, Mario, nous avons appris quelque

chose aujourd'hui. Tout n'est pas forcément un mystère, et un enchaînement d'une logique inexorable peut ne mener nulle part.

Gonzalo secoua la tête.

– Je maintiens qu'il y a quelque chose qui cloche là-dedans... Allez, Henry, aidez-moi à me sortir de là. Où est-ce que je me suis planté?

Henry, qui s'était tranquillement tenu à côté du buffet pendant le dernier quart d'heure, dit :

– Il y a effectivement une possibilité, monsieur Gonzalo, si on admet que, comme vous le supposez, la carte de Noël représente bien un code destiné à transmettre une information. Dans ce cas, je pense qu'il ne faut pas partir du principe que la carte n'a pas été remise à la bonne personne.

» Si la carte avait abouti par erreur chez monsieur Brown, il semblerait excessivement curieux qu'elle se soit retrouvée dans un appartement où il y a un collectionneur de cartes notoire, connu dans tout l'immeuble et même peut-être dans une zone bien plus étendue.

– Les coïncidences, ça arrive, Henry, dit Gonzalo.

– Peut-être, mais il paraît plus probable que l'adresse de monsieur Brown ait été délibérément utilisée. Qui ferait attention à une carte de plus ou de moins adressée à M. et Mme Brown quand ils en reçoivent tant? Puisqu'ils en ont même à l'occasion de fêtes qui ne les concernent pas, comme le Nouvel An juif et la Fête des Mères, ce serait pratique de les utiliser comme destinataires à n'importe quel moment de l'année, surtout si la carte se contente de dire « Bonnes Fêtes ».

Brown dit avec une froideur soudaine :

– Êtes-vous en train de suggérer que Clara et moi, nous sommes impliqués dans quelque trafic clandestin, Henry?

– J'en doute, monsieur, sinon vous n'auriez pas évoqué cette carte au cours de la conversation, dit Henry.

– Alors?

– A supposer que la théorie de monsieur Gonzalo soit exacte, ce que je suggère, c'est que les cartes vous étaient adressées à vous plutôt qu'à quelqu'un d'autre, parce que si jamais elles parvenaient jusqu'à vous, elles ne se remarqueraient pas. Ils ont dû sous-estimer le penchant de votre femme pour les cartes originales et son mépris pour les toutes simples.

– Mais pour autant que je sache, c'est la seule carte de ce genre que nous avons reçue, Henry.

– Exactement, monsieur. C'était un accident. Vous n'êtes pas censé les recevoir. Votre nom n'est qu'une couverture pour qu'elles se perdent dans la masse des autres enveloppes qui portent la même adresse. Seules ces cartes particulières doivent être interceptées.

– Comment?

– Par la personne qui connaît la quantité et le genre de courrier que vous recevez et qui a pu suggérer qu'on se serve de vous; par la personne qui aurait la plus grande facilité à intercepter ces messages mais qui a échoué une fois. Monsieur Brown, combien de fois êtes-vous sorti de l'ascenseur au moment où le facteur y entrait et combien de fois lui avez-vous pris votre courrier des mains?

– Pour autant que je sache, ça n'est arrivé qu'une fois, dit Brown.

– Et la carte en question dépassait, elle allait presque tomber. C'est pour ça que votre femme l'a tout de suite remarquée.

– Vous voulez dire que Paul...

– Je veux dire qu'il paraît étrange qu'un facteur insiste pour se charger de vos cartes de Noël au point qu'il se débrouille pour qu'elles attendent un jour à la poste quand il est de repos. N'est-ce pas plutôt pour être sûr de ne pas manquer une des cartes qui vous sont adressées et qu'il doit intercepter?

Trumbull l'interrompit.

– Henry, je sais un petit peu comment ça se passe. Ceux qui trient le courrier sont constamment surveillés.

– Je m'en doute, monsieur, dit Henry. Mais il y a d'autres occasions dont on peut profiter.

– Vous ne connaissez pas Paul, dit Brown. Je le connais depuis que nous sommes venus habiter cet appartement. Ça fait des années! C'est un homme extraordinairement prudent. J'imagine qu'il perdrait son emploi si on le voyait empocher une lettre qu'il doit distribuer. La poste n'est pas un endroit tranquille, il y a toujours deux facteurs qui travaillent en même temps. Je le connais, je vous assure. Même s'il le voulait, il ne prendrait pas le risque.

– Mais c'est précisément ce qui explique tout, monsieur Brown. Si cet homme est tel que vous le dites, c'est la raison pour laquelle il insiste tant pour vous monter votre courrier. Même dans cette ville surpeuplée, il existe un endroit où on est sûr de ne pas être surveillé, au moins pendant un moment, et c'est un ascenseur vide.

» Il n'y a rien qui empêche le facteur, quand il trie le courrier et qu'il prépare son sac, de placer une carte qu'il reconnaît grâce à sa forme, sa couleur et son écriture, de telle manière qu'il pourra tout de suite la retirer du reste. Ensuite, dans l'ascenseur, qu'il ne prend que quand il s'est assuré qu'il est vide, il a le temps de mettre l'enveloppe dans sa poche, même s'il ne reste seul que le temps de monter un étage.

– Et c'était Paul qui est venu fouiner aujourd'hui dans notre appartement? demanda Brown.

– Je pense que c'est possible, dit Henry. Il a monté son courrier à votre femme et comme Noël approche, elle doit ranger ses cartes d'une façon compliquée. Elle s'est précipitée dans la salle de couture sans prendre la peine de fermer le verrou. Pendant que la porte était entrebâillée, le facteur a très bien pu pousser le petit bouton placé sur le loquet et ainsi, il a pu ensuite ouvrir de l'extérieur. Il avait alors quelques minutes pour essayer de retrouver la carte. Bien entendu, il n'y a pas réussi.

– Un homme qui est prudent au point de ne prendre l'ascenseur que quand il n'y a personne d'autre pour pouvoir s'approprier une lettre ne ferait sûrement pas...

– Dans ce cas, il était peut-être désespéré. Il savait peut-être que c'était un message extraordinairement important. Si j'étais à votre place, monsieur...

– Oui?

– Demain, c'est samedi et vous serez peut-être libre, mais le facteur, lui, travaillera. Donnez-lui cette carte. Dites-lui qu'elle ne peut pas être à vous et qu'elle est peut-être destinée à Beroun. Son expression sera peut-être intéressante. Monsieur Trumbull pourrait s'arranger pour le faire surveiller. Il est bien sûr possible que rien n'en résulte, mais je soupçonne fort que ce ne sera pas le cas.

– C'est peut-être effectivement une piste, dit Trumbull. Je peux prendre des dispositions.

Une expression de tristesse envahit le visage de Brown. Il secoua la tête.

– Ça me fait de la peine de tendre un piège à ce vieux Paul pour Noël, dit-il.

– Être invité par les Veufs Noirs peut avoir ses inconvénients, monsieur, dit Henry.

Remarque

« Meilleurs Vœux » a été refusée par *Ellery Queen's Mystery Magazine* pour une raison quelconque. Bien entendu, ils ont parfaitement le droit de refuser des nouvelles, même sans raison d'ailleurs, s'ils ne veulent pas prendre la peine d'en donner. Et comme le sujet de cette histoire ne me fournissait pas l'ombre d'un prétexte pour l'envoyer au *Magazine of Fantasy and Science Fiction*, je ne l'ai donc pas vendue.

En fait, j'aime bien disposer, pour un recueil, de quelques nouvelles qui ne sont pas parues dans des revues. Il faut bien qu'il y ait quelque petite récompense pour le lecteur enthousiaste et fidèle qui les a toutes lues quand elles ont été publiées pour la première fois.

Bien entendu, je pourrais me dire que dans un recueil, on trouve toutes les nouvelles rassemblées et qu'il importe donc très peu qu'elles aient été publiées précédemment au milieu d'autres récits... mais c'est quand même bien de lire quelque chose d'inédit. Voilà donc une nouveauté, et ce n'est d'ailleurs pas la seule du livre.

LA SEULE ET UNIQUE À L'EST

Mario Gonzalo, qui cette fois était l'hôte du banquet mensuel des Veufs Noirs, était resplendissant dans son blazer écarlate, mais en même temps, il avait l'air un peu désolé. A voix basse, il dit à Geoffrey Avalon, l'avocat spécialisé dans les brevets :

– Mon invité n'est pas très futé, Jeff, mais il a un problème intéressant. C'est le cousin de ma logeuse et en parlant avec elle, je me suis dit, après tout, mince, ça pourrait nous intéresser.

Avalon, qui en était à son premier verre, fronça ses sourcils noirs d'un air réprobateur et dit :

– Il est prêtre?

– Non, pas un prêtre catholique, dit Gonzalo. Je crois que le terme qu'ils emploient est « aîné ». Il est membre d'une petite secte coincée... Ce qui me fait penser que je ferais mieux de demander à Tom de surveiller son vocabulaire.

Avalon fronçait toujours les sourcils.

– Vous savez, Mario, si vous invitez quelqu'un uniquement parce qu'il a un problème et sans savoir du tout qui c'est, vous pouvez nous faire passer une soirée très embêtante... Est-ce qu'il boit?

– Je crois que non, dit Mario. Il a demandé un jus de tomate.

– Est-ce que ça veut dire que nous ne devrons pas boire, nous non plus?

Et Avalon avala une gorgée inhabituellement conséquente.

– Bien sûr que non!

– Enfin, c'est vous qui êtes l'hôte, Mario... mais je m'attends au pire.

L'invité, qui s'appuyait contre le mur, portait des vêtements d'un noir sinistre et il avait une tête d'enterrement, mais c'était sans doute uniquement la forme tombante de ses yeux qui lui donnait cet air-là. Son visage luisait presque tellement il était rasé de près et la pâleur de son teint résultait peut-être du contraste créé par ses habits sombres. Il s'appelait Ralph Murdock.

Les verres grossissants d'Emmanuel Rubin jetaient des éclairs et sa barbe clairsemée frémissait à ses paroles énergiques. Il avait immédiatement jaugé l'invité et il avait réussi à introduire dans la conversation une fine analyse de la nature de la Trinité, ceci presque avant que les convives ne se soient attaqués au premier plat.

Murdock avait l'air impassible et ses traits demeuraient aussi paisibles que ceux d'Henry, le serveur du club, qui se montrait imperturbable, comme d'habitude, dans l'accomplissement de sa tâche.

– L'erreur que commettent généralement ceux qui veulent discuter des mystères en termes de logique ordinaire, c'est de supposer que les règles qui découlent de l'observation du monde physique peuvent s'appliquer à l'univers plus vaste qui se trouve au-delà, dit Murdock. Ils peuvent le faire dans une certaine mesure, mais comment savoir où ils doivent s'arrêter?

– Vous éludez le problème, dit Rubin.

– Non, dit Murdock, et je vais vous donner un

exemple qui ne sort pas des limites du monde physique. Les notions que nous avons du comportement de la matière sont tirées de l'observation d'objets de taille concevable, qui ne se déplacent qu'à des vitesses modérées et ne peuvent exister qu'à des températures raisonnables. Quand Albert Einstein a élaboré un système conçu pour un vaste univers et des vitesses énormes, il s'est retrouvé avec quelque chose qui semblait aller contre le bon sens, c'est-à-dire, contre les observations que nous pouvons facilement faire dans notre vie quotidienne.

– Et pourtant, Einstein a déduit sa théorie de la relativité d'impressions physiques et d'observations que n'importe qui aurait pu faire, dit Rubin.

– Sauf qu'il a utilisé des instruments que l'homme ne connaissait pas il y a quelques siècles, répondit Murdock d'une voix douce. Pour les hommes d'il y a plusieurs centaines d'années, les observations que nous sommes maintenant capables de faire et les effets que nous pouvons maintenant produire auraient semblé de la sorcellerie, de la magie ou même, peut-être, une révélation, si on ne les avait pas préparés à les recevoir.

– Donc, vous pensez que la Trinité, qui a été révélée à l'homme et que nous ne sommes pas capables de comprendre pour le moment, pourra prendre tout son sens dans une sorte de super-relativité du futur? dit Rubin.

– C'est possible, dit Murdock. Ou il est possible qu'elle prenne tout son sens dans une sorte de super-relativité que l'homme a atteinte il y a longtemps, en renonçant à la raison pure et en utilisant des instruments plus puissants pour parvenir à la connaissance.

Avec un ravissement non dissimulé, les autres se jetèrent dans la bataille, s'opposant tous à Murdock qui semblait ne pas avoir conscience de l'inégalité des forces en présence. L'air toujours aussi mélancolique et ne se départant pas de sa tranquille réserve, il leur répondit à tous sans s'emballer et sans se fâcher. C'était d'autant plus passionnant qu'on n'abordait pas de questions qui pouvaient être tranchées en consultant un ouvrage de la bibliothèque du club.

Au dessert, Trumbull déclara, en prenant soin d'utiliser un vocabulaire châtié que démentait la féroce expression de son visage tanné :

– Vous pouvez bien dire ce que vous voulez du raisonnement, mais il a allongé l'espérance de vie de quelque quarante ans au cours du siècle dernier. Tandis que les forces qui se situent au-delà de la raison, quelles qu'elles puissent être, n'ont pas été capables de l'allonger d'une seule minute.

– Que la raison ait son utilité et qu'apparemment, elle apporte quelque chose de positif, personne ne peut le contester, dit Murdock. Elle nous a permis de vivre plus longtemps; mais regardez dans le monde entier, monsieur, et dites-moi si elle nous a permis de vivre décemment. Et demandez-vous alors si la longévité sans moyens d'existence décents est une bénédiction sans mélange.

Lorsque le brandy fut servi et que les lances se furent brisées contre le bouclier des paroles mesurées de Murdock, Gonzalo, en faisant tinter sa cuiller contre son verre à eau pour indiquer qu'il était temps de commencer à cuisiner l'invité, sembla presque rompre le climat de tension dramatique.

– Messieurs, dit-il, notre dîner a été, je pense, exceptionnellement intéressant... – et là, il fit un bref geste en direction d'Avalon, un geste qu'il valait mieux que Murdock ne voie pas – ... et il me semble que notre invité a déjà été poussé dans ses retranchements. Il s'en est bien tiré et je crois même déceler chez Manny certains signes suspects tendant à prouver qu'il serait dans l'embarras... Ne dites rien, Manny... En tant qu'hôte, je vais demander qu'on s'arrête de cuisiner monsieur Murdock qui, s'il le veut bien, pourrait alors nous raconter son histoire.

Murdock, qui avait terminé le dîner sur un grand verre de lait et qui avait refusé le café et le brandy qu'Henry lui avait proposés, déclara :

– C'était très gentil à monsieur Gonzalo de m'inviter à ce dîner et je dois dire que j'ai été très heureux de la courtoisie avec laquelle vous m'avez reçu. Je vous suis également reconnaissant. Ce n'est pas souvent, en effet, que j'ai l'occasion de discuter avec des non-croyants aussi disposés à m'écouter. Je doute d'avoir convaincu quelqu'un parmi vous, mais ce n'est nullement ma mission... elle consisterait plutôt à essayer de faire en sorte que vous puissiez vous convaincre vous-mêmes.

» Mon problème, ou mon « histoire », comme monsieur Gonzalo l'a dit, m'a tourmenté durant ces dernières semaines. Dans un moment de détresse, j'en ai confié une partie à Sœur Minerva, qui est, selon les lois du monde, une de mes cousines, mais une sœur en vertu de notre appartenance à l'Église des Disciples de la Sainteté. Pour des raisons qui lui ont semblé valables, elle en a parlé à son locataire, monsieur Gonzalo, et c'est lui qui est venu m'implorer d'assister à cette réunion.

» Il m'a assuré qu'il était possible que vous puissiez m'aider à résoudre le problème qui me tourmente. Peut-être le pourrez-vous, peut-être pas, cela n'a pas d'importance. La gentillesse que vous m'avez déjà témoignée est assez extraordinaire en soi pour me faire oublier un échec par ailleurs.

» Messieurs, je suis un aîné de l'Église des Disciples de la Sainteté. C'est une petite Église qui ne joue pas un bien grand rôle selon les critères du monde, mais l'approbation du monde n'est pas ce que nous recherchons. Nous ne recherchons pas non plus la consolation dans la pensée que nous serons les seuls à être sauvés. Nous sommes parfaitement prêts à admettre que les gens peuvent trouver le salut par une infinité de voies. La seule chose qui nous soutient, c'est que notre voie nous semble un chemin direct, réconfortant, et qui nous procure la paix – une chose aussi rare que désirable dans la vie.

» Je suis membre de cette Église depuis l'âge de quinze ans et j'ai contribué à ramener au bercail plusieurs de mes amis et relations.

» L'un de ceux que je n'ai pas réussi à convaincre était mon oncle Haskell.

» Il me serait facile de décrire mon oncle Haskell comme un pécheur, mais ce terme est généralement utilisé pour parler de quelqu'un qui offense Dieu et je considère que c'est une définition qui n'a aucune utilité. La miséricorde de Dieu est infinie et Son amour est assez grand pour ne pas se fâcher à cause d'une offense personnelle. Si l'offense était dirigée contre l'humanité, ce serait plus grave, mais là, je peux absoudre mon oncle Haskell au moins autant que le reste des hommes. S'il est vrai qu'on ne puisse pas vivre un instant sans blesser, sans faire du tort ou du moins sans gêner quelqu'un d'autre, je suis sûr que mon oncle n'a jamais eu l'intention de nuire. S'il s'était rendu compte qu'il ennuyait quelqu'un, il aurait fait un détour d'un kilomètre pour essayer de l'éviter.

» Reste une troisième catégorie de torts, ce sont ceux qu'un homme se fait à lui-même, et là, j'ai bien peur qu'il faille considérer mon oncle comme un pécheur. C'était un homme corpulent, avec un sens de l'humour homérique et des appétits gargantuesques. Il mangeait et buvait avec excès, il courait également les femmes, mais tout ce qu'il faisait, il le faisait avec un tel appétit qu'on pouvait être amené à croire qu'il retirait du plaisir de son mode de vie et commettre l'erreur de l'excuser – en se disant qu'il vaut beaucoup mieux profiter de la vie qu'être un puritain aigri comme moi qui trouve un plaisir pervers dans la mélancolie.

» C'est en fait exactement ce que mon oncle a dit pour se défendre quand je lui ai adressé des reproches le jour où, à la suite d'une de ses aventures, qui pouvait passer à ses yeux et à ceux des autres pour une joyeuse bringue, il s'est retrouvé en prison, avec, en plus, une légère commotion.

» Il m'a dit : « Qu'est-ce que tu connais de la vie, espèce de putain? (Et je vous passe les épithètes.) Tu ne bois pas, tu ne fumes pas, tu ne jures pas, tu ne... »

» Je vous épargnerai la liste des plaisirs que, d'après lui, je ne connaissais pas. Vous les imaginerez sans mal. Il peut vous sembler triste, à vous aussi, que je me sois égaré sur les voies de l'élévation de l'esprit, mais mon oncle Haskell, lui, avait beau connaître une douzaine de femmes de petite vertu, il n'avait jamais connu l'amour paisible qui comble le cœur. Il ignorait la joie sereine de la contemplation, du raisonnement, de la communion avec les âmes élevées qui ont laissé une œuvre spirituelle derrière elles. Il savait ce que je pensais mais il méprisait tout cela.

» Il le faisait peut-être d'autant plus violemment qu'il n'ignorait pas ce qu'il avait perdu. Pendant que j'étais étudiant, à l'époque où j'ai commencé à connaître mon oncle et à l'aimer, il rédigeait un ouvrage sur l'Angleterre de l'époque de la Restauration. Parfois, il laissait entendre qu'il avait l'intention d'en faire un roman, parfois une étude historique. Il avait alors une maison à Leonia, dans le New Jersey, il l'avait encore, devrais-je dire, car il y était né, tout comme ses ancêtres et les miens, au temps des Quakers, à l'époque coloniale... Eh bien, il l'a perdue, avec le reste.

» Où en étais-je?... Ah oui, dans sa maison de Leonia, il avait rassemblé toute une bibliothèque d'ouvrages sur l'Angleterre de la Restauration, et il y trouvait, je le crois sincèrement, plus de joie que dans les plaisirs des sens qui ont fini par l'achever.

» C'est sa passion pour le jeu qui lui a fait le plus de tort. C'était la première chose, parmi celles qu'il dénommait plaisirs, à laquelle il s'était adonné sans retenue. Elle lui a coûté sa maison et sa bibliothèque. Elle lui a coûté son travail, aussi bien celui d'antiquaire, qui lui faisait gagner sa vie, que celui d'historien amateur, dans lequel il trouvait son bonheur.

» Ses bringues, même si elles étaient tapageuses et pleines de joie de vivre, l'ont conduit à l'hôpital, en prison, ou dans le ruisseau, et je n'étais pas toujours présent pour pouvoir immédiatement le tirer de là.

» Ce qui lui permettait de continuer, c'était la nature capricieuse de son vice principal. De temps à autre, en effet, il avait de la chance avec un pari, ou il tombait sur une bonne carte, et alors, pendant un jour ou pendant un mois, il avait de l'argent. Durant ces périodes, il se montrait toujours généreux. Il n'a jamais eu le culte de l'argent et il ne s'y accrochait pas pour satisfaire un autre besoin, ce qui aurait été un vice encore plus grave que ceux qu'il avait, de sorte que ces moments d'opulence ne duraient jamais longtemps et ne servaient pas à lui faire retrouver le mode de vie plus valable qu'il menait auparavant.

» Il se trouve qu'à la fin de sa vie, il a fait le plus

beau coup de son existence. Je crois qu'on appelle ça un « coup », ce qui se conçoit bien dans la mesure où la langue du vice a une violence toute particulière. Je ne prétends pas comprendre comment il a pu faire, si ce n'est que plusieurs chevaux qui n'étaient pas du tout favoris ont cependant gagné et que mon oncle Haskell a parié de telle sorte que chacun des chevaux gagnants lui a rapporté plusieurs fois ce qu'une combinaison différente aurait pu lui valoir.

» Il s'en est sorti avec une fortune considérable, selon ses propres critères et les miens, mais il était mourant et il savait qu'il n'aurait pas le temps de dépenser son argent en fredaines. Il a alors eu l'idée de partir en faisant une énorme plaisanterie, une plaisanterie dont le sel serait ma corruption, même si je suis sûr qu'il n'aurait pas employé ce terme.

» Il m'a appelé à son chevet et m'a dit ceci, pour autant que je me rappelle les termes exacts : « Ralph, mon garçon, ne me fais pas de sermon. Tu vois toi-même combien je suis vertueux maintenant. Je ne peux pas faire les horribles choses que tu déplores, sauf peut-être jurer un petit peu. Je ne peux plus faire autre chose qu'essayer de trouver le temps et l'occasion de me montrer aussi vertueux que toi, et mon expiation, c'est que je vais mourir. Mais ça m'est égal, Ralph, parce que j'ai maintenant plus d'argent que je n'en ai eu depuis bien longtemps et que je vais être capable de le jeter par les fenêtres d'une manière inédite. Je te le laisse, mon neveu. »

» J'ai commencé à protester que je tenais plus à le voir se rétablir et changer sincèrement de conduite qu'à avoir son argent, mais il m'a interrompu : « Non, Ralph, à ta manière tordue, tu as fait de ton mieux et tu m'as aidé, tout en exprimant ta réprobation avec tant de virulence que tu ne pouvais pas espérer en échange mon argent ou ma conversion. De plus, tu es mon seul parent, et c'est à toi que devrait logiquement revenir mon argent même si tu n'avais rien fait pour moi. »

» J'ai à nouveau essayé de lui expliquer que je l'avais aidé en tant qu'être humain et non en tant que parent, et que je ne l'avais pas fait pour en retirer un bénéfice quelconque, mais il ne m'a pas laissé terminer. Il avait des difficultés à parler et il ne souhaitait pas prolonger l'entretien. Il m'a dit : « Je vais te laisser cinquante mille dollars, tous frais payés. Je vais prendre des dispositions pour que les dépenses de succession et les impôts soient réglés. J'en ai déjà discuté avec mon notaire. Avec la vie que tu mènes, je ne sais pas ce que tu pourras faire de cet argent si ce n'est le contempler, mais si ça doit te faire plaisir, je te le laisse. »

» Je lui ai répondu tout doucement : « Mon oncle, on peut faire beaucoup de bien avec cinquante mille dollars et je les dépenserai ainsi que les Disciples de la Sainteté le jugeront adéquat et utile. Si tu n'y tiens pas, alors ne me laisse pas l'argent. »

» Il s'est mis à rire faiblement, en faisant un effort, et il a cherché à saisir ma main d'une manière qui m'a clairement montré sa faiblesse. Je ne l'avais pas vu depuis un an et pendant cette période, il avait décliné à une vitesse incroyable.

» D'après les médecins, le diabète combiné au cancer, mal soignés tous les deux, avaient fait de rapides progrès dans son corps marqué par les plaisirs, que Dieu lui vienne en aide! Il ne lui restait plus qu'à espérer une mort assez rapide. Le coup que mon oncle avait réussi aux courses, c'est à lui-même qu'il l'avait porté en même temps.

» Il a faiblement serré ma main et il m'a dit : « Non, tu feras ce que tu voudras avec cet argent. Engage quelqu'un pour chanter des psaumes.

Dépense-le sou par sou en le distribuant à cinq millions de clochards. C'est ton affaire, ça m'est égal. Mais il y a un traquenard derrière tout ça, Ralph, un traquenard très amusant.

» – Un traquenard? Quel genre de traquenard? (C'est tout ce que j'ai pu penser à lui demander.)

» – Eh bien, mon garçon, j'ai bien peur que tu doives faire un pari pour l'avoir, m'a-t-il dit en me tapotant la main et en riant à nouveau. Ça va être un beau pari, bien régulier, avec une chance sur cinq de réussir. Mon notaire a une enveloppe qui renferme le nom d'une ville – une belle enveloppe cachetée qu'il n'ouvrira pas tant que tu ne viendras pas lui donner le nom d'une ville, a-t-il poursuivi. Je vais te donner six villes entre lesquelles tu pourras choisir et tu en retiendras une. Une seule! Si cette ville est la même que celle dont le nom est dans l'enveloppe, tu auras cinquante mille dollars. Si ce n'est pas la bonne, tu n'auras rien et l'argent ira à des œuvres charitables. Le genre d'œuvres que moi, je trouve charitables. »

» Assez décontenancé, je lui ai dit : « Ce n'est pas une chose à faire, mon oncle.

» – Pourquoi pas, Ralph? Il te suffira de trouver le nom d'une ville pour récolter pas mal d'argent. Tu n'as rien à perdre. Tu ne peux pas demander mieux. Ce que je te suggère, c'est de numéroter les villes de un à six, puis de lancer un dé et de choisir la ville correspondant au chiffre que tu auras obtenu. Ça vaut la peine d'essayer, Ralph! »

» Il m'a semblé voir une lueur dans ses yeux. Il m'imaginait peut-être en train de jouer aux dés pour gagner de l'argent. C'est nettement l'impression que j'avais et je lui ai répondu en secouant la tête : « Oncle Haskell, il est inutile de m'imposer cette condition. Je ne vais pas jouer à des petits jeux avec l'univers ou renoncer à ma conscience pour permettre au hasard de prendre des décisions à ma place. Fais ce qui te fait plaisir : ou bien tu me laisses l'argent, ou bien tu ne me le laisses pas. »

» Il m'a dit : « Pourquoi est-ce que tu vois ça comme un jeu avec l'univers? Tu n'acceptes pas l'idée que ce que les hommes appellent de la chance est en fait la volonté de Dieu? Tu me l'as suffisamment répété. Donc, s'il estime que tu en es digne, tu auras l'argent. A moins que tu n'aies pas confiance en Lui? »

» Je lui ai répondu : « Dieu n'est pas un homme qu'on peut soumettre à un test. »

» Mon oncle était de plus en plus faible. Il a retiré sa main de la mienne et il l'a laissée reposer, inerte, sur la couverture. Au bout d'un moment, il a dit : « Eh bien, il faudra quand même que tu le fasses. Si un mois après ma mort, tu n'as pas donné à mon notaire le nom que tu auras choisi, tout ira à mes œuvres charitables. Allons, trente jours, ça te laisse le temps de réfléchir. »

» Nous avons tous nos faiblesses, messieurs, et je ne suis pas toujours exempt de fierté. Je ne pouvais pas me résoudre à faire les quatre volontés de mon oncle uniquement pour avoir l'argent. Mais ensuite, je me suis dit que cet argent me serait bien utile – pas à moi personnellement, mais à l'Église – et que je n'avais peut-être pas le droit de le laisser échapper et de renoncer à ce qu'il permettrait d'accomplir simplement parce que j'étais fier de ma vertu.

» Mais ma fierté l'a emporté. Je lui ai dit : « Je suis désolé, oncle Haskell, mais dans ce cas, que l'argent aille ailleurs. Je ne ferai pas de pari pour l'avoir. »

» Je me suis levé pour partir mais il a fait un geste de la main et j'ai attendu avant de me diriger vers la porte. Il m'a dit : « D'accord, mon misérable neveu.

J'aimerais bien que tu aies l'argent, je t'assure. Alors puisque tu manques d'esprit sportif et que tu ne peux pas te fier à la chance, je vais te donner une indication. Si tu en comprends le sens, tu sauras sans doute, je pense, de quelle ville il s'agit, et tu n'auras pas fait un pari pour trouver son nom. »

» Je ne désirais pas réellement prolonger la discussion et pourtant, ça me faisait mal au cœur de l'abandonner à sa désolation si je pouvais l'éviter. Je lui ai demandé : « Quelle est cette indication? »

» Il m'a répondu : « Tu trouveras la réponse dans la seule et unique à l'est... la seule et unique à l'est. »

» J'ai répété : « La seule et unique à l'est. Très bien, oncle Haskell, je vais y réfléchir. Et maintenant, parlons d'autre chose. »

» J'ai fait mine de me rasseoir mais l'infirmière est entrée et m'a dit qu'il était temps que mon oncle se repose. Et je le pensais aussi car il semblait au bout du rouleau. Il m'a dit : « Dieu Tout-Puissant, j'ai échappé à un sermon! » Et il s'est mis à rire.

» Je lui ai dit : « Au revoir, oncle Haskell. Je reviendrai. »

» Quand je suis arrivé à la porte, il m'a crié : « Ne te précipite pas, mon neveu. Réfléchis bien. La seule et unique à l'est. »

» Voilà l'histoire, messieurs. Mon oncle est mort il y a vingt-sept jours. Dans trois jours, lundi qui vient, je dois donner ma réponse au notaire. Je suppose que je ne lui donnerai aucun nom car ce que m'a dit mon oncle pour me mettre sur la voie ne signifie rien pour moi et je ne veux pas choisir une ville simplement au hasard. Ça, je ne le ferai pas.

Il y eut un silence une fois que Murdock eut fini son récit. James Drake tirait sur sa cigarette d'un air pensif. Tom Trumbull fronçait les sourcils en regardant son verre de brandy vide. Roger Halsted griffonnait sur sa serviette. Geoffrey Avalon, assis tout raide, regardait dans le vide. Emmanuel Rubin secouait lentement la tête de droite à gauche.

Gonzalo rompit le silence d'un air gêné, pensant peut-être que c'était à lui de le faire en sa qualité d'hôte.

– Ça ne vous ennuie pas de nous donner le nom de ces six villes, monsieur Murdock? dit-il.

– Mais pas du tout, monsieur Gonzalo. Puisque vous m'avez demandé de venir en pensant que je pouvais avoir besoin d'aide, et puisque j'ai accepté de le faire, c'est manifestement que je recherche votre aide. Dans ces conditions, je répondrai à toutes les questions qu'on voudra bien me poser. Les noms des villes que le notaire m'a communiqués le jour de la mort de mon oncle sont sur cette feuille. Vous remarquerez que l'en-tête est celui du notaire. C'est la feuille qu'il m'a remise.

Il la passa à Gonzalo. Outre l'en-tête, elle ne comprenait que la liste de six villes, dactylographiée par ordre alphabétique.

ANCHORAGE, ALASKA
ATHENS, GEORGIE
AUGUSTA, MAINE
CANTON, OHIO
EASTON, PENNSYLVANIE
PERTH AMBOY, NEW JERSEY

Gonzalo la fit circuler. Quand il la récupéra, il s'écria :

– Henry!

Puis il s'adressa à Murdock :

– Notre serveur est membre du club. Vous n'avez pas d'objection à ce qu'il voie la liste, j'espère?

– Je n'ai pas d'objection à ce que quiconque la voie, dit Murdock.

Avalon s'éclaircit la gorge.

– Avant que nous ne nous lancions dans des spéculations, monsieur Murdock, il est normal que nous vous demandions si vous avez vous-même réfléchi à la question.

Le visage mélancolique de Murdock se fit pensif. Il pinça les lèvres, cligna des paupières et dit d'une voix douce, presque honteuse :

– Messieurs, j'aimerais pouvoir vous dire que j'ai complètement résisté à la tentation, mais ce ne serait pas la vérité. J'y ai réfléchi de temps à autre et j'ai essayé de me convaincre que l'une des villes répondait à l'indication que mon oncle Haskell m'a donnée, de manière à pouvoir lundi proposer une réponse au notaire avec la conscience tranquille. J'ai retenu à tour de rôle l'une ou l'autre de ces villes, mais à chaque fois, je ne faisais que me leurrer en essayant de me persuader que je n'étais pas en train de faire un pari, alors que c'était pourtant le cas.

Rubin dit d'un air parfaitement innocent :

– Est-ce que vous avez prié, monsieur Murdock? Est-ce que vous avez demandé l'aide de Dieu?

Pendant un instant, on eut l'impression que les défenses soigneusement élaborées par Murdock avaient été percées, mais pendant un instant seulement. Après cette légère pause, il dit :

– Si j'avais dû trouver la réponse, je l'aurais trouvée sans recourir à la prière. Aux yeux de Dieu, ce sont mes besoins qui comptent et non mes désirs, et Il connaît mes besoins sans qu'il me soit nécessaire de L'en informer.

– Avez-vous essayé de vous attaquer au problème en utilisant les armes inférieures de la raison? dit Rubin.

– Bien sûr, dit Murdock. Mais pas systématiquement. J'ai essayé de ne pas trop me laisser entraîner sur cette pente. J'ai bien peur de ne pas avoir tellement confiance en moi dans ce domaine.

– Et est-ce que vous êtes parvenu à une conclusion plutôt qu'à une autre? demanda Rubin. Vous avez dit que vous aviez été incapable de fixer votre choix sur une ville de façon à ce qu'il ne s'agisse plus d'un pari... mais penchez-vous d'un côté ou d'un autre?

– J'ai penché d'un côté, puis d'un autre, selon les moments. Je ne peux franchement pas dire qu'une ville m'ait paru la bonne. Avec votre permission, je ne vous dirai pas les pensées qui me sont venues à l'esprit, dans la mesure où c'est votre aide que je recherche et où je préférerais que vous aboutissiez à des conclusions, ou à des hypothèses, sans être influencés par ce que je pense. S'il y a quelque chose que vous ne voyez pas et que j'ai vu, je vous le dirai.

– Voilà qui me paraît honnête, dit Gonzalo en arrangeant le col de son blazer avec une autosatisfaction distraite. Je suppose que nous devrions essayer de trouver si l'une de ces villes est la seule et unique à l'est.

– Je le suppose, dit Murdock.

– Dans ce cas, dit Gonzalo, excusez-moi d'enfoncer une porte ouverte, mais la notion d'« est » n'apparaît que dans Easton. C'est la seule et unique à l'est.

– Aussi bizarre que cela puisse paraître, je n'ai pas manqué de le remarquer, monsieur Gonzalo, dit sèchement Murdock. Mais je me suis dit que c'était suffisamment évident pour qu'on ne s'y arrête pas. Mon oncle Haskell a dit aussi : « Ne te précipite pas. »

– Mais c'était peut-être simplement pour vous désarçonner, dit Gonzalo. Un vrai joueur doit savoir à quel moment il faut bluffer et votre oncle a très bien pu bluffer. S'il avait vraiment un sens de l'humour tordu, il a pu lui sembler amusant de vous donner la réponse, de la mettre sur le papier, et puis de faire en sorte que vous n'osiez pas l'accepter.

– C'est possible, dit Murdock, mais alors, ça voudrait dire que je dois pénétrer l'esprit de mon oncle Haskell pour voir s'il était capable de vouloir me rouler d'une façon ou d'une autre. Ce serait un peu parier sur cette disposition d'esprit, et je ne veux pas faire de pari. Ou bien l'indication qu'il m'a donnée, à condition d'être correctement interprétée, rend la chose évidente, et alors, il ne s'agira plus d'un pari, ou bien elle ne sert à rien. En résumé, Easton peut être la bonne ville, mais si c'est le cas, je ne le croirai que s'il y a une meilleure raison que la référence à l'est qui est contenue dans son nom.

En se penchant vers Murdock, Halsted dit :

– Je pense qu'aucun joueur digne de ce nom ne proposerait une énigme ayant une solution aussi facile que la relation entre est et Easton. C'est seulement une fausse piste. Laissez-moi vous indiquer quelque chose d'un peu plus acceptable et d'un peu plus stimulant sur le plan intellectuel. Parmi les six villes indiquées, je crois que c'est Augusta qui est située le plus à l'est. Une chose est sûre, c'est qu'elle se trouve dans l'État du Maine, qui est le plus oriental des cinquante États. Augusta doit être la seule et l'unique à l'est, ça ne fait aucun doute.

Drake secoua violemment la tête.

– C'est complètement faux, Roger, c'est complètement faux. C'est simplement ce qu'on croit généralement. Mais depuis 1959, le Maine n'est pas le plus oriental. Quand l'Alaska est devenu le cinquantième État, c'est lui qui s'est retrouvé le plus à l'est.

Halsted fronça les sourcils.

– Le plus à l'ouest, vous voulez dire, Jim.

– Le plus à l'ouest et le plus à l'est. Et aussi le plus au nord. Écoutez, le méridien de longitude 180° passe au milieu des îles Aléoutiennes. Les îles situées à l'ouest de cette démarcation sont dans l'hémisphère est. Elles sont la seule partie des cinquante États à se trouver dans l'hémisphère est et c'est ce qui fait de l'Alaska le seul et unique État à l'est.

– Et Hawaii? demanda Gonzalo.

– Hawaii n'atteint pas la démarcation de 180°. Même l'île Midway, qui se trouve à l'ouest de l'État, n'y arrive pas. Vous pouvez vérifier sur une carte si vous voulez, mais je sais que j'ai raison.

– Ça n'a aucune importance, que vous ayez raison ou tort, dit Halsted avec chaleur. Anchorage ne se trouve pas de l'autre côté du méridien de 180°, n'est-ce pas? Alors, elle est à l'ouest, et non à l'est. Et Augusta, quant à elle, est bien la plus à l'est des six villes mentionnées.

Murdock les interrompit :

– Messieurs, ça ne vaut pas la peine de se disputer là-dessus. J'avais pensé à la situation orientale du Maine mais je ne trouvais pas que cette réponse s'imposait suffisamment comme la bonne pour miser dessus. Le fait qu'on puisse défendre l'Alaska contre le Maine – et j'avoue que considérer ainsi la situation de l'Alaska ne m'était pas venu à l'esprit – les empêche tous deux d'être le seul et unique à l'est.

– D'ailleurs, du point de vue strictement géographique, l'est et l'ouest sont des termes purement arbitraires, dit Rubin. Le nord et le sud ne sont pas relatifs puisqu'il y a un point fixe de la terre qui est le Pôle Nord et un autre qui est le Pôle Sud. Si on considère deux points sur la terre, celui qui est le plus proche du Pôle Nord est au nord de l'autre, mais ces deux mêmes points ne sont ni à l'est ni à l'ouest l'un par rapport à l'autre, car on peut aller du premier au deuxième, ou du deuxième au premier, en se déplaçant ou bien vers l'est, ou bien vers l'ouest. Il n'y a pas de point situé absolument à l'est ou à l'ouest sur terre.

– Et alors, à quoi ça vous avance, Manny? dit Trumbull.

– J'en viens au point de vue psychologique. Ce qui pour nous Américains représente l'est, c'est l'Océan Atlantique. Notre pays s'étend d'un océan à l'autre, et la seule ville de la liste située sur l'Océan Atlantique est Perth Amboy. Augusta est peut-être plus à l'est sur le plan géographique, mais c'est une ville intérieure.

– Tout ce que vous nous contez là ne veut rien dire du tout, Manny, dit Trumbull. L'Océan Atlantique symbolise l'est pour nous, actuellement, mais pendant la plus grande partie de l'histoire de la civilisation occidentale, il a représenté l'ouest, l'ouest absolu. Ce n'est que quand Christophe Colomb a navigué vers l'ouest qu'il est devenu l'est pour les colons du Nouveau Monde. Si vous voulez quelque chose qui représente l'est dans la tradition occidentale, et qui l'a toujours représenté, c'est la Chine. La première ville chinoise qui s'est ouverte au commerce occidental a été Canton, et la ville américaine de Canton tire son nom de la ville chinoise. C'est Canton qui doit être la seule et unique à l'est.

Avalon leva la main et dit avec une auguste sévérité :

– Je ne vois pas du tout les choses de cette manière, Tom. Même si Canton symbolise l'est en rappelant une ville chinoise, pourquoi serait-elle la seule et unique à l'est? pourquoi pas Cairo, la ville d'Illinois dont le nom vient du Caire, ou Memphis, dans le Tennessee, chacune symbolisant l'est de l'Antiquité égyptienne?

– Parce que ces villes ne figurent pas sur la liste, Jeff.

– Non, mais Athens, en Georgie, y figure et c'est la ville du monde qui est la seule et l'unique à l'est puisqu'elle rappelle Athènes, en Grèce, qui représente la source et la patrie de toutes les valeurs de la civilisation à laquelle nous sommes attachés aujourd'hui, l'école de l'Hellade et de tout l'Occident...

– De tout l'Occident, espèce d'idiot, dit Trumbull avec une soudaine férocité. Athènes n'a jamais été considérée comme une ville orientale, ni par elle-même ni par les autres. La première grande bataille entre l'est et l'ouest a été Marathon en 490 avant Jésus-Christ et Athènes représente bien l'ouest.

Murdock s'interposa :

– D'ailleurs, mon oncle Haskell n'aurait pas pu penser que je considérerais Athènes comme unique, alors qu'elle n'a qu'une dimension profane. S'il avait inclus dans sa liste Bethlehem, en Pennsylvanie, j'aurais pu immédiatement la choisir sans avoir l'impression de faire un pari. En tout cas, messieurs, je ne peux que vous remercier pour la peine que vous avez prise. Le simple fait que vous soyez parvenus à des conclusions différentes et que vous vous disputiez là-dessus montre que chacun de vous doit avoir tort. Si l'un de vous avait la bonne réponse, elle s'imposerait aux autres et nous convaincrait tous, moi y compris. Il se peut, bien entendu, que mon oncle Haskell m'ait délibérément donné une indication sans valeur pour son propre plaisir posthume. Si c'est le cas, il est bien entendu que ma gratitude envers vous ne s'en trouve nullement affaiblie et que je vous remercie pour votre hospitalité, votre compagnie et vos efforts.

Il allait se lever pour partir mais Avalon, qui se trouvait à sa gauche, lui posa affablement, mais néanmoins impérativement, la main sur l'épaule.

– Un instant, monsieur Murdock, l'un des membres de notre petit groupe n'a pas encore pris la parole... Henry, n'avez-vous rien à ajouter?

Murdock eut l'air surpris.

– Votre serveur?

– Un Veuf Noir, comme nous l'avons dit tout à l'heure. Henry, pouvez-vous jeter quelque lumière sur cette énigme?

Henry déclara solennellement :

– C'est possible, messieurs. J'ai été impressionné quand monsieur Murdock a avancé il y a quelques instants que la raison se révélait parfois inefficace pour atteindre la vérité. Néanmoins, nous pourrions essayer de raisonner. Pas en suivant notre propre raisonnement, mais en suivant celui de l'oncle de monsieur Murdock. Je ne doute pas qu'il ait délibérément choisi des villes qui représentent chacune l'est d'une manière ambiguë, mais où aurait-il pu trouver dans cette liste une allusion claire et décisive à l'est? Peut-être pourrions-nous trouver la réponse en nous souvenant de ses intérêts... Monsieur Murdock nous a dit qu'à un moment donné, il travaillait sur un ouvrage concernant l'Angleterre de la Restauration. Je crois que c'était pendant la dernière moitié du XVIIe siècle.

– Charles II a régné de 1660 à 1685, dit Rubin.

– Je suis sûr que vous avez raison, monsieur Rubin, dit Henry. Toutes les villes mentionnées sont américaines et je me suis demandé si nous ne pourrions pas trouver quelque chose d'intéressant dans l'histoire américaine de cette période.

– Un certain nombre de colonies ont été fondées sous Charles II, dit Rubin.

– Est-ce que la Caroline n'en faisait pas partie, monsieur? demanda Henry.

– Exact. Le nom de la Caroline, en fait, vient de lui, Charles est Carolus en latin.

– Mais plus tard, la Caroline s'est révélée peu commode à gérer et elle a été divisée en Caroline du Nord et en Caroline du Sud.

– C'est juste. Mais qu'est-ce que ça a à voir avec la liste? Il n'y a aucune ville de l'une ou l'autre Caroline.

– C'est bien vrai, mais cette idée m'a rappelé qu'il y avait également un Dakota du Nord et un Dakota du Sud, et aussi une Virginie de l'Ouest, mais qu'il n'y avait aucun État américain qui contenait le mot Est. Bien sûr, nous pourrions parler de Texas de l'Est, de Kansas de l'Est ou de Tennessee de l'Est mais...

– On dirait plutôt l'est du Texas, marmonna Halsted.

– De toute manière, monsieur, il n'y aurait pas un État qui serait le seul et l'unique à l'est mais...

Gonzalo explosa soudain avec surexcitation :

– Attendez une minute, Henry. Je crois savoir où vous voulez en venir. Si nous avons une Virginie de l'Ouest, la seule et unique Virginie à l'ouest, nous pouvons donc considérer la Virginie tout court comme la Virginie de l'Est, la seule et l'unique à l'est.

– Non, vous ne pouvez pas, dit Trumbull avec un air écœuré. La Virginie s'est appelée Virginie pendant trois siècles et demi. Ce n'est pas en l'appelant Virginie de l'Est qu'elle le deviendra.

– Ça ne ferait rien si on le faisait, monsieur Trumbull, dans la mesure où il n'y a pas de ville de Virginie sur la liste, dit Henry. Mais avant d'abandonner cette direction, je me suis cependant rappelé que l'oncle de monsieur Murdock avait vécu dans le New Jersey, là où ses ancêtres s'étaient établis à l'époque de la colonisation. Des souvenirs d'école primaire ont resurgi dans ma mémoire, car il y a un demi-siècle, on étudiait beaucoup plus soigneusement l'histoire coloniale qu'on ne le fait aujourd'hui.

» Il me semble, et je suis sûr que monsieur Rubin rectifiera si je me trompe, qu'à ses débuts, le New Jersey était divisé en deux parties : le Jersey de l'Est et le Jersey de l'Ouest, chacun ayant un gouvernement distinct. Cela n'a pas duré longtemps, une génération, peut-être, et l'État du New Jersey a été constitué. Mais le Jersey de l'Est est la seule division, dans ce qui s'appelle aujourd'hui les États-Unis, à avoir inclus « Est » dans son nom officiel de colonie ou d'État.

Murdock eut l'air intéressé. Ses lèvres se retroussèrent presque en un sourire.

– La seule et unique à l'est, dit-il. C'est possible.

– Il y a encore autre chose, dit Henry. Perth Amboy, était, à l'époque, la capitale du Jersey de l'Est.

Murdock écarquilla les yeux.

– Vous parlez sérieusement, Henry?

– J'en suis tout à fait certain, et je pense que c'est là un facteur déterminant. C'était la capitale de la seule et unique division de l'Est, qu'il s'agisse de colonies ou d'États, mentionnée sur la liste. Je ne pense pas que vous perdrez votre héritage si vous proposez ce nom lundi. Et je ne pense pas non plus qu'il s'agira de faire un pari.

Rubin dit en fronçant les sourcils :

– Je l'avais bien dit, que c'était Perth Amboy.

– Pour une raison qui n'avait rien de déterminant, dit Drake. Comment faites-vous, Henry?

Henry sourit légèrement.

– J'abandonne la raison pour quelque chose de plus sûr, comme monsieur Murdock l'a suggéré dès le départ.

– Qu'est-ce que vous nous chantez là, Henry? dit Avalon. Vous vous en êtes très bien sorti en développant une belle argumentation.

– Après coup, monsieur, dit Henry. Pendant que vous étiez tous en train de défendre un raisonnement logique, j'ai pris la liberté d'essayer de trouver une réponse qui fasse autorité dans la bibliothèque de référence que nous utilisons pour trancher les différends. J'ai cherché chaque ville dans le *Dictionnaire géographique* Webster. A Perth Amboy, il est clairement indiqué que cette ville a jadis été la capitale du Jersey de l'Est.

Il tendit l'ouvrage et Rubin le lui arracha des mains pour vérifier par lui-même.

– C'est facile de raisonner à rebours, messieurs, conclut Henry.

Remarque

The One and Only East, qui a été publiée dans le numéro de mars 1975 d'*Ellery Queen's Mystery Magazine,* a été, comme *The Iron Gem,* écrite à la main à bord d'un bateau. A cette occasion, je visitais la Grande-Bretagne pour la première fois de ma vie et j'ai fait l'aller et le retour sur un paquebot, puisque je ne prends pas l'avion.

C'était un peu difficile, dans un sens, parce que je n'avais pas mes ouvrages de référence avec moi. (Je dois avouer que l'une des raisons pour lesquelles mes Veufs Noirs semblent érudits en divers domaines, c'est que celui qui aligne les mots a rassemblé une très bonne bibliothèque au cours de sa vie.) Le résultat, c'est que j'ai dû me répéter tout ce que je savais déjà des villes dont je parlais. Mais il se trouve que je ne me suis presque pas trompé.

COUCHER DE TERRE ET ÉTOILE DU SOIR

Emmanuel Rubin, dont le dernier roman policier menait, de toute évidence, une carrière harmonieuse, leva son verre avec satisfaction et lança des regards affables à travers les verres épais de ses lunettes.

– L'histoire policière, pontifia-t-il, a ses règles, lesquelles, lorsqu'on les viole, en font un échec sur le plan artistique, quel que puisse être, par ailleurs, son succès commercial.

Mario Gonzalo, qui s'était fait couper les cheveux récemment, ce qui laissait entrevoir sa nuque, fit, comme pour lui-même :

– Ça m'amuse toujours d'entendre un écrivain qualifier d'art les choses qu'il gribouille sur du papier.

Il regarda avec quelque complaisance la caricature qu'il était en train de faire de son hôte pour le dîner de ce mois-ci des Veufs Noirs.

– Si ce que vous faites correspond à la définition de l'art, dit Rubin, je retire le terme en ce qui concerne l'œuvre de l'écrivain. Une des choses à éviter, par exemple, c'est l'intrigue stupide.

– Dans ce cas, dit Thomas Trumbull en reprenant un petit pain et en le tartinant de beurre, n'êtes-vous pas handicapé?

Rubin répondit d'une manière sublime :

– Par *intrigue stupide*, j'entends celle dans laquelle la solution serait immédiate si un enquêteur idiot posait seulement une question logique, ou dans laquelle un témoin débile ne dirait pas tout simplement une chose qu'il sait et n'a aucune raison de dissimuler.

Geoffrey Avalon, qui avait laissé sur son assiette un os bien nettoyé comme dernier témoin du morceau de bœuf qui y avait jadis reposé, dit :

– Mais aucun praticien expérimenté ne s'y risquerait, Manny. Ce que vous faites, c'est élaborer une raison d'empêcher la divulgation de l'évidence.

– Exactement, dit Rubin. Par exemple, les choses que j'écris sont par essence même des nouvelles, si l'on évoluait en ligne droite. Le problème est que la ligne est tellement droite que le lecteur en verra le bout avant que j'en sois à la moitié. Je suis donc obligé de dissimuler un indice déterminant et le faire de telle sorte que ça ne devienne pas une intrigue stupide. C'est ainsi que j'invente une raison pour que cette preuve soit dissimulée, et, afin de rendre cette raison plausible, il me faut ériger autour un échafaudage pour la soutenir – et ça se termine par un roman. Et un drôlement bon roman.

Sa barbe clairsemée palpita de contentement.

Henry, l'éternel maître d'hôtel des dîners des Veufs Noirs, enleva avec sa dextérité coutumière l'assiette qui se trouvait devant Rubin. Celui-ci dit sans se retourner :

– N'ai-je pas raison, Henry?

Henry répondit doucement :

– En tant que lecteur de romans policiers, monsieur, je trouve plus satisfaisant que l'on me livre l'information et de découvrir que je n'ai pas été suffisamment perspicace pour la remarquer.

– Je viens de lire un policier, dit James Drake de sa voix doucement rauque de fumeur, dans lequel toute l'intrigue reposait sur le fait que le personnage numéro un était en fait le personnage numéro deux, le personnage numéro un étant mort. J'en ai eu l'idée immédiatement parce que le personnage numéro un n'était pas dans la liste des personnages qui se trouvait au début. Ça m'a gâché la lecture.

– Oui, dit Rubin, mais ce n'était pas la faute de l'auteur, c'était celle du grouillot de service. J'ai écrit une histoire, une fois, qui était accompagnée par une illustration que personne ne pensa à me montrer avant. Il se trouvait qu'elle dévoilait la solution.

Leur invité avait écouté tout cela tranquillement. Ses cheveux étaient juste assez clairs pour qu'on puisse encore les considérer comme blonds, et il s'y trouvait une ondulation si soigneusement arrangée que l'on aurait pu dire d'une certaine façon qu'elle y avait toujours été. Il tourna son visage plutôt étroit mais bienveillant vers Roger Halsted, son voisin et dit :

– Excusez-moi, mais je sais, depuis que Manny Rubin est mon ami, qu'il écrit des romans policiers. Est-ce votre cas à vous aussi? Ceci est-il une organisation d'auteurs de romans policiers?

Halsted, qui avait regardé avec une sombre approbation la part généreuse de gâteau de la Forêt-Noire qui venait d'être placée devant lui en guise de dessert, en détacha avec quelque difficulté son attention et dit :

– Pas du tout. Je suis professeur de mathématiques, Drake est chimiste. Avalon est avocat,

Gonzalo est artiste et Trumbull est expert en décryptage auprès du gouvernement.

» Par ailleurs, continua-t-il, nous nous intéressons à ces choses-là. Nos invités ont souvent des problèmes qu'ils soumettent à notre discussion, des histoires policières, en somme, et nous avons eu plutôt de la chance...

L'invité s'appuya sur son dossier avec un petit rire.

– Rien de tel, malheureusement. De mystère, de meurtres, de mains redoutables qui surgissent de derrière les rideaux, il n'y a pas trace dans ma vie. Elle est tout à fait sans détours, hélas, et très monotone. Je ne suis même pas marié.

Il rit de nouveau.

L'invité avait été présenté sous le nom de Jean Servais, et Halsted, qui avait attaqué le gâteau avec ardeur et sentait en conséquence une douce chaleur l'envahir, dit :

– Vous permettez que je vous appelle John?

– Je ne vous giflerais pas, monsieur, si vous le faisiez, mais je vous serais reconnaissant de ne pas le faire. Ce n'est pas mon nom. Appelez-moi Jean, s'il vous plaît.

Halsted hocha la tête.

– J'essaierai. Je peux arriver à produire le son *J*, mais nasaliser correctement le mot est une autre paire de manches. *Johng*, dit-il.

– Mais c'est très bien. Vraiment formidable.

– Vous parlez très bien l'anglais, dit Halsted, lui retournant le compliment.

– Les Européens ont besoin de talents linguistiques, dit Servais. D'ailleurs, il y a maintenant presque dix ans que je vis aux États-Unis. Vous êtes tous Américains, je suppose? Monsieur Avalong a pourtant quelque chose d'anglais.

– Oui, je pense qu'il aime avoir l'air anglais, dit

Halsted; et, avec un certain plaisir secret, il ajouta : Et c'est *Avalon.* L'accent est sur la première syllabe, et rien de nasal à la fin.

Mais Servais ne fit qu'en rire.

– Ah, oui, j'essaierai. Lorsque j'ai rencontré Manny pour la première fois, je l'ai appelée *Roubang*, avec l'accent sur la dernière syllabe et une forte nasalisation. Il me corrigea vigoureusement et me fit toute une conférence. C'est un coriace, celui-là !

Le ton de la conversation avait monté et était très haut, maintenant que les convives étaient engagés dans une discussion générale concernant les mérites relatifs d'Agatha Christie et de Raymond Chandler, discussion dans laquelle Rubin gardait un silence plutôt condescendant, comme s'il connaissait quelqu'un d'encore bien meilleur que ces deux-là, mais dont il n'aurait pas mentionné le nom par modestie.

Rubin sembla presque soulagé lorsque, alors que l'on procédait à la cérémonie du café et qu'Henry était prêt à offrir les cognacs d'après dîner, le moment vint pour lui de tapoter son verre à eau avec sa cuillère et de dire :

– Du calme, du calme, messieurs. Voici maintenant venu le moment pour notre hôte, Jean Servais, de payer son dîner. Tom, c'est à vous.

Tom se renfrogna et dit :

– Si cela ne vous fait rien, monsieur Servais, en sifflant le *s* final juste ce qu'il fallait pour souligner son point de vue, je ne vais pas essayer de faire étalage de mon accent français et de jouer les ânes savants comme mon ami Manny Rubin. Dites-moi, monsieur, comment justifiez-vous votre existence ?

– Eh bien, très facilement, dit Servais plaisamment, si je n'existais pas, vous n'auriez pas d'invité ce soir.

– Laissez-nous en dehors de ceci, s'il vous plaît. Répondez de façon plus générale.

– En général, donc, je construis des rêves. Je fais des projets de choses qui ne peuvent pas être construites, des choses que je ne verrai jamais, des choses qui peuvent ne jamais exister.

– Très bien, dit Trumbull, maussade, vous êtes auteur de science-fiction, comme l'ami de Manny, ce..., comment donc – euh – Asimov.

– Pas mon *ami*, dit promptement Rubin. Je l'aide seulement de temps en temps, quand il reste en panne sur un point scientifique élémentaire.

Gonzalo dit :

– Est-ce celui dont vous disiez une fois qu'il transportait la *Columbia Encyclopedia* avec lui, parce qu'il était dedans?

– C'est encore pire maintenant, dit Rubin. Il a graissé la patte à quelqu'un à l'*Encyclopedia Britannica*, qui l'a mis dans la nouvelle édition, la quinzième, et maintenant il traîne toute la collection avec lui, partout où il va.

– La nouvelle édition, la quinzième..., commença Avalon.

– Pour l'amour du Ciel, fit Trumbull, allez-vous laisser parler notre hôte?

– Non, monsieur Trumbull, dit Servais, comme s'il n'y avait eu aucune interruption, je ne suis pas auteur de science-fiction, bien que j'en lise parfois. Je lis Ray Bradbury, par exemple, et Harlan Ellison. (Il nasalisa les deux noms.) Je ne pense pas avoir jamais rien lu d'Asimov.

– Je lui dirai ça, marmonna Rubin. Ça lui fera plaisir.

– Mais, poursuivit Servais, je pense que vous pourriez dire que je suis un ingénieur de science-fiction.

– Qu'est-ce que cela veut dire? demanda Trumbull.

– Je ne décris pas des colonies sur la Lune. J'en conçois.

– Vous en *concevez*?

– Mais oui. Et pas seulement des colonies lunaires, bien que ce soit notre principal travail, maintenant. Nous travaillons dans tous les domaines de la création imaginaire pour l'industrie privée, Hollywood, la NASA, même.

Gonzalo dit :

– Vous pensez vraiment que des gens pourraient vivre sur la Lune?

– Pourquoi pas? Ça dépend de ce que la race humaine souhaite faire, de l'ampleur des progrès initiaux qu'elle est prête à envisager. L'environnement de la Lune peut être agencé à l'exacte ressemblance de la Terre, sur des zones souterraines restreintes, à la gravité près. Nous devrons nous contenter de la gravité lunaire, qui est d'un sixième de la nôtre. A cela près, nous n'aurons plus besoin que de laisser la place aux fournitures originales et à une technologie intelligente – et c'est là que nous intervenons, mon associé et moi.

– Vous n'êtes que deux dans cette Compagnie?

– Essentiellement. Aussi longtemps que mon associé sera mon associé, évidemment.

– Vous allez vous séparer?

– Non, non. Mais nous nous querellons sur des points de détail. Ça n'a rien d'étonnant. C'est un mauvais moment à passer pour lui. Mais non, nous ne nous séparerons pas. J'ai pris la décision de lui céder, vraisemblablement. Bien sûr, j'ai entièrement raison, et c'est dommage d'abandonner ce que je voulais faire.

Trumbull se cala contre le dossier de sa chaise, croisa les bras et fit :

– Nous direz-vous sur quoi porte la divergence? Nous pourrons alors vous donner nos avis personnels, qu'ils soient en votre faveur ou en celle de votre associé.

– Ce ne serait pas un choix difficile, monsieur Trumbull, pour tout individu sensé, fit Servais. Je vous assure, c'est ainsi. Nous sommes en train de réaliser une colonie lunaire complète, avec tous les détails. C'est pour une compagnie cinématographique, et c'est bien payé. Ils en utiliseront une partie dans un film de science-fiction à grand spectable qu'ils ont l'intention de réaliser. Nous fournirons bien sûr beaucoup plus que ce qu'ils utiliseront; mais l'idée est que s'ils ont une image totalement concrète de ce qui pourrait être – et, par miracle, ils veulent que ce soit aussi scientifiquement exact que possible – ils pourront choisir d'en utiliser ce qui leur conviendra.

– Je parie qu'ils vont tout mélanger, fit Drake avec pessimisme. Peu importent les précautions que vous prendrez. Ils donneront une atmosphère à la Lune!

– Oh non, dit Servais, pas après que l'homme s'est posé six fois sur la Lune. Nous n'avons pas à redouter ça. Et pourtant, je ne doute pas qu'ils commettront des erreurs. Ils trouveront impossible de manier correctement les effets de faible pesanteur d'un bout à l'autre et les exigences de l'intrigue imposeront quelques inexactitudes.

» Mais c'est inévitable, et notre travail consiste uniquement à leur fournir le matériel le plus imaginaire possible. C'est mon rôle, comme vous le verrez dans un moment. Nous projetons une ville, une petite ville qui sera située sur le bord intérieur d'un cratère. Cela, l'intrigue du film l'impose. Nous avons cependant le choix de l'identité et de la localisation du cratère, et mon associé, peut-être parce qu'il est Américain, va tout droit à l'évidence avec une rectitude tout américaine. Il voudrait utiliser le cratère Copernic.

» Il dit que c'est un nom familier; que si la ville s'appelle *Camp Copernic*, ce seul nom évoque déjà la Lune, les aventures exotiques et tout le reste. Tout le monde connaît, dit-il, le nom de l'astronome qui plaça le premier le Soleil au centre du système planétaire, et de plus c'est un nom qui sonne bien.

» Quant à moi, je ne suis pas impressionné par tout cela. Vue de Copernic, la Terre est très haut dans le ciel, et elle y reste constamment. Vous le savez tous, la Lune tourne toujours la même face vers la Terre, de sorte que de n'importe quel point de la surface de la Lune, la Terre occupe toujours plus ou moins la même place dans le ciel.

Gonzalo dit soudain :

– Si vous désirez que la cité lunaire soit de l'autre côté de la Lune, afin que la Terre ne soit pas visible dans le ciel, vous êtes fou. Le public voudra absolument y voir la Terre.

Servais leva la main en signe d'approbation.

– Absolument! Je suis d'accord. Mais si elle est constamment présente, ce sera presque comme si elle n'y était *pas*. On s'y habituerait trop. Non, j'ai choisi une approche plus subtile. Je voudrais que la cité se trouve dans un cratère situé à la limite de la face visible. De là, bien sûr, vous verriez la Terre sur l'horizon.

» Imaginez ce que cela implique. La Lune ne présente pas toujours exactement la même face vers la Terre. Elle oscille, d'un côté puis de l'autre, légèrement. Pendant quatorze jours, elle va d'un côté, et pendant quatorze jours elle va de l'autre côté. C'est ce qu'on appelle la *libration*. (Il s'interrompit un instant, comme pour s'assurer qu'il prononçait le mot correctement en anglais.) Et cela vient de ce que la Lune ne décrit pas un cercle parfait autour de la Terre.

» Maintenant, voyez : si nous établissons le Camp Bahyee dans le cratère de ce nom, la Terre ne se trouvera pas seulement sur l'horizon, mais elle montera et descendra aussi, selon un cycle de vingt-huit jours. Placés au bon endroit, les colons lunaires la verront monter et descendre, doucement, bien sûr. Ceci amène à une exploitation imaginative. Les personnages peuvent prévoir une action importante au coucher de la Terre, et les différentes positions de celle-ci pourraient indiquer l'écoulement du temps, ce qui serait générateur de suspense. Et des effets spéciaux formidables sont également possibles. Si Vénus est près de la Terre et si la Terre se trouve dans son large croissant, Vénus sera alors extrêmement brillante; et lorsque la Terre disparaîtra à l'horizon, nous pourrons montrer Vénus dans le ciel sans atmosphère de la Lune, en un croissant très étroit.

– Coucher de Terre et Étoile du Soir, et une voix claire pour moi, murmura Avalon.

Gonzalo fit :

– Y a-t-il vraiment un cratère du nom de Bahyee?

– Absolument, répondit Servais. C'est en fait le plus grand cratère que l'on puisse voir depuis la surface de la Terre. Il mesure deux cent quatre-vingt-dix kilomètres de diamètre. Cent quatre-vingts miles.

– On dirait un nom chinois, dit Gonzalo.

– Français! fit solennellement Servais. Un astronome français de ce nom fut maire de Paris en 1789, au moment de la Révolution.

– Ce n'était pas le bon moment pour être maire, dit Gonzalo.

– C'est ce qu'il a découvert tout seul, dit Servais. Il a été guillotiné en 1793.

Avalon dit :

– Je suis plutôt de votre avis, monsieur Servais. Votre proposition laisse le champ libre à l'imagination. Quelle est l'objection de votre associé?

Servais haussa les épaules dans un mouvement qui était plus authentiquement gaulois que tout ce qu'il avait dit ou fait jusque-là.

– Stupide. Il dit que ce sera trop compliqué pour les gens du cinéma, qu'ils confondront tout. Il insiste surtout sur le fait que la Terre bougerait trop doucement dans le ciel de la Lune. Il faudrait des jours pour que la Terre soit pleine au-dessus de l'horizon, et des jours pour qu'elle disparaisse au-dessous.

– Est-ce exact? demanda Gonzalo.

– C'est exact, oui, mais quelle importance? Ça serait tout de même intéressant.

Haslted dit :

– Ils pourraient bricoler ça, faire bouger la Terre un peu plus vite. Et alors?

Servais n'avait pas l'air satisfait.

– Ce n'est pas aussi simple que ça. Mon associé dit que c'est exactement ce que les gens du cinéma vont faire, et que cette altération de la réalité astronomique sera scandaleuse. Il est très véhément à ce sujet et trouve à redire à tout, même au nom du cratère, qu'il trouve ridicule, risible, de sorte qu'il ne le tolérera pas dans notre rapport. Nous n'avions jamais eu de telle dispute auparavant. Il est comme fou.

– Rappelez-vous, dit Avalon. Vous avez annoncé que vous lui céderiez.

– Eh, il le faudra bien, dit Servais. Mais cela ne me fait pas plaisir. Évidemment, il est dans une mauvaise passe.

Rubin fit alors :

– Ça fait deux fois que vous le dites, Jean. Je n'ai jamais rencontré votre associé et je ne peux donc pas juger des personnalités en cause. Pourquoi une mauvaise passe?

Servais hocha la tête.

– Il y a un mois, ou un peu plus, sa femme s'est suicidée. Elle a avalé des somnifères. Mon associé était un mari dévoué, presque à l'excès. C'est terrible pour lui, évidemment, et tout aussi évidemment il n'est plus le même.

Drake toussota doucement.

– Lui est-il recommandé de travailler?

– Je n'oserais pas lui suggérer de ne pas travailler. C'est ce qui lui permet de conserver la raison.

Haslted demanda :

– Pourquoi s'est-elle tuée?

Servais ne répondit pas, mais eut un mouvement de sourcils qui pouvait être interprété de n'importe quelle façon.

Halsted insista.

– Était-elle atteinte d'une maladie incurable?

– Qui sait? dit Servais en soupirant. Pendant un moment, ce pauvre Howard... (Il s'interrompit, gêné.) Je n'avais pas l'intention de prononcer son nom.

Trumbull fit :

– Vous pouvez tout dire. Tout ce qui se dit ici, quoi que ce soit, est tout à fait confidentiel. Notre serviteur aussi (avant que vous ne posiez la question) est parfaitement digne de confiance.

– Eh bien, dit Servais, son nom est sans importance, de toute façon. C'est Howard Kaufman. D'une certaine manière, le travail lui a fait du bien. En dehors du travail, il est comme inexistant, comme mort lui aussi. Rien n'a plus d'importance pour lui.

– Oui, dit Trumbull, mais maintenant, quelque chose *a* de l'importance. Il veut son cratère, et pas le vôtre.

– Exact, dit Servais. J'y ai pensé. Je me suis dit que c'était bon signe qu'il se jette dans quelque chose. C'est un commencement. Raison de plus, peut-être, pour que je lui cède. Et c'est ce que je vais faire. C'est décidé. Il n'y a aucune raison, messieurs, pour que vous preniez parti pour l'un ou l'autre d'entre nous. Ma décision est prise, et en sa faveur.

Avalon fronça les sourcils.

– Je suppose que nous devrions continuer à vous questionner au sujet de votre travail, et je suppose aussi que nous ne devrions pas nous immiscer dans ce malheur. Cependant, ici, aux Veufs Noirs, aucune question n'est prohibée. Je ne suis pas satisfait, monsieur, de vos remarques concernant cette malheureuse femme qui s'est suicidée. En tant qu'heureux époux, je ne sais trop que penser de cette combinaison d'amour et de suicide. Vous avez dit qu'elle n'était pas malade?

– En fait, je n'ai rien dit du tout, dit Servais. Et je ne me sens pas tellement à l'aise pour parler de cette affaire.

Rubin frappa de sa cuillère le verre vide qui se trouvait devant lui.

– Privilège de l'hôte, dit-il avec fermeté. (Il y eut un silence.) Jean, dit-il, vous êtes mon invité et mon ami. Nous ne pouvons pas vous obliger à répondre à nos questions, mais en vous offrant notre hospitalité, j'ai été très clair : le prix à payer, c'est le passage sur le gril. Si vous vous êtes rendu coupable d'une action criminelle et ne voulez pas en parler, partez sur-le-champ, et nous n'en dirons rien. Si vous parlez, eh bien, quoi que vous puissiez dire, nous ne dirons rien non plus.

– Bien que, s'il s'agit effectivement d'un acte criminel, dit Avalon, nous vous recommandions fermement de vous confesser.

Servais eut un rire plutôt nerveux, et dit :

– Pendant une minute, immédiatement, pendant une effrayante minute, j'ai eu le sentiment de me trouver dans un roman de Kafka, et que j'allais être jugé et condamné pour quelque crime que vous m'auriez fait avouer contre ma volonté. Messieurs, je n'ai commis aucun délit d'importance. Un excès de vitesse, un peu d'imagination créative dans l'élaboration de ma déclaration de revenus – ce qui est, à ce que j'ai entendu dire, aussi américain que la tarte aux pommes. Mais si vous pensez que j'ai tué cette femme et que j'ai donné au meurtre l'allure d'un suicide, je vous en prie, ôtez-vous cela de l'idée sans délai. *C'était* un suicide. La police ne l'a pas contesté.

Halsted demanda :

– Était-elle malade?

– Très bien. Alors, je vais vous répondre. Elle n'était pas malade, pour autant que je sache. Mais, après tout, je ne suis pas médecin, et je ne l'ai pas examinée.

Halsted dit :

– Avait-elle des enfants?

– Non, pas d'enfants. Ah, monsieur Halsted, je me souviens tout à coup vous avoir entendu dire il y a quelques instants que vos invités avaient quelquefois des problèmes qu'ils soumettaient à votre sagacité; et j'ai dit ne pas en avoir. Je vois que vous en avez trouvé un, en tout cas.

Trumbull dit alors :

– Si vous êtes tellement sûr que c'était un suicide, je suppose qu'elle a laissé une lettre.

– Oui, dit Servais. Elle en a laissé une.

– Que disait-elle?

– Je ne pourrais pas vous en citer exactement les termes. Je ne l'ai pas vue moi-même. D'après Howard, elle s'excusait simplement de lui faire du mal, mais disait qu'elle ne pouvait plus continuer ainsi. C'était tout à fait banal, et je vous assure que la police a été satisfaite de cette explication.

Halsted dit :

– Mais si c'était un couple heureux, si elle n'était pas malade, et s'il n'y avait aucun problème à ce sujet? Est-ce qu'elle avait terriblement envie d'avoir un enfant et que son mari refusait de...

Gonzalo intervint.

– Les gens ne se tuent pas parce qu'ils n'ont pas de marmots.

– Les gens se tuent pour les raisons les plus stupides, protesta Rubin. Je me souviens...

Trumbull poussa un cri de colère, de sa voix de stentor :

– Sacrebleu! Fermez-la, les gars, la parole est à Jeff!

Halsted dit :

– L'absence d'enfants avait-elle une influence néfaste?

– Non, pour autant que je le sache, dit Servais, Écoutez, monsieur Avalon, je fais attention à ce que je dis et *je n'ai pas dit* que c'était un mariage heureux.

– Vous avez dit que votre associé était à la dévotion de sa femme, fit gravement Avalon, et vous avez utilisé ce joli mot désuet pour le caractériser : « uxorieux ».

– L'amour, dit Servais, ne suffit pas s'il ne coule que dans une seule direction. Je n'ai pas dit qu'*elle* l'aimait.

Drake alluma une autre cigarette.

– Ah! dit-il, l'affaire se corse.

Avalon dit :

– Alors, à votre avis, cela aurait quelque chose à voir avec son suicide?

Servais paraissait harcelé.

– C'est plus que mon avis, monsieur. Je *sais* que cela avait quelque chose à voir avec son suicide.

– Allez-vous nous donner les détails ? demanda Avalon, se départant un instant de son attitude généralement rigide, comme pour transformer sa question en une invitation courtoise.

Servais hésita, puis déclara :

– Je vous rappelle m'avoir promis que tout ceci resterait confidentiel. Mary – Mme Kaufman – et mon associé étaient mariés depuis sept ans, et cela avait l'air d'une union paisible; mais sait-on jamais, dans ce genre d'affaire ?

» Il y avait un autre homme. Il est plus âgé qu'Howard, et, à mes yeux, pas aussi séduisant – mais, là encore, qui peut dire quoi que ce soit ? Ce qu'elle lui trouvait ne pouvait vraisemblablement pas être visible de l'extérieur, car tout le monde aurait pu le voir.

Halsted dit :

– Comment votre associé a-t-il pris *ça* ?

Servais releva la tête et rougit nettement.

– Il ne l'a jamais su. Vous ne pensez tout de même pas que je le lui aurais dit ? Ce n'est pas mon genre, je vous assure. Il ne m'appartenait pas d'intervenir entre un homme et son épouse. Et, franchement, si je l'avais dit à Howard, il ne m'aurait pas cru. Il est plus vraisemblable qu'il aurait essayé de me frapper. Et alors, qu'aurais-je fait ? Lui aurais-je présenté une preuve ? M'aurait-il fallu arranger les choses de façon qu'ils soient pris en flagrant délit ? Non, je n'ai rien dit.

– Et réellement il ne le savait pas ? demanda Avalon, l'air vraiment embarrassé.

– Il l'ignorait. Ce n'était pas si ancien. Les amants étaient excessivement prudents. Le mari était aveuglément dévoué. Que voulez-vous de plus ?

– Le mari est toujours le dernier à savoir, dit Gonzalo, sentencieusement.

Drake demanda :

– Si l'histoire était si bien cachée, comment l'avez-vous découverte, monsieur Servais?

– Par pur hasard, je vous assure, dit Servais. Un incroyable coup de déveine pour elle, d'une certaine façon. J'avais un rendez-vous le soir. Je ne connaissais guère la fille, et, en fin de compte, ça n'a pas marché. J'avais hâte de m'en débarrasser, mais auparavant – que voulez-vous, il n'aurait pas été bienséant de la laisser tomber – je l'ai ramenée chez elle, dans un quartier éloigné de centre de la ville. Et, après lui avoir dit au revoir de la manière la moins empressée qui soit, je m'en suis allé dans une cafétéria proche prendre une tasse de café et me requinquer un peu. Et c'est là que j'ai aperçu Mary Kaufman avec un homme.

» Hélas, l'évidence s'imposait. Il était tard; son mari, je m'en souvins alors, était absent, et l'attitude de Mary était éloquente. Il y a, vous pouvez me croire sur parole, une façon de regarder un homme qui ne laisse absolument aucun doute, et je m'en suis rendu compte. Et même si je n'en avais pas été tout à fait sûr, l'expression de son visage, lorsqu'elle leva les yeux et m'aperçut, glacée de surprise, m'aurait mis la puce à l'oreille.

» J'ai aussitôt quitté les lieux, bien sûr, sans la saluer d'aucune façon, mais le mal était fait. Elle m'appela, le lendemain, morte d'angoisse, l'idiote, redoutant que j'aille raconter des salades à son mari, et me donna une explication parfaitement invraisemblable. Je l'assurai que c'était là une affaire à laquelle je ne m'intéressais pas le moins du monde, que c'était quelque chose de tellement insignifiant que je l'avais déjà oublié. Quoi qu'il en soit, je suis heureux de ne l'avoir jamais rencontré depuis, lui. Je l'aurais aplati.

Drake dit :

– Le connaissiez-vous?

– Vaguement, répondit Servais. Il évoluait dans les mêmes sphères que nous, d'une façon très lointaine. Je connaissais son nom. J'aurais pu le reconnaître. Ça n'avait aucune importance, car je ne l'ai jamais plus rencontré depuis. Il a eu la bonne idée de rester au large.

Avalon dit :

– Mais pourquoi s'est-elle suicidée? Avait-elle peur que son mari découvre le pot aux roses?

– A-t-on jamais peur de cela dans un tel cas? demanda Servais, avec un léger frémissement de la lèvre supérieure. Et, si tel avait été le cas, elle aurait sûrement mis fin à l'aventure. Non. Non, ce fut quelque chose de bien plus banal. Quelque chose d'inévitable. Ce genre d'histoire, messieurs, comporte des contraintes et des risques importants, qui en fait, ajoutent un élément de romantisme. Je ne suis pas entièrement ignorant de ces choses, je vous assure.

» Mais l'idylle ne dure pas éternellement, quoi que puissent raconter les romans, et elle est destinée à s'éteindre plus vite pour l'un que pour l'autre. Eh bien, dans ce cas, elle s'est fanée plus vite pour l'homme que pour la femme. Et l'homme prit la décision que l'on prend parfois lors de telles aventures. Il partit – disparut. Et c'est ainsi que la dame s'est tuée.

Trumbull se redressa et fronça les sourcils d'un air féroce.

– Pour cette seule raison?

– Je présume que oui, monsieur. C'est déjà arrivé. Je ne savais pas jusqu'alors que l'homme avait disparu, vous comprenez bien. Après le suicide, je me suis mis à sa recherche, pressentant qu'il était en quelque sorte responsable, et me promettant bien de me soulager en lui arrangeant son nez. J'ai beaucoup d'affection pour mon associé, comprenez-vous, et je ressentais moi-même sa souffrance. Mais j'ai découvert que le beau ténébreux était parti deux semaines plus tôt et n'avait pas laissé d'adresse. Il n'avait pas de famille et il lui était facile de tout quitter, à cette canaille. Je suppose que j'aurais pu retrouver sa trace, mais mes sentiments n'étaient pas assez intenses pour me pousser à cette extrémité. Et pourtant, je me sens responsable...

– De quoi? demanda Avalon.

– Il me vint à l'idée que lorsque je les avais surpris – bien involontairement, évidemment – l'élément de risque était devenu d'une intensité insupportable pour l'homme. Il savait que je le connaissais. Il pouvait avoir eu l'impression que, tôt ou tard, tout cela se saurait, et il n'avait pas envie d'attendre le résultat. Si je n'étais pas tombé par hasard sur ce restaurant, ils seraient peut-être encore ensemble, et elle serait peut-être encore vivante; qui sait?

Rubin dit :

– C'est insensé, Jean. Vous ne pouvez pas construire un raisonnement à partir des *si* de l'histoire... Mais je pense à quelque chose.

– Oui, Manny?

– Après le suicide, votre associé était très calme; rien n'avait d'importance pour lui. Je crois vous avoir entendu dire cela. Mais maintenant, il se bagarre avec vous violemment, chose qu'il n'avait jamais faite auparavant, à ce que je comprends. Quelque chose a pu intervenir en plus du suicide. Peut-être a-t-il découvert *maintenant* l'infidélité de sa femme et cette pensée le rend-elle fou?

Servais secoua la tête.

– Non. Si vous pensez que je le lui ai raconté, vous vous trompez totalement. J'admets que je pense à le lui dire de temps à autre. Il m'est pénible de voir mon plus cher ami se consumer pour une femme qui, après tout, n'était pas digne de lui. Il n'est pas juste de le voir dépérir pour quelqu'un qui ne lui a pas été fidèle de son vivant. Ne devrais-je pas le lui dire? Il me semble souvent que je ferais mieux – que je le devrais, même. Il regardera la vérité en face et recommencera à vivre. Puis je pense – je sais même – qu'il ne me croira pas, que notre amitié sera brisée et que ce sera encore pire qu'avant.

Rubin dit :

– Vous ne me comprenez pas. Ne se pourrait-il pas que quelqu'un d'autre le lui ait dit? Comment avez-vous la certitude que vous étiez seul à savoir?

Servais sembla un peu surpris. Il réfléchit un instant, puis dit :

– Non, car il m'en aurait alors certainement parlé. Et, je vous assure, il me l'aurait dit avec la plus grande indignation et m'aurait annoncé qu'il allait sur-le-champ rosser le malotru qui avait ainsi calomnié son ange mort.

– Non, dit Rubin. Pas si on lui avait raconté que *vous* étiez l'amant de sa femme. Même s'il avait refusé de le croire, même s'il avait cassé la figure à l'informateur, aurait-il pu vous raconter l'histoire dans de telles circonstances? Et pouvait-il en être absolument certain? N'aurait-il pas jugé impossible d'éviter de vous chercher querelle, après cela?

Servais semblait encore plus stupéfait. Il répondit doucement :

– Ce n'était évidemment pas moi. Personne n'aurait pu raisonnablement penser cela. La femme d'Howard ne m'attirait pas le moins du monde, vous comprenez.

Il leva les yeux et dit véhémentement :

– Il vous faut accepter le fait que je vous dis la vérité au sujet de tout ceci. Ce n'était pas moi, et je ne serai pas soupçonné. Si quelqu'un a dit le contraire, il n'a pu le faire que délibérément, par malveillance.

– Peut-être est-ce exactement ce qui s'est passé, dit Rubin. Ne pourrait-ce pas être le véritable amant qui vous ait accusé – de peur que vous ne le dénonciez – en racontant d'abord son histoire?

– Pourquoi l'aurait-il fait? Il est loin, maintenant. Personne ne le soupçonne. Personne ne le poursuit.

– Il peut l'ignorer, dit Rubin.

– Excusez-moi. (La voix d'Henry s'éleva doucement du côté du buffet.) Puis-je poser une question?

– Certainement, dit Rubin.

Un silence s'établit, comme chaque fois que le serviteur tranquille, dont la présence se manifestait rarement, se faisait entendre.

Servais eut l'air surpris, mais son éducation prit le dessus. Il dit :

– Puis-je faire quelque chose pour vous, garçon?

Henry répondit :

– Je ne suis pas sûr, monsieur, d'avoir tout à fait compris la nature de la querelle qui vous oppose, votre associé et vous-même. Il doit certainement y avoir des décisions très complexes à prendre, en ce qui concerne les détails de la colonie.

– Vous n'en connaissez pas la plus infime partie, dit Servais avec indulgence.

– Votre associé et vous-même vous querelliez-vous souvent au sujet de ces détails, monsieur?

– N... non, dit Servais. Nous ne nous querellions pas. Il y avait des discussions, bien sûr. Il est impossible de croire que deux hommes, dotés chacun d'une forte personnalité et ayant des opinions marquées, puissent être toujours d'accord, ou même seulement parfois. Mais tout marchait de façon raisonnable. Nous discutions et arrivions en fin de compte à une solution. Parfois j'avais le dessus, parfois lui, parfois aucun des deux.

– Mais alors, dit Henry, il y a eu cette discussion au sujet de la localisation exacte de la colonie, au sujet du cratère, et là il en a été tout autrement. Il attaqua même le nom du cratère avec violence, et, dans ce cas précis, ne laissa pas l'espoir du moindre compromis.

– Aucun. Vous avez raison. Dans ce seul cas précis.

Henry dit :

– Alors, je dois comprendre qu'à ce moment-là, quand monsieur Rubin suppose que, même s'il est irrité par le soupçon qu'il nourrit à votre égard, votre associé est cependant parfaitement raisonnable et courtois en ce qui concerne tous les points délicats de la conception lunaire, il ne devient sauvage et insupportablement obstiné qu'à l'égard du fait de savoir si Copernic ou l'autre cratère devra être l'endroit où sera implantée la colonie?

– Oui, dit Servais avec satisfaction. Il en était exactement ainsi, et je vois ce que vous voulez dire, garçon. Il est parfaitement insensé de supposer qu'il se chamaillerait avec moi au sujet de l'emplacement juste à cause d'une mauvaise humeur née du soupçon que je lui aurais fait porter des cornes, alors qu'il ne me cherchait aucune autre querelle, quelle qu'elle fût. Assurément, il ne me soupçonne pas d'avoir mal agi. Je vous remercie, garçon.

Henry dit :

– Puis-je aller un peu plus loin, monsieur?

– Absolument, dit Servais.
– Au début de la soirée, dit Henry, monsieur Rubin a été assez aimable pour me demander mon avis au sujet des techniques de sa profession. Il y a eu cette question au sujet de l'omission délibérée de détails par les témoins.
– Oui, dit Servais, je me souviens de la discussion. Mais je n'ai délibérément omis aucun détail.
– Vous n'avez pas mentionné le nom de l'amant de Mme Kaufman.
Servais fronça les sourcils.
– Je suppose que je ne l'ai pas fait, mais ce n'était pas délibéré. C'est tout à fait hors de propos.
– Peut-être, dit Henry. A moins que ce nom ne se trouve être Bailey.
Servais se figea sur sa chaise. Puis il dit avec anxiété :
– Je ne me souviens pas l'avoir mentionné. Dieu! Je vois de nouveau où vous voulez en venir, garçon. Si cela m'a échappé maintenant sans que je m'en souvienne, on peut supposer que, sans le réaliser tout à fait, j'ai pu dire quelque chose qui a conduit Howard à soupçonner...
Gonzalo dit :
– Hé, Henry, je ne me souviens pas que Jean ait cité aucun nom?
– Moi non plus, dit Henry. Vous n'avez pas prononcé son nom, monsieur.
Servais se détendit légèrement, puis dit en fronçant les sourcils :
– Alors, comment l'avez-vous appris? Connaissez-vous ces gens?
Henry secoua la tête.
– Non, monsieur. C'est juste une idée à moi, qui a surgi de l'histoire que vous avez racontée. De

votre réaction, je déduis que son nom est bien Bailey.

– Martin Bailey, dit Servais. Comment l'avez-vous deviné?

– Le nom du cratère dans lequel vous voulez situer l'emplacement de la colonie est Bahyee; le nom de la cité serait Camp Bahyee.

– Oui.

– Mais c'est la prononciation française du nom d'un astronome français. Comment l'écrivez-vous?

Servais épela :

– B-a-i-l-l-y – Grands Dieux! *Bailly*!

Henry dit :

– Prononcé en anglais comme le nom assez répandu *Bailey*. Je suis tout à fait sûr que les astronomes américains utilisent la prononciation anglaise, et que c'est aussi ce que fait M. Kaufman. Vous nous avez caché cette information parce que vous n'aviez jamais pensé au cratère d'une autre façon qu'à *Bahyee*. Et même en le regardant, vous entendiez le son français dans votre esprit et n'établissiez jamais la relation avec Bailey, le nom de famille américain.

Servais dit :

– Mais je ne comprends toujours pas.

– Votre associé pouvait-il accepter de faire de la publicité avec ce nom et situer l'emplacement de la colonie lunaire à Bailly? Aurait-il aimé appeler la colonie *Camp Bailly*, après ce qu'un Bailey lui avait fait?

– Mais il ne *savait pas* ce que Bailey lui avait fait! dit Servais.

– Comment le savez-vous? A cause de cette vieille rengaine qui dit que le mari est toujours le dernier à savoir? Mais comment expliquer alors son opposition totalement irrationnelle à ce seul point, et son insistance sur le fait que le nom lui-même est horrible? C'est trop attendre d'une coïncidence.

– Mais s'il le savait – *s'il le savait* – il ne me l'a pas dit. Pourquoi se battre là-dessus? Pourquoi ne pas s'expliquer?

– Je présume, dit Henry, qu'il ne savait pas que vous le saviez vous-même. Aurait-il couvert de honte sa femme morte à vous le raconter?

Servais se prit les cheveux à pleines mains.

– Je n'y avais jamais pensé – pas un seul instant.

– Il y a autre chose... dit tristement Henry.

– Quoi?

– On pourrait se demander comment Bailey en est venu à disparaître, si votre associé connaissait l'histoire. Se demander également si Bailey est toujours vivant. Ne peut-on concevoir que M. Kaufman, reportant toute la faute sur l'autre homme, ait essentiellement tenu à affronter sa femme en lui disant qu'il avait obligé son amant à fuir, peut-être même l'avait tué, et qu'il lui ait demandé, à elle, de revenir – et que la seule réponse de sa femme ait été le suicide?

– Non, dit Servais. C'est impossible.

– Il vaudrait mieux, alors, retrouver M. Bailey afin de s'assurer qu'il est vivant. C'est le seul moyen de prouver l'innocence de votre associé. Ce pourrait être l'affaire de la police.

Servais était devenu très pâle.

– Je ne peux pas aller voir la police avec une histoire pareille!

– Si vous ne le faites pas, dit Henry, il se peut que votre associé, ruminant ce qu'il a fait – s'il l'a vraiment fait – se fasse en fin de compte justice lui-même.

– Vous voulez dire qu'il se tuerait? murmura Servais. Est-ce le choix que vous me laissez : le dénoncer à la police ou attendre qu'il se suicide?

– Ou les deux, dit Henry. La vie est si cruelle!

Titre original : *Earthset and Evening Star.*
Traduit par Dominique Abonyi.

Remarque

J'ai eu l'idée d'écrire cette nouvelle quand je me trouvais à Newport, à Rhode Island, pour assister à un colloque sur l'espace et le futur organisé par la NASA. Ce fait n'est pas indifférent.

J'écoutais bien attentivement quelqu'un qui faisait un exposé intéressant. Dans la mesure où je devais parler moi aussi, j'avais toutes les raisons du monde pour vouloir l'écouter. Et puis, quand il a été question des cratères lunaires, mon esprit, bien malgré moi, s'est mis à embrayer, et au bout d'un quart d'heure, j'avais « Coucher de terre et étoile du soir » dans ma tête, avec tous les détails, et j'avais raté toute la dernière moitié de l'intervention.

Ellery Queen's Mystery Magazine, hélas, a pensé que cette histoire de cratères était un peu trop obscure pour la publier et me l'a renvoyée. Je me suis alors dit qu'il y aurait peut-être une chance pour que les cratères fassent juste assez science-fiction pour intéresser Ed Ferman. Je la lui ai envoyée, il l'a retenue, et elle est parue dans le numéro d'octobre 1975 de *F & SF*.

VENDREDI TREIZE

Mario Gonzalo déroula sa longue écharpe rouge et l'accrocha près de son manteau, l'air mécontent.

– Vendredi 13, dit-il, c'est un fichu jour pour notre banquet, et j'ai froid!

Emmanuel Rubin, qui était arrivé plus tôt pour le banquet mensuel des Veufs Noirs et avait donc eu l'occasion et la chance de déjà se réchauffer, tant extérieurement qu'intérieurement, déclara :

– Je n'appelle pas cela du froid. Quand j'étais gosse, dans le Minnesota, je sortais pour aller traire les vaches, alors que je n'avais pas encore huit ans...

– Et quand vous rentriez à la maison, le lait était gelé dans les seaux. Je vous ai déjà entendu la raconter, dit Thomas Trumbull. Mais que diable! C'était le seul vendredi que nous pouvions envisager ce mois-ci, étant donné que le *Milano* ferme pour quinze jours à partir de mercredi prochain et que...

Mais Geoffrey Avalon, les toisant gravement du haut de son mètre quatre-vingt-sept, dit de sa voix profonde :

– N'expliquez rien, Tom. S'il existe quelqu'un d'assez idiot et superstitieux pour penser que le vendredi est un jour plus néfaste que tout autre de la semaine, ou que le nombre 13 porte davantage malchance que tout autre, ou encore que la combinaison des deux puisse avoir quelque influence maléfique sur nous tous... eh bien, je conseille de le laisser dans les ténèbres extérieures, à se ronger les sangs.

Il était l'hôte cette fois et considérait que cela lui conférait d'indubitables droits de propriété sur la soirée.

Gonzalo rejeta en arrière ses longs cheveux et parut un peu rasséréné depuis qu'il avait dans l'estomac la quasi-totalité d'un martini très sec. Il déclara :

– Ces histoires de vendredi treize sont des plus banales. Si vous êtes trop ignorant pour les connaître, Jeff, ne vous en prenez pas à moi.

Avalon plissa le front, rapprochant ses formidables sourcils, et répliqua :

– Je trouve toujours très amusant d'entendre les ignorants parler de l'ignorance. Allons, Mario, si vous voulez bien vous comporter un instant en être humain, je vais vous présenter mon invité. Vous êtes le seul dont il n'ait pas encore fait la connaissance.

A l'autre bout de la pièce, en grande conversation avec James Drake et Roger Halsted, se tenait un homme mince, une pipe au vaste fourneau à la bouche, arborant une fine moustache jaune, avec des yeux d'un bleu délavé profondément enfoncés dans leurs orbites. Il portait une veste de tweed et un pantalon qui paraissaient avoir depuis pas mal de temps fui, avec quelque bonheur, les soins d'un fer à repasser.

– Evan, dit Avalon d'un ton autoritaire, je tiens à vous présenter notre artiste résident, Mario Gonzalo. Il fera de quelque façon votre caricature au cours du repas. Mario, voici le Dr Evan Fletcher, professeur d'économie à l'université de Pennsylvanie. Et voilà, Evan, vous connaissez tout le monde.

Comme si cette dernière phrase eût été un signal, Henry, le garçon régulièrement attaché aux banquets des Veufs Noirs, annonça alors d'une voix discrète : « Messieurs! » et ils s'assirent.

– En réalité, dit Rubin en attaquant avec appétit un chou farci, cette fichue histoire de vendredi treize est tout à fait moderne et provient sans nul doute de la Crucifixion. Celle-ci a eu lieu un vendredi, et la Cène, qui s'était déroulée auparavant, était naturellement la circonstance où treize personnes avaient pris place à la même table : les douze apôtres et...

Evan Fletcher s'efforçait sans grand succès d'endiguer ce flot de paroles, aussi Avalon demanda-t-il d'une voix forte :

– Un moment, Manny! Je crois que le Dr Fletcher souhaite nous dire quelque chose.

Avec un sourire d'excuse, Fletcher expliqua :

– Je me demandais seulement comment la question du vendredi 13 était venue sur le tapis.

– Aujourd'hui est un vendredi 13, répondit Avalon.

– Oui, je sais. Quand vous m'avez invité à votre banquet de ce soir, le fait que c'était précisément un vendredi 13 m'a rendu impatient d'y assister. J'aurais moi-même soulevé la question, et suis étonné qu'elle soit survenue d'elle-même.

– Cela n'a rien d'étonnant, observa Avalon. C'est Mario qui en a fait la remarque. Il est triskaïdekaphobe.

– Je suis quoi? s'enquit Gonzalo d'un ton offensé.

– Vous avez une peur morbide du nombre treize.

– *Ce n'est pas vrai*! protesta Gonzalo. Je crois simplement aux vertus de la prudence.

Trumbull reprit une tranche de pain et intervint :

– Que vouliez-vous dire, docteur Fletcher, en mentionnant que vous comptiez vous-même poser la question? Seriez-vous un triskaï quelque chose?

– Non, non! fit Fletcher en secouant doucement la tête, mais je m'intéresse au sujet. Intérêt purement personnel.

Halsted prit la parole, de sa voix basse et un peu hésitante.

– En fait, il existe une excellente raison pour que le nombre treize soit considéré comme maléfique, et cela n'a rien à voir avec la Cène. Cette explication n'a été inventée qu'après coup.

» Réfléchissez au fait que les peuples anciens jugeaient le nombre douze fort pratique parce qu'il est divisible par deux, trois, quatre et six. Si vous vendiez des articles à la douzaine, vous pouviez les débiter en tiers, en quarts et en sixièmes de douzaine. C'est pour cette même raison que nous utilisons encore aujourd'hui la douzaine et la grosse. Maintenant, imaginez un pauvre bougre qui fait le compte de son stock de marchandises et s'aperçoit qu'il possède treize articles de même nature. Treize n'est divisible par rien. Alors, le peu d'arithmétique qu'il sait devenant inutile, le pauvre bougre s'écrie : « Oh zut! Treize! Quelle malchance! »... Et voilà.

La barbe clairsemée de Rubin parut se hérisser. Il dit :

– Oh! Roger! Avec ce genre de raisonnement, le nombre treize deviendrait bénéfique; tout commerçant offrirait gratuitement le treizième objet pour améliorer les relations... Le bifteck est excellent, Henry.

– La douzaine du boulanger, ou treize à la douzaine, observa James Drake de sa voix rauque de fumeur.

Avalon intervint :

– Le boulanger donnait une treizième miche – la douzaine du boulanger – pour échapper aux sévères châtiments encourus quand le poids n'était pas régulier. En ajoutant la treizième, il était certain d'avoir fait bon poids, même si l'une ou l'autre des douze miches était trop légère. C'était peut-être par nécessité qu'il était malchanceux.

– Mais le client devait trouver cela heureux, murmura Rubin.

– Quant au vendredi, fit Halsted, il porte le nom de la déesse de l'amour, Freia dans les mythes nordiques et Vénus chez les Latins. On dit par exemple *friday* en anglais et *vendredi* en français. Je pense que, pour cette raison précisément, on devrait le considérer comme un jour heureux. Par contre, si vous prenez *samedi*, qui tire son nom de cette bonne vieille brute de Saturne...

Gonzalo avait achevé sa caricature et la faisait circuler autour de la table; elle reçut l'approbation générale; et un petit ricanement de Fletcher lui-même. Gonzalo profita de ce répit pour finir ses pommes soufflées, puis dit :

– Vous êtes tous là, à tenter de raisonner sur une chose qui dépasse la raison. Le fait demeure que les gens *ont* peur du vendredi, ont peur du nombre treize et ont particulièrement peur de la combinaison des deux. La peur elle-même est susceptible de provoquer des désastres. Il se pourrait que je fusse si inquiet de voir l'endroit où nous nous trouvons prendre feu, par exemple – parce que c'est un vendredi 13 – que j'en oublie de faire attention et que je me plante la fourchette dans la joue.

– Si cela pouvait vous faire taire, ce serait plutôt une bonne idée, lança Avalon.

– Mais je n'en ferai rien, poursuivit Gonzalo, parce que j'ai l'œil sur ma fourchette; et je sais bien qu'Henry nous fera tous sortir si un incendie se déclare, même si cela signifie pour lui qu'il restera le dernier et périra dans la douleur... n'est-ce pas, Henry?

– J'espère que le cas ne se présentera pas, monsieur, répondit Henry en disposant adroitement les assiettes à dessert devant les convives. Prendrez-vous du café, monsieur? demanda-t-il à Fletcher.

– Pourrais-je avoir un chocolat? fit ce dernier.

– Certainement, intervint Avalon. Henry, allez arranger cela avec le chef.

C'est peu après, alors que le café (et le chocolat de Fletcher) fumait agréablement devant eux, qu'Avalon frappa de sa cuiller son verre d'eau et annonça :

– Messieurs, le moment est venu de prêter toute notre attention à notre invité. Tom, voudriez-vous entamer le débat?

Trumbull reposa sa tasse, fronça les sourcils, plissa son visage en une quantité de rides mouvantes et dit :

– En temps ordinaire, docteur Fletcher, je vous demanderais de justifier votre existence, mais après avoir dû écouter une discussion d'une extraordinaire bêtise sur la superstition, je voudrais vous demander si vous avez quelque chose d'autre à dire sur le sujet. Vous nous avez donné à entendre au début du repas que vous auriez vous-même soulevé la question du vendredi treize si elle n'avait pas par ailleurs surgi.

– Oui, répondit Fletcher, tenant dans la parenthèse de ses deux mains sa grande tasse de chocolat, mais pas du point de vue de la superstition. C'est plutôt une grave énigme historique qui m'intéresse, et s'articule sur un vendredi treize. Jeff m'a dit que les Veufs Noirs appréciaient les énigmes, et c'est la seule que j'aie à vous soumettre... devant vous avertir, je le crains, qu'elle ne comporte pas de solution.

– Comme vous le savez tous, reprit Avalon d'un air résigné, je suis contre l'idée de transformer notre club en une organisation pour la résolution des mystères, mais il semble bien que je constitue dans le cas présent une minorité d'une seule personne. Je ferai donc de mon mieux pour m'incliner devant le vœu général.

Il accepta le petit verre de cognac que lui présentait Henry, arborant une attitude de vertu et de souffrance mêlées.

– Alors, peut-on connaître cette énigme? s'enquit Halsted.

– Mais bien sûr. Quand Jeff m'a invité à votre banquet, j'ai un instant songé que c'était en mon honneur qu'il devait avoir lieu le vendredi treize; cependant ce n'était là qu'une brève atteinte de mégalomanie. J'ai maintenant compris que vos dîners ont toujours lieu le vendredi et, naturellement, personne n'est au courant de mes travaux, sinon moi-même et ma famille proche.

Il prit le temps d'allumer sa pipe, puis se radossa à son siège en tirant sur son tabac à petites bouffées. Il commença :

– L'histoire concerne un certain Joseph Hennessy, exécuté en 1925 pour tentative d'assassinat sur la personne du président Coolidge [1]. Il fut jugé sous ce chef d'accusation, condamné et pendu.

» Hennessy avait jusqu'au bout protesté de son innocence et se défendit avec énergie, citant une quantité de témoins à décharge pour prouver qu'il n'était pas sur les lieux. Mais l'opinion publique était fortement montée contre lui. C'était un chef

1. Joseph Hennessy n'a jamais existé et, à ma connaissance, il n'y a jamais eu de tentative d'assassinat contre le président Coolidge. Mais les autres allusions historiques du récit – où n'intervient pas Joseph Hennessy – sont exactes (I.A.).

travailliste et un socialiste, qui parlait franc à une époque où la terreur à l'égard du socialisme était à son paroxysme. Il était né à l'étranger, ce qui ne parlait pas non plus en sa faveur. Et ceux qui témoignaient pour lui étaient également des socialistes nés à l'étranger. Le procès constitua une parodie de justice et, une fois qu'on l'eut pendu et que les passions se furent refroidies, bien des gens s'en rendirent compte.

» Cependant, longtemps après l'exécution, apparut une lettre écrite de la main de Hennessy, qui semblait le désigner sans doute possible comme l'élément moteur du complot d'assassinat. Tous ceux qui avaient souhaité le voir pendre sautèrent sur l'occasion de justifier ainsi leur verdict. Sans cette lettre, le jugement serait peut-être encore considéré comme une erreur judiciaire.

Drake cligna les paupières derrière la fumée tourbillonnante de sa cigarette et demanda :

– La lettre en question était-elle un faux?

– Non. Naturellement, ceux qui avaient la conviction que Hennessy était innocent, le crurent à l'époque. Mais les examens les plus attentifs semblèrent prouver qu'il s'agissait bien de son écriture, et d'autres aspects permettaient apparemment de lui attribuer cet écrit. C'était un homme grandiosement superstitieux, et la lettre était datée *Vendredi 13,* rien de plus.

– Pourquoi *grandiosement* superstitieux? demanda Trumbull. C'est un mot étrange dans le cas présent.

– L'homme était grandiose, répondit Fletcher. Il agissait toujours de manière flamboyante. Il y avait dans ses superstitions une part de recherche. En fait, le débat que nous avons eu à table à propos de la signification du vendredi et du treize m'a rappelé le genre d'homme qu'il était. Il en aurait probablement su bien davantage sur la chose que n'importe lequel d'entre nous.

– J'aurais tendance à croire, dit Avalon d'un ton sérieux, que ses recherches sur les superstitions doivent militer contre la possibilité qu'il en ait été victime.

– Pas obligatoirement. J'ai un très bon ami qui conduit souvent sa voiture mais se refuse à prendre l'avion parce qu'il en a peur. Il connaît toutes les statistiques démontrant que en voyageurs-kilomètres, les trajets en avion sont les plus sûrs et ceux en automobile les plus dangereux; mais, quand je le lui ai rappelé, il m'a rétorqué : rien dans les lois ni dans la psychologie ne m'oblige à être rationnel en toute chose. Et pourtant, dans la plupart des circonstances, c'est l'homme le plus rationnel que je connaisse.

» Quant à Joe Hennesy, ce n'était certes pas un homme totalement rationnel; rien dans ses études approfondies de la superstition ne l'empêchait d'en être victime. Et sa peur du vendredi treize était peut-être la plus violente de toutes les peurs superstitieuses qu'il pût éprouver.

Halsted s'enquit :

– Que contenait la note? Vous en souvenez-vous?

– J'en ai apporté une copie, répondit Fletcher. Ce n'est pas l'original, bien sûr. Ce dernier se trouve dans les dossiers du Service Secret, mais étant donné le règne de la photocopie, c'est sans importance, je suppose.

Il tira de son portefeuille un feuillet qu'il remit à Halsted, assis à sa droite. Le papier fit le tour de la table et Avalon, qui le reçut le dernier, le passa à Henry, debout près de la desserte. Henry le lut, le visage impassible, puis le rendit à Fletcher, qui paraissait un peu surpris de voir le serviteur participer à l'affaire mais ne souffla mot.

La note écrite d'une main ferme et très lisible disait :

Vendredi 13

Cher Paddy,

Il faut que je sois idiot pour t'écrire ce jour alors que je devrais à toutes fins utiles être au lit dans une chambre sans lumière. Mais je dois te dire que les plans sont maintenant complètement au point, et je n'ose pas attendre un jour de plus pour commencer à les mettre à exécution. Le doigt de Dieu s'est posé sur ce méchant homme et nous en finirons certainement avec ce travail le mois prochain. Tu sais ce que tu as à faire et il faut le faire, fût-ce au prix de tout ton sang. Je remercie Dieu de Sa pitié en produisant un miracle de quarante années qui ne nous donnera pas de vendredi treize le mois prochain.

Joe.

Avalon constata :

– En réalité, il ne dit rien du tout.

Fletcher secoua la tête.

– Au contraire, il en dit trop. S'il s'agissait du prélude à une tentative d'assassinat, aurait-il confié quoi que ce soit à un écrit? Et, dans l'affirmative, les allusions n'auraient-elles pas été beaucoup plus obscures, plus mystérieuses?

– Quelle interprétation l'accusation publique en a-t-elle donnée?

Fletcher remit avec soin le papier dans son portefeuille.

– Comme je vous l'ai dit, l'accusation ne l'a jamais vue. La note a été découverte une dizaine d'années après la pendaison, quand Patrick Reilly, à qui elle était adressée, est mort en la laissant parmi ses papiers. Reilly n'avait nullement été impliqué dans l'affaire, alors qu'il l'eût été si la lettre avait été trouvée à temps.

» Ceux qui soutiennent que Hennessy a été exécuté à raison disent que la lettre a été écrite le vendredi 13 juin 1924. La tentative d'assassinat a eu lieu le vendredi 11 juillet 1924. Hennessy a dû être inquiet de devoir accomplir sa tentative un vendredi ; mais, pour diverses raisons touchant au programme de travail du Président, c'était le seul jour possible pendant une longue période, et Hennessy devait être assez heureux que ce ne fût en tout cas pas un treize.

» La remarque relative au doigt de Dieu posé sur le méchant homme est, dit-on, une allusion au décès du président Warren G. Harding, mort subitement le 2 août 1923, moins de un an avant la tentative d'assassinat qui devait *finir le travail* en supprimant le Vice-Président, qui lui avait succédé.

La tête inclinée de côté, Drake observa :

– Cela semble une interprétation raisonnable. Et ça colle bien.

– Non, cela ne colle pas, rétorqua Fletcher. Cette interprétation n'est acceptée que du fait que n'importe quoi d'autre ferait apparaître une erreur judiciaire. Mais pour moi... (Il marqua un temps, puis reprit :) Messieurs, je ne vais pas me prétendre impartial. Ma femme est la petite-fille de Joseph Hennessy. Mais, si cette parenté risque de me pousser à la partialité, elle m'apporte aussi une quantité de renseignements personnels sur Hennessy par l'intermédiaire de mon beau-père, maintenant décédé.

» Hennessy n'éprouvait aucune animosité contre Harding ni Coolidge. Il ne leur était pas favorable, naturellement, car c'était un farouche socialiste qui a constamment soutenu Eugene Debs... ce que bien entendu ne l'a pas avantagé au cours du procès. Il ne pouvait en aucune façon concevoir l'idée que la suppression de Coolidge changerait quoi que ce fût. Et il ne pouvait pas penser que Harding était un « méchant homme », puisque les preuves de l'immense corruption qui avait régné durant son mandat ne sont venues au jour que peu à peu, et les plus accablantes longtemps après que la note eut été écrite.

» En fait, s'il était un Président que Hennessy haïssait furieusement, c'était Woodrow Wilson. Hennessy était né en Irlande et avait quitté son pays juste devant la menace des baïonnettes anglaises. Il était farouchement antibritannique et avait par conséquent, au cours de la Première Guerre mondiale, été un ardent pacifiste, opposé à l'entrée dans la guerre de l'Amérique aux côtés de la Grande-Bretagne... Cela non plus ne lui a pas été favorable lors du procès.

Rubin l'interrompit.

– Debs était également opposé à l'entrée en guerre, n'est-ce pas?

– C'est exact. Et, en 1918, Debs a été emprisonné pour son attitude en cette circonstance. Hennessy a évité la prison, mais il n'a plus jamais parlé de Wilson, après l'intervention américaine dans le conflit, que sous le terme de « ce méchant homme ». Il a voté pour Wilson en 1916 à cause du slogan *Il-nous-a-tenus-en-dehors-du-conflit,* et il s'est senti trahi (c'est compréhensible) quand les États-Unis sont entrés en guerre l'année suivante.

– Alors vous pensez que c'est à Wilson qu'il fait allusion dans cette note? demanda Trumbull.

– J'en suis certain. La mention du doigt de Dieu se posant sur le méchant homme n'évoque pas pour moi la mort, mais quelque chose de moindre... rien que le contact du doigt, voyez-vous. Comme vous le savez probablement tous, Wilson a été victime d'une attaque le 2 octobre 1919 et en est resté diminué pendant tout le restant de son mandat. C'était là le doigt de Dieu, si vous voulez.

Gonzalo prit la parole :

– Entendez-vous par là que Hennessy comptait finir le travail en assassinant Wilson!

– Non, il n'y a pas eu tentative d'assassinat contre Wilson.

– Alors que veut-il dire par « finir le travail » et « fût-ce au prix de tout ton sang »? »

Avalon se renversa sur sa chaise, fit tournoyer son verre de cognac et dit :

– Evan, je ne vous reproche pas de chercher à blanchir le grand-père de votre femme, mais il faudra nous présenter autre chose que ce que nous avons appris jusqu'à maintenant. Si vous pouvez trouver un autre vendredi treize où aurait pu être écrite la lettre, et le moyen de fixer une autre date que le treize juin 1924...

– Je m'en rends bien compte, reconnut assez sombrement Fletcher, et ai étudié toute sa vie. J'ai travaillé sur sa correspondance, avec les archives des journaux, avec les souvenirs de mon beau-père, au point que je crois pouvoir dire où il était et ce qu'il faisait chaque jour de sa vie. Je me suis efforcé de trouver des événements qui auraient pu être liés à un vendredi treize proche et crois même en avoir trouvé quelques-uns. Mais comment arriverai-je à prouver que l'un d'eux est *le* vendredi 13?... Si seulement Hennessy avait été moins obsédé par le fait du vendredi treize et qu'il eût daté sa lettre de façon habituelle...

– Cela ne lui aurait pas sauvé la vie, fit Gonzalo, pensif.

– Mais on n'aurait pas pu utiliser la lettre pour salir sa mémoire et prétendre que le jugement avait été rendu en toute impartialité... D'ailleurs, je ne sais même pas si j'ai repéré tous les vendredis treize qui ont pu exister. Le calendrier est si mal fichu qu'on ne sait jamais quand une date va vous sauter aux yeux.

– Oh, non! protesta soudain Halsted en une explosion assourdie. Le calendrier est mal fichu certes, mais pas tant que cela. Vous pouvez sans mal retrouver tous les vendredis treize aussi loin en arrière ou aussi loin en avant que vous le désirez.

– C'est possible? fit Fletcher, avec un certain étonnement.

– Je ne le crois pas, dit Gonzalo, presque simultanément.

– C'est très facile, affirma Halsted, tirant un stylo de sa poche intérieure et dépliant devant lui une serviette en papier.

– Oh oh! s'écria Rubin, feignant la terreur. Roger enseigne les maths dans une école secondaire, docteur Fletcher, et vous pouvez vous attendre à des équations plutôt compliquées!

– Nul besoin d'équations, répliqua Halsted, d'un ton supérieur. Je vais mettre tout cela à votre niveau, Manny... Écoutez, il y a 365 jours par an, ce qui fait 52 semaines et un jour. Si l'année était de 364 jours, elle comporterait exactement 52 semaines, et le calendrier se répéterait intégralement tous les ans. Si le 1er janvier tombait une année un dimanche, ce serait encore un dimanche l'année suivante, et ainsi de suite tous les ans.

» Cependant ce jour supplémentaire signifie que chaque année le jour de la semaine correspondant à une date précise se trouve avancé d'un cran. Si le 1er janvier tombe une année un dimanche, il tombera un lundi l'année suivante, et un mardi celle d'après.

» La seule complication, c'est que nous avons une année bissextile tous les quatre ans : on ajoute un 29 février, ce qui fait au total 366 jours. Ce qui revient à 52 semaines plus *deux* jours, si bien que toute date est avancée de deux crans sur la liste des jours de la semaine. Cela signifie que, si le 1er janvier tombe... disons le mercredi d'une année bissextile, alors le 1er janvier suivant tombera un vendredi, ayant sauté le jeudi. Et c'est valable pour tous les jours de l'année, et pas seulement pour le 1er janvier.

» Naturellement, le 29 février arrive après que deux mois se sont écoulés, si bien que les dates de janvier et de février font leur saut l'année qui suit l'année bissextile, alors que les autres mois font leur saut au cours de l'année bissextile même. Pour éviter cette complication, supposons qu'une année nouvelle commence le 1er mars, avant que l'année du calendrier en cours finisse le 28 février de ladite année... ou le 29 février pour les années bissextiles. Nous pouvons ainsi nous arranger pour que toutes les dates sautent le jour de la semaine au cours de l'année qui suit celle que nous appelons bissextile.

» Et maintenant, imaginons que le 13 d'un mois quelconque tombe un vendredi – peu importe le mois – et qu'il se trouve dans une année bissextile. La date saute pour atterrir le dimanche de l'année suivante. L'année qui suit est normale, avec 365 jours, ainsi que les deux suivantes. Ainsi le 13 avance au lundi, au mardi et au mercredi, mais l'année au cours de laquelle il tombe le mercredi est à nouveau bissextile, et l'année suivante le 13 tombera un vendredi. En d'autres termes, si le 13 d'un mois quelconque tombe sur un vendredi dans une année bissextile, ce sera, par définition, de nouveau un vendredi cinq ans plus tard...

Gonzalo intervint :

– Je ne vous suis pas du tout.

Halsted soupira.

– Bon. Alors, établissons un tableau. Nous pouvons y inscrire la formule B, 1, 2, 3, B, 1, 2, 3, et ainsi de suite, où B signifie année bissextile, revenant tous les quatre ans. Nous pouvons inscrire les jours de la semaine de A à G. A pour dimanche, B pour lundi, jusqu'à G pour samedi. Cela nous fournira au moins l'image d'ensemble. La voici...

Il se mit à gribouiller furieusement, puis fit circuler la serviette. Il y avait inscrit :

X 1 2 3 X 1 2 3 X 1 2 3 X 1 2
A C D E F A B C D F G A B D E

3 X 1 2 3 X 1 2 3 X 1 2 3 X
F G B C D E G A B C E F G A

» Vous voyez, reprit Halsted, la 29e année après le départ, A revient à une année bissextile et tout le processus se reproduit. Ce qui signifie que le calendrier de cette année-ci pourra de nouveau servir dans 28 ans, et puis encore 28 ans plus tard, et encore 28 ans après, et ainsi de suite.

» Notez que chaque lettre revient quatre fois dans le cycle de 28 ans, ce qui signifie que toute date peut tomber n'importe quel jour de la semaine avec des probabilités égales. Cela veut dire que le vendredi 13 doit revenir tous les sept mois en moyenne. En réalité, il n'en est rien parce que les mois sont de longueur inégale, irrégulièrement espacés, si bien que toute année donnée peut comporter n'importe quel nombre de vendredis 13, de 1 à 3. Il est impossible d'avoir une année sans aucun vendredi 13 et impossible également d'en avoir plus de trois la même année.

– Mais pourquoi un cycle de 28 ans? demanda Gonzalo.

Halsted lui répondit :

– Il y a sept jours dans la semaine et une année

bissextile tous les quatre ans. Et sept fois quatre font vingt-huit.

– Vous voulez dire que, s'il y avait une année bissextile tous les deux ans, le cycle durerait quatorze ans?

– Tout juste, et si c'était tous les trois ans il durerait vingt et un ans, et ainsi de suite. Tant qu'il existe sept jours dans la semaine et une année bissextile toutes les x années, x et 7 se multipliant...

Avalon le coupa :

– Peu importe tout cela, Roger! Vous avez votre tableau. Comment vous en servez-vous?

– Disons que le 13 tombe un vendredi d'une année bissextile, et rappelez-vous que vous devez faire débuter l'année le 1er mars avant l'année bissextile du calendrier. Alors vous le représentez par A et vous voyez que le 13 du même mois tombera partout où se montre A, cinq ans plus tard, et six ans après, et puis 11 ans plus tard.

» Or nous sommes le 13 décembre 1974; et, selon nos conventions, c'est l'année avant la bissextile. Ce qui signifie que le jour peut être représenté par la lettre E, qui fait sa première apparition sous 3, l'année avant X. Bon. Alors, en suivant les E, nous verrons qu'il y aura un autre vendredi le 13 décembre dans onze ans; puis six ans après, puis cinq ans après. C'est-à-dire qu'il se trouvera un vendredi 13 en décembre 1985, en décembre 1991 et en décembre 1996.

» Vous pouvez procéder de la même façon pour n'importe quel mois en utilisant la petite série que j'ai notée, et vous constituer un calendrier perpétuel de 28 années, qui se répétera à l'infini. Vous avez la possibilité de l'utiliser en arrière ou en avant et de repérer tous les vendredis 13 aussi loin que vous voulez dans les deux sens, ou du moins jusqu'en 1752 pour le passé. D'ailleurs, vous trouverez de ces calendriers perpétuels dans des livres de référence comme le *Word Almanac*.

Gonzalo s'enquit :

– Pourquoi jusqu'en 1752?

– C'est une année inhabituelle, au moins pour la Grande-Bretagne et ce qui constituait alors les colonies d'Amérique. Le vieux calendrier julien, en usage depuis l'époque de Jules César, a pris de l'avance sur les saisons parce qu'il comportait un peu trop d'années bissextiles. Le calendrier grégorien, du nom du pape Grégoire XIII, a été adopté en 1582 dans une grande partie de l'Europe; et à cette date il était désynchronisé de dix jours avec les saisons. Alors on a laissé tomber dix jours, et de temps à autre par la suite on a omis une année bissextile pour annuler le décalage. La Grande-Bretagne et ses colonies n'ont suivi le mouvement qu'en 1752, et un jour de plus s'est alors ajouté, si bien qu'elles ont dû laisser tomber 11 jours.

– C'est exact, dit Rubin. Et pendant un certain temps on a utilisé simultanément les deux calendriers, en ajoutant aux dates *O.S.* pour *old style* (l'ancienne méthode), ou N.S. pour *new style*, la nouvelle. Ainsi, George Washington est né le 11 février 1732 O.S., mais au lieu de conserver cette date, comme le faisaient beaucoup de gens, il l'a changée pour le 22 février 1732 N.S. J'ai gagné pas mal d'argent en pariant que George Washington n'était pas né le jour anniversaire de sa naissance.

Halsted donna à son tour quelques précisions.

– La raison pour laquelle la Grande-Bretagne a hésité si longtemps, c'est que le nouveau calendrier avait été établi par la papauté. La Grande-Bretagne étant protestante, elle a préféré aller à l'encontre du soleil que de marcher de pair avec le pape. La Russie de son côté n'a changé de calendrier qu'en 1923, et l'église orthodoxe grecque en est toujours au calendrier julien, ce qui explique que la Noël orthodoxe tombe maintenant le 7 janvier, puisque la différence des jours accumulés est de treize.

» La Grande-Bretagne est passée directement du 2 au 14 septembre 1752, laissant tomber les jours entre ces deux dates. Cela a d'ailleurs suscité des émeutes, les gens réclamant : Rendez-vous nos onze jours!

Rubin s'écria avec indignation :

– Ce n'était pas aussi stupide que vous pouvez le penser. Les propriétaires ont fait payer un trimestre entier de loyer, sans déduction pour ces onze jours. J'aurais participé à l'émeute, moi aussi.

– De toute façon, reprit Halsted, voilà pourquoi le calendrier perpétuel ne peut remonter qu'à 1752. Ces onze jours manquants embrouillent tout et il faut adopter une formule différente pour les jours antérieurs au 14 septembre 1752.

Fletcher, qui avait suivi le débat avec un intérêt non dissimulé, déclara :

– Je dois avouer que j'ignorais tout cela, monsieur Halsted. Je ne prétendrai pas vous avoir suivi point par point, ni pouvoir reproduire ce que vous avez fait, mais j'ignorais surtout qu'il est possible de trouver un calendrier perpétuel dans le *World Almanac*. Cela m'aurait évité bien des tracas... Mais évidemment, connaître la place de tous les vendredis 13 ne m'aiderait guère à décider lequel d'entre eux pourrait être *le* vendredi treize.

Henry intervint soudain pour dire de sa voix douce et courtoise :

– Je n'en suis pas sûr, monsieur Fletcher. Puis-je vous poser quelques questions?

Fletcher parut surpris et demeura un bref instant silencieux.

Avalon fit d'un ton alerte :

– Henry est membre du club, Evan. J'espère que cela ne vous dérange pas...

– Bien sûr que non, repartit aussitôt Fletcher. Posez vos questions, Henry.

– Je vous remercie, monsieur... Ce que j'aimerais savoir, c'est si M. Hennessy connaissait ou non cette formule de différence de date que M. Halsted a eu la bonté de nous exposer.

Fletcher parut réfléchir :

– Je ne saurais l'affirmer; et, dans l'affirmative, je n'en ai nullement entendu parler... Il est toutefois vraisemblable qu'il était au courant. Par exemple, il se targuait de pouvoir dresser un horoscope et, malgré toutes les inepties de l'astrologie, l'établissement d'un horoscope exact exige pas mal de mathématiques, si j'ai bien compris. Hennessy n'avait pas officiellement reçu beaucoup d'instruction, mais il était doué d'une intelligence extraordinaire et s'intéressait aux nombres. Et au fait, en y repensant, il n'aurait certainement pas pris un tel intérêt aux vendredis 13 sans être dans l'obligation de mettre le système en cause.

– Dans ce cas, monsieur, reprit Henry, si je vous demande ce qu'a fait M. Hennessy un certain jour, pourriez-vous téléphoner à quelqu'un afin de consulter vos notes sur la question et nous le dire?

Fletcher parut hésiter.

– Je n'en suis pas sûr. Ma femme est à la maison, mais elle ne saurait pas où chercher, et il est peu probable que je sois en mesure de lui fournir des indications suffisantes... mais je pense que l'on peut toujours essayer.

– Dans ce cas, croyez-vous pouvoir me dire ce que faisait M. Hennessy le vendredi 12 mars 1920?

La chaise de Fletcher recula en grinçant, et il

resta un moment les yeux écarquillés et la bouche ouverte.

– Qu'est-ce qui vous incite à demander cela?

– Cela semble logique, monsieur, dit doucement Henry.

– Mais je sais ce qu'il faisait ce jour-là. C'était un des jours importants de sa vie. Il a réussi à retourner l'organisation travailliste dont il était l'un des chefs en faveur de Debs, pour la Présidence. Debs était cette année-là sur la liste socialiste, bien qu'il fût encore en prison, et il a recueilli plus de 900 000 voix... le maximum qu'aient jamais pu atteindre les socialistes aux États-Unis.

Henry s'informa :

– Est-ce que l'organisation travailliste n'aurait pas normalement dû soutenir le candidat démocrate de cette année-là?

– James M. Cox? Oui. Il était fortement soutenu par Wilson.

– Donc, écarter les voix de la personne du candidat de Wilson aurait pu, dans le style flamboyant de M. Hennessy, constituer l'achèvement du travail que le doigt de Dieu avait commencé.

– Je suis persuadé que ç'aurait bien été sa façon de penser à cet événement.

– Auquel cas la lettre aurait été écrite le vendredi 13 février 1920.

– C'est une possibilité, convint Fletcher, mais comment arriveriez-vous à le prouver?

– Docteur Fletcher, dans sa note M. Hennessy remercie Dieu qu'il n'y ait pas de vendredi 13 le mois suivant et considère même cela comme un miracle. S'il avait été au courant de la formule du calendrier perpétuel, il n'aurait sûrement pas considéré cela comme un miracle. Il y a sept mois de 31 jours, donc longs de quatre semaines et trois jours. Si une certaine date tombe sur un jour particulier d'un tel mois, elle tombe trois jours plus tard le mois suivant. En d'autres termes, si le 13 tombe un vendredi en juillet, ce sera un lundi en août. N'est-ce pas exact, monsieur Halsted?

– Vous avez tout à fait raison, Henry. Et si le mois est de trente jours, il déplace deux jours et donc si le 13 tombe un vendredi en juin, ce sera un dimanche en juillet, précisa Halsted.

– Dans ce cas, dans tout mois de 30 ou 31 jours, il ne peut absolument pas y avoir de vendredi 13 suivi d'un autre le mois suivant; M. Hennessy le savait sans doute et n'y aurait pas vu un miracle.

» Mais, monsieur Fletcher, poursuivit Henry, il y a un mois qui ne compte que 28 jours, c'est février. Il dure quatre semaines exactement, si bien que mars commence le même jour de la semaine que février et répète les mêmes jours pour les mêmes dates, en tout cas jusqu'au 28. S'il y a un vendredi 13 en février, il y en aura forcément un autre en mars... *sauf si c'est une année bissextile.*

» Au cours des années bissextiles, février compte 29 jours et quatre semaines plus un jour. Cela signifie que tous les jours de mars tomberont un jour plus tard. Si le 13 tombe un vendredi en février, il tombera un samedi en mars; de telle sorte que, même si février compte un vendredi 13, mars aura un vendredi 12.

» Mon nouvel agenda donne les calendriers de 1975 et 1976. L'année 1976 est bissextile et je constate qu'elle comporte un vendredi 13 février et un vendredi 12 mars. Monsieur Halsted nous a signalé que les calendriers se répètent tous les 28 ans. Ce qui veut dire que le calendrier 1976 serait également valable pour 1948 et 1920.

» Il est clair que, tous les 28 ans, il y a un vendredi 13 en février, non suivi d'un autre en mars; et M. Hennessy, sachant que la réunion de son groupe travailliste était prévue pour le second vendredi de mars – et peut-être contraint par son opposition à rester chez lui – a été ravi et soulagé du fait qu'il n'y avait pas du moins de deuxième vendredi 13.

Le silence s'établit autour de la table, puis Avalon déclara :

– L'argument est très astucieux. Il me convainc.

Mais Fletcher secoua la tête.

– Il a sa valeur, je le reconnais, mais je ne suis pas certain...

Henry reprit :

– Il se peut qu'il y ait autre chose. Je n'ai pu m'empêcher de m'étonner que M. Hennessy ait parlé d'un « miracle de quarante années ».

– Oh! alors, fit Fletcher d'un ton indulgent, il n'y a pas de mystère sur ce point, j'en suis certain. Quarante est un des nombres mystiques qui reviennent constamment dans la Bible. Vous savez que le Déluge a duré quarante jours et quarante nuits.

– Oui, fit Rubin, plus animé. Et Moïse est resté quarante jours sur le mont Sinaï, et Elie a été nourri pendant quarante jours par les corbeaux, et Jésus a jeûné quarante jours dans le désert, et ainsi de suite. Parler de la pitié de Dieu ferait naturellement venir à l'esprit le nombre quarante.

– Il en est peut-être ainsi, dit Henry, mais il me vient une idée. En parlant de la conversion du calendrier julien au grégorien, monsieur Halsted a dit que le nouveau calendrier grégorien omettait de temps à autre une année bissextile.

Halsted abattit le poing sur la table.

– Seigneur! J'ai oublié! Manny, si vous n'aviez pas lancé cette stupide remarque sur les équations, je n'aurais pas été si impatient de simplifier et n'aurais pas oublié. Le calendrier julien comportait sans faute une année bissextile tous les quatre ans, ce qui aurait été correct si l'année était longue exactement de 365 jours un quart, mais elle est un rien plus courte. Pour compenser cet infime retard, il a été omis trois années bissextiles tous les quatre siècles. Et, selon le calendrier grégorien, ces omissions prennent place toutes les années terminées en 00 qui *ne sont pas* divisibles par 400, même si cette année était précisément une année bissextile dans le calendrier julien.

» Cela veut dire (et il frappa de nouveau du poing sur la table) que 1900 *n'était pas* une année bissextile. Il n'y a pas eu d'année bissextile entre 1896 et 1904. Il y a eu sept années consécutives de 365 jours chacune, au lieu de trois.

Henry demanda :

– Cela ne dérègle-t-il pas le calendrier perpétuel que vous avez décrit?

– Si, c'est un fait. Le calendrier perpétuel pour les années 1800 rencontre celui des années 1900 par le milieu, pour ainsi dire.

– Quelle a été la dernière année antérieure à 1920 au cours de laquelle le vendredi 13 de février est tombé dans une année bissextile?

– Il va falloir que je fasse le calcul, dit Halsted dont la plume courait sur une autre serviette en papier. Ah ah! murmura-t-il. (Il jeta sa pointe sur la table et annonça :) En 1880, parbleu!

– Quarante ans avant 1920, observa Henry. Si bien que, le jour où M. Hennessy a écrit sa lettre, un jour porte-malheur de février, n'a pas été suivi d'un jour porte-malheur en mars pendant quarante ans, et qu'il était tout à fait exact de sa part de qualifier cela, en style flamboyant, de *miracle de quarante années*. Il me semble que le 13 février 1920 est le seul jour possible de sa vie où cette note ait pu être écrite.

– Et moi aussi, fit Halsted.

– Moi de même, dit Fletcher. Je vous remercie,

messieurs. Et surtout vous, Henry. Si je peux maintenant soutenir tout cela logiquement...

– Je suis certain que M. Halsted se fera un plaisir de vous y aider, avança Henry.

Titre original : *Friday the thirteenth.*
Traduit par Bruno Martin.

Remarque

Il a absolument fallu que j'écrive cette histoire. Le vendredi 13 décembre 1974, j'étais l'un des deux hôtes de la réunion mensuelle des Araignées de la Trappe. (Voyez-vous, les Araignées de la Trappe ont *deux* hôtes et deux fois plus de membres que les Veufs Noirs.) J'avais choisi un nouveau restaurant et j'étais particulièrement soucieux que tout se passe bien.

J'avais garanti qu'il y aurait douze à quinze convives et j'avais peur d'avoir des ennuis avec le restaurant si certains membres ne venaient pas. Je les ai comptés un à un au fur et à mesure qu'ils arrivaient et une fois atteint le chiffre douze, je me suis senti soulagé. (Et les gens du restaurant étaient contents, eux aussi. Ils nous ont préparé un excellent repas, le service était merveilleux... même si, bien sûr, il n'y avait pas ce cher Henry.)

Et puis, juste à la fin de l'apéritif, quand nous sommes passés à table, un treizième membre est arrivé. Personnellement, je pense que si personne n'a paru se soucier le moins du monde du fait que nous étions treize à table un vendredi treize, c'est à porter au crédit de notre association. (D'ailleurs, pour autant que je sache, il ne s'est rien passé de spécial.)

J'avoue que j'ai quand même dû en être affecté, pour ma part, puisque je n'ai pas pu laisser se passer cet événement sans me mettre tout de suite à imaginer une intrigue des Veufs Noirs. Encore une fois, *Ellery Queen's Mystery Magazine* s'est dit que c'était là une situation un peu trop compliquée et j'ai transmis la nouvelle à *F & SF*, qui l'a acceptée. Elle a été publiée dans le numéro de janvier 1976.

L'INTÉGRALE

Roger Halsted, qui était habituellement d'humeur égale (il le fallait bien si on voulait résister quand on enseignait les mathématiques dans un collège), arriva au banquet mensuel des Veufs Noirs en faisant apparemment la tête.

– Je prendrai un bloody Mary, Henry, dit-il. Avec peu de jus de tomate et une double dose du reste.

Silencieusement et adroitement, Henry lui présenta le verre, dose supplémentaire comprise, et James Drake, qui était l'hôte de la soirée, considéra Halsted derrière le voile de fumée de sa cigarette tandis que sa petite moustache grise tressautait.

– Qu'est-ce qui ne va pas, Roger? lui demanda-t-il de sa douce voix éraillée.

– Je suis en retard, dit Roger.

– Et alors? dit Drake qui devait venir du New Jersey et à qui il était déjà arrivé d'être en retard. Dépêchez-vous de boire pour nous rattraper.

– C'est ce qui m'a mis en retard qui m'embête, dit Halsted dont le front avait viré au rose à l'endroit où la racine de ses cheveux s'était jadis trouvée. Je cherchais mes boutons de manchettes.

La paire que je préfère... La seule que j'ai, en fait. J'y ai passé vingt minutes. J'ai fouillé partout.

– Vous les avez retrouvés?

– Non! Vous savez combien il peut y avoir de cachettes dans une maison de cinq pièces qui a un étage? J'aurais pu y passer vingt heures et ne rien trouver du tout.

Geoffrey Avalon s'approcha lentement d'eux, tenant à la main son second verre d'apéritif vidé de la moitié de son contenu.

– Vous n'aviez pas besoin de fouiller dans toute la maison, Roger. Je suppose que vous ne seriez pas allé les coller sur une moulure ou dans une canalisation, n'est-ce pas? Où est-ce que vous les mettez, d'habitude?

– Dans une petite boîte que je range dans le tiroir. J'ai commencé par regarder là. Ils n'y étaient pas.

Sa voix s'était enflée bien au-delà de son ton habituellement mesuré et Emmanuel Rubin s'écria au bout de la pièce :

– Vous les avez laissés sur votre chemise la dernière fois que vous les avez portés, ils sont partis chez le blanchisseur et vous ne les reverrez jamais.

– Ce n'est pas le cas, dit Halsted en serrant le poing et en le brandissant. C'est la seule malheureuse chemise que j'ai avec des poignets mousquetaires, je ne l'ai pas portée depuis trois mois et j'ai vu les boutons de manchettes dans la boîte l'autre jour en cherchant autre chose.

– Eh bien alors, cherchez autre chose, et ils vont surgir, dit Rubin.

– Très drôle, dit Halsted d'un air sinistre avant de finir son verre.

– C'est celle que vous portez, la chemise qui a des poignets mousquetaires, Roger? dit Mario Gonzalo.

– Oui.

– Alors si c'est votre seule chemise avec des poignets mousquetaires et que vous n'avez pas pu retrouver votre unique paire de boutons de manchettes, avec quoi est-ce que vos manches tiennent?

– Avec du fil, dit aigrement Halsted en brandissant son poignet pour que tout le monde puisse le voir. J'ai demandé à Alice de me les coudre avec du fil blanc.

Gonzalo, qui affichait lui-même une élégance vestimentaire irréprochable avec sa chemise et son veston d'une nuance bleutée qui venaient rappeler sa cravate d'une teinte plus sombre, tiqua.

– Pourquoi n'avez-vous pas mis une autre chemise?

– J'étais furieux et je ne voulais pas être obligé de changer de chemise, dit Halsted.

– Bon, si vous voulez bien vous calmer un peu, Roger, je vais vous présenter mon invité, dit Drake. Jason Leominster, voici Roger Halsted, et celui qui monte les escaliers en hurlant qu'il veut un whisky à l'eau de Seltz, c'est notre dernier membre, Thomas Trumbull.

Leominster sourit d'un air complaisant. Il n'atteignait pas le mètre quatre-vingt-sept d'Avalon, mais il était plus mince que lui. Il avait manifestement dépassé la quarantaine, tout en faisant très jeune, et sous son veston beige, il portait un col roulé noir qui réussissait à ne pas détonner. Il avait des pommettes hautes et saillantes et un menton étroit et pointu.

– J'ai bien peur que vous ne vous soyez pas attiré beaucoup de compassion, monsieur Halsted, mais vous avez toute la mienne, dit-il. Ça me tue de ne pas arriver à retrouver quelque chose.

Avant qu'Halsted ne puisse lui exprimer sa gratitude Henry annonça que le dîner allait être servi.

Les Veufs Noirs passèrent à table et d'une voix forte, Trumbull porta rapidement le toast rituel au bon vieux roi Cole [1].

Fixant ce qu'il avait dans son assiette, Rubin dit à Henry, tandis que sa maigre barbe se redressait vers le ciel dans un accès d'indignation :

– On dirait un rouleau de printemps. Qu'est-ce que c'est que ça, Henry?

– C'est un rouleau de printemps, monsieur.

– Qu'est-ce qu'il vient faire là?

– Le chef a préparé un repas chinois à l'intention du club ce mois-ci, dit Henry.

– Dans un restaurant italien?

– Je crois qu'il considère cela comme un défi, monsieur.

– Vous voulez bien vous taire et manger, Manny? C'est très bon, dit Trumbull.

Rubin mordit dedans puis tendit la main vers la moutarde.

– Ça peut aller, pour un rouleau de printemps, dit-il d'un air mauvais.

Même Rubin se laissa attendrir par le potage aux nids d'hirondelles et quand le premier des sept plats traditionnels se révéla être du canard laqué, il fondit positivement.

– En fait, vous n'avez rien perdu mais vous ne savez plus ce que vous en avez fait, dit-il. Ça m'arrive aussi. Ça arrive à tout le monde. On a quelque chose à la main et on le pose en pensant à autre chose. Deux minutes plus tard, on ne pourrait pas dire ce qu'on en a fait même s'il y allait de notre vie. Et quand, par pur hasard, on le retrouve, on ne peut toujours pas se rappeler l'avoir posé à cet endroit. Roger n'a pas perdu ses boutons de manchettes. Il les a mis quelque part et il ne se rappelle plus où.

1. Personnage de ronde enfantine incarnant le type du joyeux luron. (*N.d.T.*)

Gonzalo, qui avait délicatement piqué un champignon noir pour en goûter la saveur sans autre accompagnement, déclara :

– Bien que ça me fasse beaucoup de peine d'être d'accord avec Manny...

– Bien que ça vous fasse beaucoup de peine d'avoir raison, pour une fois, vous voulez dire.

– ... je dois reconnaître qu'il y a du vrai dans ce qu'il vient de dire, par le plus grand des hasards, d'ailleurs, j'en suis sûr. La pire des choses, c'est de vouloir mettre quelque chose à l'abri d'un cambrioleur. Le cambrioleur va le trouver tout de suite, mais celui qui l'a caché ne le reverra plus jamais. Un jour, j'ai mis un chéquier de côté et je ne l'ai retrouvé qu'au bout de cinq ans.

– Vous l'aviez caché sous la savonnette, dit Rubin.

– Parce que c'est ce que vous auriez fait, vous? lui demanda Gonzalo d'une voix suave. Pas moi.

– Où était-il, quand vous l'avez retrouvé, Mario? demanda Avalon.

– J'ai à nouveau oublié, dit Gonzalo.

– Bien sûr, s'interposa aimablement Leominster, il est possible de mettre quelque chose à un endroit, de le déplacer pour qu'il soit encore plus à l'abri, et de ne se souvenir que du premier endroit... là où il n'est pas.

– Ça vous est déjà arrivé, monsieur Leominster? demanda Trumbull.

– C'est une façon de parler, dit Leominster, mais en fait, je ne sais pas si c'est vraiment ce qui s'est passé.

Henry arriva avec la corbeille de petits gâteaux dans lesquels on trouve une prédiction et il dit à Halsted à voix basse :

– Mme Halsted vient d'appeler, monsieur. Elle voulait que je vous dise que les boutons de manchettes avaient été retrouvés.

Halsted se retourna brusquement.
– Retrouvés? Elle a dit où?
– Sous le lit, monsieur. Elle a dit qu'ils devaient être tombés là.
– J'avais pourtant regardé sous le lit.
– Mme Halsted a dit qu'ils étaient près d'un pied du lit. On ne les voyait pas, monsieur. Elle a dû les chercher à tâtons. Elle m'a dit de vous dire que ce n'était pas la première fois.
– Regardez ce qu'il y a dans votre gâteau chinois, Roger, dit Avalon d'un air indulgent. Il va vous annoncer que vous êtes sur le point de trouver quelque chose de très important.
Halsted s'exécuta et il annonça :
– Il y a écrit : « Abritez-vous derrière un sourire. »
Halsted en fut manifestement irrité.
– Je ne suis pas sûr qu'un membre des Veufs Noirs ait le droit de recevoir un message d'une femme pendant que se déroule une session de ce club strictement masculin, dit Rubin.
– Les impulsions électriques n'ont pas de sexe, dit Gonzalo, bien que je doute que vous le sachiez, Manny, pas plus que vous ne devez savoir quoi que ce soit sur ce sujet.
Mais Henry apportait le brandy et Drake coupa court à une réponse inévitablement furieuse (et peut-être inconvenante) en battant un bref rappel sur son verre à eau et en déclarant :
– Permettez-moi de vous présenter Jason Leominster, un voisin quelque peu éloigné. C'est un généalogiste et je ne crois pas qu'il y ait un seul membre des Veufs Noirs (sauf Henry, comme toujours) dont la généalogie supporterait d'être examinée de plus près, alors soyons prudents.
– Ce n'est pas vraiment nécessaire, dit Leominster. Personne n'a encore été déçu par sa généalogie.

Le nombre d'ancêtres s'accroît par progression géométrique à chaque génération, si l'on excepte les résultats de mariages entre parents. Si nous examinons le cas d'une personne, nous avons son père et sa mère, ses frères et sœurs, ses grands-parents et leurs enfants, tous les parents par alliance et leurs enfants, et tous les parents et grands-parents qui s'ajoutent à la famille en cas de remariage. Nous avons donc des centaines d'individus à examiner en ne remontant qu'à un siècle.

» Si on met l'accent sur les liens flatteurs et qu'on ignore les autres, on n'a rien à perdre. Le généalogiste professionnel, bien sûr, peut, quant à lui, découvrir des faits historiques souvent mineurs, mais parfois d'une importance surprenante. Par exemple, j'ai découvert un descendant en ligne collatérale de Martha Washington, qui...

Trumbull, qui avait vainement levé la main pendant cet exposé, dit alors :

– Je vous en prie, monsieur Leominster... Écoutez, Jim, ça ne va pas du tout. Il faut introduire un système de questions et de réponses. Vous voulez bien demander à quelqu'un de le cuisiner?

Drake écrasa sa cigarette et répondit :

– Moi, je trouvais ça intéressant. Mais allez-y, cuisinez-le.

Trumbull fronça les sourcils.

– Je veux simplement mettre un peu d'ordre dans la discussion. Monsieur Leominster, excusez-moi de vous avoir interrompu. C'était effectivement intéressant mais nous devons procéder selon la tradition. Ma première question aurait dû avoir pour objet de vous demander comment vous justifiez votre existence, mais vos remarques nous ont déjà indiqué la manière dont vous auriez répondu. Par conséquent, permettez-moi de passer à la suivante. Monsieur Leominster, vous avez dit pendant le dîner que quelqu'un pouvait cacher quelque chose à un certain endroit, le déplacer, puis n'être plus capable que de se souvenir du premier endroit. Vous avez également dit que c'était une façon de parler et que vous ne saviez pas si c'était bien ce qui s'était passé. Pourriez-vous développer ce sujet? Je suis curieux de savoir ce que vous aviez à l'esprit.

– Pas grand-chose, en fait. Ma tante est morte le mois dernier... – Leominster leva la main – mais si vous permettez, je passerai sur les formules traditionnelles de regrets. Elle avait quatre-vingt-cinq ans et elle était clouée au lit. Ce qu'il y a, c'est qu'elle m'a laissé sa maison et tout ce qu'elle contenait. Elle appartenait à son frère, jusqu'à ce qu'il meure, il y a dix ans, et le problème de monsieur Halsted avec ses boutons de manchettes m'a rappelé ce qui s'était passé au moment où ma tante avait hérité de cette maison.

– Bon, dit Trumbull. Qu'est-ce qui s'était passé?

– Eh bien, elle était convaincue que quelque chose était caché dans la maison, quelque chose de valeur. On ne l'a jamais retrouvé et c'est là toute l'histoire.

– Alors, ce qui s'y trouvait doit toujours y être, n'est-ce pas? dit Trumbull.

– S'il y avait bien quelque chose, je suppose que oui.

– Et maintenant, la maison est à vous?

– Oui.

– Et qu'est-ce que vous avez l'intention de faire?

– Je ne vois pas ce que je pourrais faire. Nous ne l'avons pas trouvé quand nous l'avons cherché et je ne le retrouverai probablement pas maintenant. Cependant...

– Oui?

– Eh bien, dans quelque temps, j'ai l'intention de vendre aux enchères tout ce qui se trouve dans la maison. Je n'ai pas besoin des meubles et objets qu'elle contient, en revanche, j'aurais bien besoin de leur équivalent en liquide. Ce serait toutefois ennuyeux de laisser partir quelque chose à cent dollars pour s'apercevoir ensuite qu'il contient un objet d'une valeur de, disons, vingt-cinq mille dollars.

Trumbull s'appuya au dossier de sa chaise et dit :

– Si notre hôte le permet, je vais vous demander, monsieur Leominster, de nous raconter cette histoire avec un ordre quelque peu logique. Quel est l'objet qui a été perdu? Comment a-t-il été perdu? Et ainsi de suite.

– Bravo! dit Gonzalo d'un air approbateur.

Il venait de terminer son esquisse de Leominster. Il avait fait de son visage un triangle, pointe dirigée vers le bas, sans pour autant que la ressemblance en souffre le moins du monde. Leominster regarda l'esquisse d'un air stoïque, approuva d'un signe de tête tout en sirotant son brandy pendant qu'Henry débarrassait silencieusement la table.

– Je viens de ce qu'on appelle une vieille famille de la Nouvelle-Angleterre, dit Leominster. Elle a fait fortune il y a deux siècles dans les filatures et je crois, dans d'autres aspects moins réjouissants du commerce de l'époque : les esclaves et le rhum. La famille a conservé son argent depuis lors en l'investissant prudemment. Nous ne sommes pas des nababs, mais nous sommes tous très à l'aise, tous ceux qui sont encore en vie, c'est-à-dire un cousin et moi-même. Je suis d'ailleurs divorcé et je n'ai pas d'enfant.

» Mon intérêt pour la généalogie découle de l'histoire de la famille, et les finances dont je dispose me permettent de m'y essayer. Ce n'est pas exactement une activité lucrative, du moins, pas de la manière dont je l'exerce, mais je peux me le permettre, voyez-vous.

» Mon oncle Bryce, le frère aîné de mon père, s'était retiré des affaires assez tôt après la mort de sa femme. Il avait fait construire, dans le Connecticut, une maison plutôt tarabiscotée et il s'était mis à devenir collectionneur. Pour ma part, je ne vois pas le plaisir qu'on peut retirer de l'accumulation d'objets, mais j'imagine que ça lui procurait le même que celui que je trouve dans la recherche généalogique.

– Qu'est-ce qu'il collectionnait? demanda Avalon.

– Différentes choses, mais rien d'inhabituel. Ce n'était pas un type très fin et il n'avait pas beaucoup d'imagination. Il a commencé par collectionner des livres anciens, puis des pièces de monnaie et enfin des timbres. La fièvre ne l'a jamais gagné au point qu'il ait dû investir là-dedans des sommes vraiment conséquentes, de sorte que ses collections sont loin d'être inestimables. Les experts auraient un petit sourire condescendant en les examinant. En tout cas, c'est quelque chose qui lui faisait plaisir et sa bibliothèque d'un millier d'ouvrages n'est pas complètement dénuée de valeur. Le reste non plus, d'ailleurs. Et bien sûr, même un petit collectionneur peut un jour tomber sur quelque chose de précieux.

– Et c'est ce qui est arrivé à votre oncle? demanda Trumbull.

– Ma tante Hester, qui avait deux ans de moins que mon oncle Bryce et cinq ans de moins que mon père, mort, lui, il y a quatorze ans, ma tante Hester prétendait que mon oncle avait quelque chose de précieux.

– Comment le savait-elle?

– Ma tante Hester s'était toujours sentie proche de mon oncle. Elle habitait en Floride, mais quand mon oncle est devenu veuf, elle a pris l'habitude de venir tous les ans passer l'été avec lui dans le Connecticut. Elle ne s'était jamais mariée et le frère et la sœur se sont rapprochés avec l'âge, dans la mesure où ils n'avaient presque pas d'autres parents. Mon oncle avait un fils, mais il vit en Amérique du Sud depuis un quart de siècle. Il a épousé une Brésilienne et il a trois enfants. Il ne s'était jamais bien entendu avec son père et chacun faisait comme si l'autre n'existait pas. J'étais là, bien sûr, et ils me recevaient par sens du devoir, avec une affection quelque peu distante. Moi, je les aimais beaucoup.

» Ma tante Hester était une vieille dame compassée, terriblement fière du rang social de la famille, et cela à un point ridicule et démodé, bien entendu. Elle s'exprimait de façon précieuse et guindée et elle était persuadée qu'elle vivait dans un monde hostile peuplé de voleurs et de socialistes. Ainsi par exemple, elle ne portait jamais ses bijoux. Elle les gardait toujours dans un coffre.

» Dans ces conditions, il était normal que mon oncle ait laissé sa maison à ma tante et qu'à son tour, elle me la laisse. Je suis cependant assez versé dans la généalogie pour ne pas oublier que mon oncle Bryce a un fils qui est son héritier direct et qui mérite davantage que moi, en regard des liens du sang, d'avoir la maison. J'ai écrit à mon cousin pour lui demander s'il ne voyait pas d'objection à ce testament et j'ai reçu sa réponse il y a trois jours. Il me répond que je peux parfaitement garder la maison et tout ce qu'il y a dedans. En fait, il dit même, avec amertume, que je peux bien tout brûler, ça lui est bien égal.

– Monsieur Leominster, je me demande si vous ne pourriez pas en revenir à l'objet perdu, dit Trumbull.

– Ah! je suis désolé. Je l'avais oublié. Vu sa tournure d'esprit, ma tante Hester n'aimait pas la façon cavalière dont mon oncle traitait ses collections. Ma tante Hester se faisait une idée parfaitement exagérée de leur valeur. Elle me disait toujours : « Ces objets de curiosité sont d'une valeur incomparable. »

– C'est comme ça qu'elle les appelait? Objets de curiosité? demanda Avalon en souriant.

– Elle adorait dire ça, je vous assure que je me souviens parfaitement de cette phrase. Elle avait une manière archaïque de parler et je suis sûr, d'ailleurs, qu'elle la cultivait. Elle pensait que le langage indiquait pour une grande part le statut social...

– Shaw le pensait aussi, l'interrompit Rubin. Pygmalion...

– Ça suffit, Manny, dit Trumbull. Voulez-vous continuer, je vous prie, monsieur Leominster?

– J'allais justement vous dire que la prédilection de ma tante Hester pour la complication langagière était pour elle une manière de se démarquer des classes populaires. Si je lui disais qu'elle devrait demander quelque chose à quelqu'un, elle répondait à coup sûr à peu près ceci : « Mais auprès de qui exactement, mon cher enfant, devrais-je m'enquérir? » Elle n'aurait jamais dit « demander » si elle avait pu dire « s'enquérir », elle n'employait jamais de tournures familières. En fait, elle était la seule personne que j'aie jamais connue à employer l'imparfait du subjonctif. Un jour, elle m'a dit : « J'aurais aimé, mon cher Jason, que tu me fisses la grâce de t'assurer qu'il n'est pas sur le point de pleuvoir » et j'ai failli ne pas comprendre ce qu'elle voulait.

» Mais je m'écarte encore une fois du sujet. Comme je le disais, elle se faisait une idée exagérée de la valeur des collections de mon oncle et elle le harcelait tout le temps pour qu'il prenne des dispositions en conséquence. C'est sur son insistance qu'il avait fait installer un système d'alarme très sophistiqué qui prévenait le commissariat du coin.

– Est-ce qu'il a servi un jour? demanda Halsted.

– Non, pas à ma connaissance, dit Leominster. Il n'y a jamais eu de cambriolage. Mon oncle n'habitait pas précisément dans une zone de grande criminalité, même si ma tante n'a jamais voulu l'admettre, et je ne serais pas surpris si d'éventuels cambrioleurs avaient une opinion plus juste que ma tante, et partant, plus décevante, de la valeur des collections de mon oncle. Après la mort de mon oncle, ma tante a fait expertiser certaines de ses possessions. Quand on lui a dit que la collection de timbres valait environ dix mille dollars, elle a été horrifiée. Elle m'a dit : « Ce sont des voleurs. Une fois qu'ils nous auront fait tenir dix mille dollars, ils entreprendront certainement de céder la collection pour un million au bas mot. » Elle n'a pas fait faire d'autres expertises et elle a farouchement tout conservé. Heureusement, elle avait largement de quoi vivre et elle n'a rien été obligée de vendre. Jusqu'à son dernier jour, je suis pourtant sûr qu'elle était convaincue de me laisser l'équivalent d'une énorme fortune... Ce qui, malheureusement, n'a pas été le cas.

» Pour ça, mon oncle Bryce avait la tête sur les épaules. Il savait que ses collections n'avaient qu'une valeur modérée. Il me l'a dit à plusieurs reprises, bien qu'il ait ajouté qu'il avait quelques petites choses précieuses. Il n'a pas précisé lesquelles. Selon ma tante Hester, il est davantage entré dans les détails avec elle. Quand elle a voulu le convaincre de mettre sa collection de timbres dans un coffre, il lui a répondu : « Quoi? Pour ne plus pouvoir la regarder? Alors dans ce cas, elle n'aurait plus de valeur pour moi. D'ailleurs, elle ne vaut pas grand-chose, exception faite d'un seul timbre dont je me suis déjà occupé. »

– Et c'est ce timbre, dont votre oncle s'était occupé, d'après lui, qui est maintenant perdu? dit Avalon. Il s'agissait bien d'un timbre?

– Oui, c'est ce que ma tante Hester a dit à la mort de mon oncle. Il lui avait laissé la maison et tout ce qu'elle comprenait, ce qui voulait également dire ce timbre. Elle m'a téléphoné après l'enterrement pour me dire qu'elle n'arrivait pas à retrouver le timbre et qu'elle était convaincue qu'il avait été volé. J'avais bien entendu assisté à l'enterrement et je me trouvais encore dans le Connecticut, ayant profité de l'occasion pour aller voir quelques vieilles tombes. Je suis donc venu dîner chez elle le lendemain de son coup de fil.

» Ce fut un repas agité car ma tante Hester était furieuse de n'avoir pu retrouver le timbre. Elle était convaincue qu'il valait des millions et que les serviteurs, ou les employés des pompes funèbres, l'avaient pris. Il lui restait même encore un brin de suspicion qu'elle a utilisé à mon encontre. Au dessert, elle m'a dit : « Je présume que ton oncle n'a jamais évoqué le sujet de sa localisation avec toi, n'est-ce pas? »

» Je lui ai dit que non, ce qui était vrai. Il ne m'en avait jamais parlé.

– Est-ce qu'elle avait une idée de l'endroit où il aurait pu le cacher? demanda Trumbull.

– Oui, tout à fait. C'était là l'une des raisons de sa contrariété. Il le lui avait dit, mais il n'avait pas été assez précis et elle n'avait pas pensé à lui demander de détails. Je suppose qu'elle s'était contentée du fait qu'il s'en était occupé et qu'elle n'y avait plus pensé. Il lui avait dit qu'il l'avait mis dans l'une de ses éditions intégrales, un endroit facilement accessible s'il désirait le regarder, mais où un voleur ordinaire n'irait pas chercher.

– Dans l'une de ses éditions intégrales? dit Avalon, étonné. Il voulait parler de sa collection de livres?

– Ma tante Hester le cite en disant : « l'une de mes éditions intégrales ». Nous avons supposé qu'il voulait parler de sa collection de livres.

– C'est un endroit stupide, dit Rubin. On peut voler un livre aussi facilement qu'un timbre. On peut le voler pour la valeur du livre lui-même et le timbre constituerait alors un gentil petit à-côté.

– Je ne pense pas que mon oncle considérait sérieusement cet endroit comme une cachette sûre. C'était simplement pour faire plaisir à ma tante. En fait, si elle ne l'avait pas harcelé, je suis sûr que mon oncle l'aurait laissé dans sa collection, qui est, et qui a toujours été saine et sauve. Bien entendu, je n'ai jamais dit ça à ma tante.

– Quand on parle de « l'intégrale », on fait généralement référence à l'édition intégrale du *Dictionnaire* Webster, dit Rubin. Est-ce que votre oncle en avait un?

– Bien sûr. Sur une petite étagère à part. Ma tante y avait pensé, elle avait cherché dedans et n'avait rien trouvé. C'est alors qu'elle m'a appelé. Nous sommes allés dans la bibliothèque après le dîner et j'ai à mon tour regardé dans le dictionnaire. Mon oncle mettait ses plus beaux timbres dans des petites pochettes transparentes et l'une d'elles pouvait se trouver entre les pages. Mais on l'aurait vite remarquée. C'était une édition en papier bible et le dictionnaire se serait certainement ouvert à cette page. Ma tante Hester a dit que ce serait bien de l'oncle Bryce de cacher aussi bêtement quelque chose de sorte qu'on pourrait très facilement le voler.

» Mais c'était tout à fait impossible. J'avais moi-même utilisé le dictionnaire de temps à autre durant les dernières années de mon oncle et je suis sûr qu'il n'y avait rien à l'intérieur. J'ai examiné la reliure pour vérifier qu'il n'y avait rien de dissimulé derrière le dos. J'ai même été tenté de mettre le livre à plat mais il paraissait fort improbable que mon oncle en soit arrivé là. Il l'avait sans doute glissé entre les pages d'un livre... mais pas de l'édition intégrale.

» Je l'ai dit à ma tante Hester. Je lui ai dit que ça se trouvait peut-être dans un autre livre. Je lui ai fait remarquer que son allusion à « l'une de mes éditions intégrales » était la plus sûre preuve qu'il ne s'agissait pas de l'édition intégrale par excellence.

– Je suis d'accord, dit Rubin, mais combien de volumes en édition intégrale avait-il?

Leominster secoua la tête.

– Je ne sais pas. Je ne connais rien aux livres, du moins d'un point de vue de collectionneur. J'ai demandé à ma tante Hester si elle pensait qu'il possédait des volumes en édition intégrale, un Boswell ou un Boccace, par exemple, mais elle en savait encore moins que moi là-dessus.

– Peut-être est-ce que « intégrale » a un sens particulier pour un collectionneur d'ouvrages, dit Gonzalo. Ça pourrait être une jaquette – ce n'est qu'un exemple, bien sûr – et le timbre se trouverait entre le livre et la jaquette.

– Non, Mario, dit Avalon. Je m'y connais un petit peu en livres et intégrale ne veut rien dire d'autre que version complète.

– De toute façon, ça ne change rien, dit Leominster, parce que j'ai suggéré qu'on vérifie tous les livres.

– Un millier de livres? demanda Halsted d'un air dubitatif.

– Et on s'est aperçus qu'il y en avait plus de mille et que ce n'était pas une mince affaire. Je dois dire que ma tante Hester s'y est vraiment bien prise. Elle a embauché une demi-douzaine d'enfants de la ville, seulement des petites filles, parce qu'elle a dit qu'elles étaient plus tranquilles et plus dignes de confiance que des garçons. Elles avaient toutes entre dix et douze ans, c'est-à-dire qu'elles étaient assez âgées pour travailler avec soin et assez jeunes pour être honnêtes. Elles sont venues tous les jours pendant plusieurs semaines et elles ont travaillé quatre ou cinq heures à chaque fois.

» Ma tante Hester est restée tout le temps dans la bibliothèque, elle leur tendait systématiquement chaque livre, elle le récupérait, elle leur en donnait un autre, et ainsi de suite. Elle ne permettait pas de travail hâtif, les petites filles n'avaient pas le droit de secouer les ouvrages pour voir s'il tombait quelque chose ni de les survoler. Elle leur a fait tourner chaque page.

– Est-ce qu'elles ont trouvé quelque chose? demanda Avalon.

– Diverses choses. Ma tante Hester était trop fine pour leur dire exactement ce qu'elle cherchait. Elle leur a seulement demandé de tourner chaque page et de lui apporter tout ce qu'elles trouvaient, tous les petits morceaux de papier qui pouvaient y être, ou n'importe quoi d'autre, leur a-t-elle dit. Elle leur a promis vingt-cinq *cents* pour tout ce qu'elles trouveraient, plus un dollar par heure de travail et en outre, elle leur donnait tout le lait et tous les gâteaux qu'elles pouvaient ingurgiter. Avant la fin de cette entreprise, je suis sûr que chacune avait pris au moins deux kilos. Elles ont déniché des dizaines de choses diverses. Des signets, par exemple, bien que je ne pense pas que ce soit mon oncle qui les ait mis là puisqu'il ne lisait pas. Des cartes postales, des feuilles séchées, de temps en temps une photographie osée que je soupçonne mon oncle d'avoir glissée là pour l'examiner à l'occasion. Elles choquaient ma tante, mais elles avaient l'air de ravir les petites filles. En tout cas, elles n'ont pas trouvé de timbre.

– Ce qui a dû beaucoup décevoir votre tante, dit Trumbull.

– Effectivement. Elle a immédiatement conçu de noirs soupçons, se disant que l'une des petites filles était partie avec, mais même elle, elle n'a pas pu soutenir bien longtemps cette idée. Les enfants n'étaient pas capables de dissimulation et il n'y avait aucune raison de supposer qu'elles auraient trouvé plus de valeur à un timbre qu'à n'importe quel autre objet utilisé pour marquer une page. D'ailleurs, ma tante Hester ne les a pas quittées des yeux.

– Alors, elle ne l'a jamais retrouvé? demanda Gonzalo.

– Non, jamais. Elle a continué à regarder dans les livres pendant un bon moment, dans ceux qui ne se trouvaient pas dans la bibliothèque. Elle est même montée au grenier pour examiner de vieux livres et de vieilles revues, mais il n'y était pas. Il m'est venu à l'esprit que mon oncle Bryce pouvait avoir changé de cachette dans ses dernières années, qu'il avait dit à ma tante où il avait mis le timbre, mais qu'elle avait oublié ce dernier endroit et qu'elle ne se rappelait plus que l'ancien. Vous voyez, si c'était ça, et j'ai la conviction agaçante que c'est bien le cas, le timbre pourrait être n'importe où dans la maison, ou hors de la maison, d'ailleurs, et franchement, à mon avis, ça ne servirait à rien de fouiller partout.

» Je crois que ma tante Hester a dû également y renoncer. Ces dernières années, son arthrite l'empêchait de se déplacer et elle ne m'en a jamais plus reparlé. J'avais peur qu'elle ne me laisse la maison qu'à la condition que je retrouve le timbre, mais il n'y avait rien de tel dans son testament.

Avalon fit tourner le pied de son verre à cognac entre ses doigts et dit d'un ton sinistre :

– Alors, il n'y a aucune raison sérieuse de penser que ce fameux timbre existe bien, n'est-ce pas? Il se peut que votre oncle ait joué avec l'idée d'avoir quelque chose de précieux, ou qu'il ait simplement voulu taquiner votre tante. Est-ce qu'il était du genre à imaginer une blague de ce type pour embêter quelqu'un?

– Non, non, dit Leominster en secouant catégoriquement la tête. Il n'avait pas du tout cette tournure d'esprit. D'ailleurs, ma tante dit qu'elle a bien vu le timbre. Un jour, mon oncle était en train de le regarder et il l'a appelée pour le lui montrer. Il lui a dit : « Ma chère, ce que tu regardes vaut des milliers de dollars. » Mais elle ne savait pas où il l'avait déniché ni où il l'avait rangé. Tout ce qu'elle s'était dit sur le moment, c'est qu'il était complètement insensé pour un adulte de payer autant pour un stupide petit bout de papier... et quand elle m'en a parlé, je ne lui ai pas donné tort. Elle m'a dit qu'il n'était même pas tellement joli.

– Est-ce qu'elle se rappelait à quoi il ressemblait? Est-ce que vous pourriez le reconnaître si vous le voyiez? demanda Avalon. Votre oncle aurait pu, par exemple replacer ce timbre dans sa collection peu de temps avant sa mort, pour une raison ou pour une autre... Votre tante était peut-être en Floride et ne pouvait pas l'embêter s'il voulait l'avoir à portée de la main pour pouvoir le contempler... A propos, est-ce qu'elle était en Floride au moment où il est mort?

Leominster eut l'air pensif.

– Oui, en fait, elle y était bien.

– Eh bien, alors, le timbre est peut-être resté pendant tout ce temps dans la collection, dit Avalon. Il s'y trouve peut-être encore. Et c'est normal que vous n'ayez pas pu le dénicher ailleurs.

– Ce n'est pas possible, Jeff, dit Trumbull. Leominster nous a dit que la collection de timbres avait été évaluée à dix mille dollars en tout, et d'après ce que j'ai compris, ce seul timbre aurait fait grimper considérablement ce chiffre.

– Selon ma tante Hester, mon oncle Bryce lui aurait dit un jour que le timbre en question valait plus du double du reste de sa collection, dit Leominster.

– Votre oncle pouvait se raconter des histoires, ou bien les experts ont pu faire une erreur, dit Avalon.

– Non, dit Leominster, il n'était pas dans la collection. Ma tante se souvenait de son aspect et il était assez inhabituel pour être facilement reconnaissable. Elle m'a dit que c'était un timbre triangulaire, avec la pointe en bas... quelque chose qui ressemblerait au portrait qu'a fait de moi monsieur Gonzalo.

Gonzalo se racla la gorge et leva les yeux au plafond mais Leominster poursuivit avec un sourire affable :

– Elle m'a dit qu'il y avait un visage d'homme dessus, avec une bordure orange vif, et que mon oncle l'appelait l'Orange de Nouvelle-Guinée. C'est un timbre très particulier, reconnaissez-le, et bien que je n'aie jamais pensé qu'il pourrait être avec les autres et que je ne l'aie pas spécialement cherché, j'ai déjà parcouru la collection, par curiosité, et je vous assure que je n'y ai pas vu l'Orange de Nouvelle-Guinée. En fait, je n'ai pas vu de timbres triangulaires du tout, mais seulement des rectangles traditionnels.

» Bien sûr, je me suis demandé si mon oncle ne s'était pas trompé au sujet de la valeur de ce timbre et si, au cas où il aurait découvert son erreur vers la fin de sa vie, il n'aurait pas vendu ou donné ce timbre. J'ai consulté un philatéliste et il m'a dit qu'il y avait bien des Oranges de Nouvelle-Guinée. Il a dit que certains avaient beaucoup de valeur et que l'un d'entre eux, qui pouvait être dans la collection de mon oncle parce qu'on ne savait pas où il se trouvait, valait vingt-cinq mille dollars.

– Écoutez, j'ai une idée, dit Drake. Vous avez parlé de votre cousin qui est au Brésil. Il était le fils de votre oncle, et il a été déshérité. Ne serait-il pas possible que votre oncle, à titre d'héritage, lui ait envoyé le timbre en lui disant quelle était sa valeur? Ainsi, il aurait pu, avec la conscience tranquille, laisser à sa sœur sa maison et tout ce qui s'y trouvait, ainsi que diverses autres possessions qu'il pouvait avoir.

Leominster réfléchit un instant.

– Cette idée ne m'est jamais venue à l'esprit, dit-il. Mais je ne pense pas que ce soit très vraisemblable. Après tout, son fils était loin d'avoir des problèmes d'argent, j'ai toujours entendu dire qu'il était très à l'aise. Et il y avait aussi de la rancœur entre le père et le fils, une grande rancœur. Il s'agit d'un scandale familial au sujet duquel je n'ai pas tous les détails. Je ne pense pas que mon oncle Bryce lui aurait envoyé le timbre.

Gonzalo s'empressa de demander :

– Est-ce que votre cousin n'aurait pas pu revenir aux États-Unis et...

– Et voler le timbre? Comment aurait-il pu savoir où il se trouvait? D'ailleurs, je suis sûr que mon cousin n'a pas quitté le Brésil depuis des années. Non, Dieu seul sait où se trouve le timbre et s'il existe vraiment. J'aimerais bien pouvoir recevoir un coup de téléphone, comme monsieur Halsted, pour me dire qu'il est sous le lit, mais il n'y a aucune chance.

Le regard de Leominster tomba sur le petit gâteau qui renfermait une prédiction, et il ajouta d'un ton badin :

– A moins que ceci ne puisse me le dire!

Il brisa le gâteau, en sortit le bout de papier, lut le message et se mit à rire.

– Qu'est-ce que ça dit? demanda Drake.

– Il y a écrit : « Vous allez avoir de l'argent », dit Leominster. Mais on ne précise pas comment.

Gonzalo s'appuya au dossier de sa chaise et dit :

– Bon, eh bien, Henry va vous le dire, comment.

Leominster sourit comme s'il s'agissait là d'une bonne plaisanterie.

– Si vous pouviez m'apporter le timbre sur votre plateau, Henry, j'en serais ravi, dit-il.

– Je parle sérieusement, dit Gonzalo. Dites-le-lui, Henry.

Henry, qui avait écouté tranquillement, posté à côté du buffet, comme d'habitude, répondit :

– Votre confiance me flatte, monsieur Gonzalo, mais je ne peux bien entendu pas dire à monsieur Leominster où se trouve le timbre. Je pourrais cependant poser quelque questions, si monsieur Leominster n'y voit pas d'inconvénient.

Leominster haussa les sourcils et dit :

– Pas du tout, si vous pensez que ça pourra nous aider.

– Je ne peux pas l'affirmer, monsieur, dit Henry. Toutefois, vous nous avez dit que votre oncle ne lisait pas beaucoup. Est-ce que cela signifie qu'il ne lisait pas les livres de sa bibliothèque?

– Il ne lisait pas grand-chose, Henry, et certainement pas les livres de sa bibliothèque. Ils n'étaient pas destinés à être lus mais seulement collectionnés. C'étaient des livres ardus, impossibles.

– Est-ce que votre oncle leur faisait quelque chose? Est-ce qu'il les reliait, qu'il les modifiait d'une manière ou d'une autre? Est-ce qu'il collait des pages ensemble, par exemple?

– Pour y cacher le timbre? Réfléchissez un peu, Henry. Si on fait quoi que ce soit à ces livres, on leur ôte de la valeur. Non, non, un collectionneur laisse toujours sa collection exactement dans l'état où il l'a trouvée.

Henry réfléchit un instant, puis il dit :

– Vous nous avez dit que votre tante aimait le beau langage.

– Oui, en effet.

– Et que si vous disiez « demander », par exemple, elle le traduisait par « s'enquérir ».

– Oui.

– Est-ce qu'elle se rendait compte qu'elle changeait les mots? Je veux dire, si on lui avait demandé de répéter mot pour mot vos paroles, est-ce qu'elle aurait pu dire « s'enquérir » et croire sincèrement que c'était là le terme que vous aviez employé?

Leominster se mit à rire.

– Je n'en aurais pas été surpris. Elle prenait très au sérieux cette fausse élégance de langage qu'elle affectait.

– Et vous ne connaissez la cachette de votre oncle que par ce que vous en a dit votre tante. Il ne vous a jamais parlé lui-même de sa cachette, n'est-ce pas?

– Il ne m'en a jamais parlé mais je suis obligé de reconnaître que je ne crois pas une seconde que ma tante ait pu mentir. Si elle a dit qu'il le lui avait dit, c'est qu'il le lui avait dit.

– D'après elle, votre oncle lui aurait dit qu'il l'avait caché dans l'une de ses éditions intégrales. C'est exactement ce qu'elle vous a dit?

– Oui. Exactement. Dans l'une de ses éditions intégrales.

– Mais ne serait-il pas possible que votre tante, avec ses notions personnelles d'élégance langagière, ait transformé un mot usuel en un mot plus rare? Est-ce que ça ne serait pas possible?

Leominster hésita.

– Je suppose que oui, mais de quel mot usuel s'agirait-il?

– Je ne peux pas le dire avec une certitude absolue, dit Henry, mais est-ce qu'une édition qui n'est pas intégrale n'est pas une édition qui a été abrégée, ou coupée, et est-ce qu'une édition intégrale n'est pas, par conséquent, une édition qui n'a pas été coupée? Si votre oncle avait dit « dans un de mes livres non coupés », est-ce que votre tante n'aurait pas pu le traduire par « dans l'une de mes éditions intégrales »?

– Et si c'était le cas, Henry?

– Alors, il ne faut pas oublier que « non coupé » peut avoir un sens qu'« intégral » n'a pas. Un volume non coupé peut être un livre dont les pages ne sont pas coupées, abstraction faite de son contenu. Si votre oncle collectionnait des vieux livres qu'il ne lisait pas et qu'il ne manipulait pas, certains ont dû être achetés avec les pages non coupées et doivent toujours être dans le même état aujourd'hui. En fait, avait-il des livres non coupés dans sa bibliothèque?

Leominster fronça les sourcils et dit d'un air hésitant :

– Je crois me souvenir qu'il y en avait au moins un, ça, c'est sûr, et il y en avait peut-être d'autres.

– Les pages de ces ouvrages sont liées deux par deux au niveau de la tranche latérale, et parfois même de la tranche supérieure, mais pas de la tranche inférieure, de sorte qu'elles forment de petits sachets. Et si c'est bien le cas, monsieur, les petites filles qui ont vérifié les livres ont dû tourner les pages sans faire attention au fait que certaines pouvaient ne pas être coupées, et à l'intérieur des petits sachets, de l'un d'eux, en tout cas, on aurait pu facilement coller un timbre dans son enveloppe transparente avec un morceau de ruban adhésif. Les pages auraient été légèrement gonflées quand on les aurait tournées, mais elle n'auraient rien laissé voir de leur contenu. Et les petites filles n'auraient pas pensé à regarder à l'intérieur si leurs instructions étaient de se contenter de tourner les pages.

Leominster se leva et regarda sa montre.

– Voilà qui me semble convaincant. Je vais aller dans le Connecticut demain, fit-il en bégayant presque. Messieurs, tout cela est extraordinaire et j'espère qu'une fois que je serai fixé, vous viendrez tous dîner chez moi pour fêter l'événement... Vous tout particulièrement, Henry. Le raisonnement que vous avez employé était si simple que je suis étonné que personne parmi nous n'en ait eu l'idée.

– Le raisonnement est toujours simple, dit Henry, mais il ne se suffit jamais à lui-même. Attendons de voir si vous allez bien retrouver votre timbre. Sinon, à quoi nous aurait servi la raison?

Remarque

Je me sens parfois légèrement gêné par la minceur de l'argument sur lequel repose la solution d'un récit des Veufs Noirs, mais c'est idiot. Ce sont, à vrai dire, des histoires à énigmes, et que l'énigme soit mince ou non n'a pas d'importance tant que l'esprit y trouve un défi suffisant.

Pour ma part, j'éprouve un double plaisir : celui, tout d'abord, d'imaginer l'énigme, puis celui de cacher la solution derrière les éléments d'un puzzle, en essayant de ne pas être malhonnête vis-à-vis du lecteur.

Je n'ai proposé « L'Intégrale » à personne, je l'ai gardée pour ce recueil.

LE CRIME SUPRÊME

– Les Irréguliers de Baker Street [1], dit Roger Halsted, sont une organisation de fans de Sherlock Holmes. Si vous ignorez cela, vous ne savez rien du tout.

Il regarda Thomas Trumbull par-dessus son verre, avec un sourire narquois et l'air le plus supérieur qui pût exister : celui de la commisération.

Le niveau de la conversation pendant l'apéritif qui précédait le banquet mensuel des Veufs Noirs était demeuré celui d'un murmure poli, mais Trumbull, tout en fronçant les sourcils, haussa la voix à ce moment-là et il rétablit les choses à un niveau de non-convenances plus habituel en ces occasions.

Il dit :

– Quand j'étais adolescent, j'ai lu les histoires de Sherlock Holmes avec un certain plaisir primaire, mais je ne suis plus un adolescent. Je m'aperçois qu'il n'en est pas de même pour tout le monde.

Emmanuel Rubin, regardant fixement, comme un hibou, à travers les verres épais de ses lunettes, hocha la tête.

– Il ne s'agit pas là d'adolescence, Tom. Les

1. Baker Street, célèbre rue de Londres où habitait Sherlock Holmes, le héros de Conan Doyle.

récits de Sherlock Holmes ont valu au roman policier d'être reconnu comme une branche supérieure de la littérature. Il arriva que ce qui était précédemment une chose réservée aux adolescents et aux romans à quatre sous devint un divertissement d'adulte.

Geoffrey Avalon, regardant avec austérité du haut de son mètre quatre-vingt-sept Rubin et son mètre soixante-cinq, dit :

– En fait, Sir Arthur Conan Doyle n'était pas, à mon avis, un auteur policier de toute première force. Agatha Christie est bien meilleure.

– C'est un point de vue, dit Rubin qui, en tant qu'auteur policier lui-même, était beaucoup moins tranchant et didactique dans ce domaine que dans les myriades d'autres branches de l'effort humain dans lesquelles il se considérait comme une autorité. Christie avait l'avantage d'avoir lu Doyle et d'avoir appris quelque chose de lui. N'oubliez pas, également, que les premiers travaux de Christie étaient assez affreux. Et puis... (A présent, il s'échauffait.) ... Agatha Christie n'a jamais abandonné ses préjugés conservateurs et xénophobes. Ses Américains sont ridicules. Ils s'appelaient tous Hiram et tous parlaient une variété d'anglais inconnue de l'humanité. Elle était ouvertement antisémite et par la bouche de ses personnages, elle projetait sans arrêt ses doutes sur quiconque était étranger.

– Pourtant, son détective était belge, répliqua Halsted.

– Ne me faites pas dire ce que je ne dis pas, dit Rubin. J'aime Hercule Poirot. Je pense qu'il vaut une douzaine de Sherlock Holmes. Je fais simplement remarquer que nous pouvons noter des imperfections chez chacun. En fait, tous les écrivains policiers anglais des années vingt et trente étaient conservateurs et tournés vers la classe supéricure de la société. On peut parler du type d'énigme qu'ils offraient : baronnets poignardés dans les bibliothèques de leur manoir, propriétés terriennes, richesse personnelle. Même les détectives étaient souvent des *gentlemen* : Peter Wimsey, Roderick Alleyn, Albert Campion...

– Dans ce cas, dit Mario Gonzalo qui venait juste d'arriver et avait entendu de l'escalier, les histoires policières ont évolué dans le sens de la démocratie. A présent, nous avons affaire à des flics ordinaires, au regard du privé alcoolique, aux proxénètes, aux prostituées et à toutes les autres lumières importantes de la société moderne. (Il se servit lui-même un verre et dit :) Merci, Henry. Comment en sont-ils venus à parler de ça?

Henry déclara :

– Le nom de Sherlock Holmes a été mentionné, monsieur.

– A propos de vous, Henry?

Gonzalo paraissait content de lui.

– Non, monsieur. A propos des Irréguliers de Baker Street.

Gonzalo eut l'air ignorant.

– Qu'est-ce que...

Halsted dit :

– Laissez-moi vous présenter mon invité de la soirée, Mario. Il vous racontera : Ronald Mason, Mario Gonzalo. Ronald est membre des IBS [1], comme moi d'ailleurs. Continuez, Ron, parlez-lui de ça.

Ronald Mason était un gros homme, franchement gros, avec un crâne chauve et brillant et une moustache noire fournie. Il prit la parole :

– Les Irréguliers de Baker Street sont un groupe de fans de Sherlock Holmes. Ils se rassemblent une fois l'an en janvier, un vendredi proche de la date de

1. Irréguliers de Baker Street.

la naissance du grand homme, et tout au long de l'année, ils s'engagent dans d'autres activités sherlockiennes.

– Par exemple?

– Eh bien, ils...

Henry annonça le dîner et Mason hésita :

– Y a-t-il une place particulière que je doive occuper?

– Non, non, dit Gonzalo. Asseyez-vous près de moi, nous pourrons causer.

– Bien. (Le large visage de Mason se fendit en un grand sourire.) C'est exactement ce pour quoi je suis ici. Rog Halsted a dit que vous autres pourriez faire quelque chose pour moi.

– A propos de quoi?

– Des activités sherlockiennes. (Mason déchira un petit pain en deux et le beurra énergiquement avec son couteau.) Voyez-vous, le fait est que Conan Doyle a écrit de nombreuses histoires de Sherlock Holmes aussi vite qu'il pouvait, parce qu'il détestait cela...

– Vraiment? Dans ce cas, pourquoi...

– Pourquoi les écrivait-il? Pour l'argent, voilà pourquoi. Depuis la toute première histoire, *Une étude en rouge*, le monde s'est enthousiasmé pour Sherlock Holmes. Il est devenu un personnage de renommée mondiale et on ne saurait dire combien de gens de par le monde pensent qu'il a vraiment existé. Un nombre incalculable de lettres lui ont été envoyées à son adresse du 221 bis à Baker Street et des milliers de gens sont venus avec des problèmes à résoudre.

» Conan Doyle fut surpris comme n'importe qui le serait certainement en de telles circonstances. Il écrivit d'autres histoires et le prix qu'on les lui payait monta régulièrement. Il n'était pas content. Il s'imaginait devenir un écrivain de grands romans historiques et le fait d'être devenu mondialement célèbre en tant qu'écrivain policier lui était désagréable, en particulier quand le détective imaginaire était de loin plus célèbre que l'auteur. Au bout de six ans, il écrivit *le Problème final* où il tuait délibérément Holmes. Cela déclencha une clameur mondiale et au bout de plusieurs années, Doyle fut obligé de trouver une manière de ressusciter le détective, puis il continua d'écrire de nouvelles histoires.

» Outre la valeur des ventes comme histoires policières et le caractère fascinant de Sherlock Holmes en tant que tel, les récits sont un reflet diversifié de la Grande-Bretagne dans les dernières années de l'ère victorienne. Se plonger dans les écrits sacrés, c'est vivre dans un monde où l'on est toujours en 1895.

Gonzalo questionna :

– Et qu'est-ce que c'est qu'une activité sherlockienne?

– Eh bien, je vous ai dit que Doyle n'aimait pas particulièrement écrire sur Holmes. Quand il écrivait les différents récits, il les rédigeait rapidement et il se souciait fort peu de leur cohésion globale. Il y a donc de nombreuses lacunes, des fils dénoués, de petits trous, ainsi de suite, et le jeu consiste à ne jamais admettre qu'une chose n'est qu'une erreur ou une coquille. En fait, pour un vrai sherlockien, Doyle existe à peine... C'est le docteur John H. Watson qui écrivait les histoires.

James Drake, qui écoutait tranquillement, placé de l'autre côté de Mason, dit :

– Je comprends ce que vous voulez dire. J'ai rencontré une fois un fan de Holmes – c'était peut-être même un Irrégulier de Baker Street – qui m'a dit travailler sur un article qui prouverait que Sherlock Holmes et le docteur Watson étaient tous deux de fervents catholiques : et j'ai dit : « Mais Doyle n'était-il pas lui-même catholique? », ce qu'il était, naturellement. Mon ami me regarda d'un œil glacial et dit : « Qu'est-ce que cela a à voir avec ça? »

– Exactement, fit Mason. Exactement. La mieux considérée de toutes les activités sherlockiennes est celle de démontrer votre idée à l'aide de citations tirées des histoires et par un raisonnement prudent. Des gens ont écrit des articles, par exemple, qui sont censés prouver que Watson était une femme, ou que Sherlock Holmes avait une liaison avec sa logeuse. Ou bien on a tenté de relever des détails concernant les premières années de la vie de Holmes, l'endroit exact où Watson avait reçu sa blessure de guerre, et ainsi de suite.

» En principe, chaque membre des Irréguliers de Baker Street devrait écrire un article sherlockien pour être admis dans la confrérie, mais ce n'est pas une condition absolue. Je n'ai pas encore écrit un tel article, pourtant j'aimerais le faire. (Mason eut un regard un peu désenchanté.) Je ne peux pas me considérer réellement comme un véritable Irrégulier jusqu'à ce que je le fasse.

Trumbull se pencha sur la table :

– J'essaie, à travers le monologue dont Rubin nous régale de ce côté, de saisir ce que vous dites. Vous avez mentionné le 221 bis Baker Street.

– Exact, dit Mason, c'est là où Holmes vivait.

– Et est-ce la raison pour laquelle le club est celui des Irréguliers de Baker Street?

Mason répondit :

– C'est le nom que Holmes avait donné à un groupe de gamins des rues qui jouaient le rôle d'espions et étaient une source d'informations. C'étaient ses troupes irrégulières pour les distinguer de la police.

– Ah! bien, dit Trumbull, je suppose que tout cela est inoffensif.

– Et cela nous procure beaucoup de plaisir, assura Mason avec sérieux. Sauf que cette obligation m'inflige à présent des angoisses.

Ce fut à ce moment-là, peu après que Henry eut apporté le veau « cordon-bleu », que la voix de Rubin monta d'un ton :

– Évidemment, dit-il, on ne peut pas nier que Sherlock Holmes était un épigone. Toute la technique holmésienne de détection a été inventée par Edgar Allan Poe; et son détective, Auguste Dupin, est le Sherlock originel. Pourtant, Poe n'a écrit que trois histoires sur Dupin et ce fut Holmes qui captiva vraiment l'imagination du monde.

» En fait, mon sentiment personnel, c'est que Sherlock Holmes a réussi le tour de force remarquable d'être le premier être humain, qu'il soit réel ou imaginaire, à jamais devenir une idole dans le monde entier à cause de son type de personnage doué de raison. Ce ne furent pas ses victoires militaires, son charisme politique, son pouvoir spirituel, mais seulement son pouvoir de juger froidement. Il n'y avait rien de mystique chez Holmes. Il rassemblait les faits et en tirait des déductions. Ses déductions n'étaient pas toujours justes; Doyle pipait donc les dés en sa faveur, mais tout écrivain fictionnesque fait cela. Je le fais moi-même.

Trumbull objecta :

– Ce que vous faites ne prouve rien. »

Cela n'interrompit pas Rubin.

– Il fut également le premier véritable superhéros de la littérature moderne. On le décrivait toujours mince et beau, mais le fait qu'il parvenait à ses succès en utilisant la puissance de son cerveau ne doit pas masquer qu'il est aussi toujours décrit comme étant d'une force virtuellement surhumaine. Quand un visiteur, en une menace implicite envers Holmes, plie un tisonnier pour prouver sa force, Holmes le redresse avec désinvolture : tâche encore plus difficile. Alors...

Mason hocha la tête dans la direction de Rubin et dit à Gonzalo :

– M. Rubin a l'air lui-même d'être un Irrégulier de Baker Street...

Gonzalo répondit :

– Je ne crois pas. Il sait tout, simplement... Mais ne lui dites pas que j'ai dit cela.

– Peut-être qu'il pourra me fournir quelques renseignements sherlockiens, alors?

– Peut-être, mais si cela vous préoccupe, la personne qui peut vraiment vous aider, c'est Henry.

– Henry?

Le regard de Mason parcourut le tour de la table comme pour s'efforcer de se souvenir des noms.

– Notre garçon, dit Gonzalo. C'est *notre* Sherlock Holmes.

– Je ne pense pas... commença Mason d'un air dubitatif.

– Attendez la fin du dîner. Vous verrez.

Halsted tapota son verre et dit :

– Messieurs, nous allons tenter ce soir une nouvelle expérience. M. Mason a un problème qui comporte la préparation d'un article sherlockien; cela signifie qu'il souhaiterait nous présenter une énigme purement littéraire, une énigme qui n'a pas le moindre rapport avec la réalité... Ron, expliquez.

Mason, à l'aide de sa petite cuillère, ramassa un peu de la glace fondue dans son assiette à dessert, il la mit dans sa bouche en guise d'adieu définitif au repas, et dit :

– Je dois préparer cet article parce que c'est une question de respect de moi-même. Je suis très heureux d'être un Irrégulier de Baker Street, mais il m'est difficile de garder la tête haute quand tout le monde ici en sait davantage que moi sur les textes sacrés et quand des garçons de treize ans écrivent des articles qui sont applaudis pour leur ingéniosité.

» La difficulté vient de ce que je n'ai pas beaucoup d'imagination, ou de l'espèce de fantaisie nécessaire à cette tâche. Mais je sais ce que je veux faire. Je veux écrire un article sur le professeur Moriarty.

– Ah oui! dit Avalon. Le traître de la pièce.

Mason acquiesça :

– Il n'apparaît pas dans beaucoup d'histoires, mais il est la contrepartie de Holmes. C'est le Napoléon du crime, le rival intellectuel de Holmes et le plus dangereux antagoniste du grand détective. De même que Holmes est le prototype populaire du détective de roman, Moriarty est le prototype populaire du traître en chef. En fait, c'est Moriarty qui a tué Holmes et qui a été lui-même tué, dans la lutte du *Problème final*. Moriarty n'est pas revenu à la vie.

– Et sur quel aspect de Moriarty désirez-vous faire un article? dit Avalon, en sirotant pensivement son cognac.

Mason attendit que Henry remplisse sa tasse et déclara :

– Eh bien, c'est son rôle en tant que mathématicien qui m'intrigue. Voyez-vous, ce n'est que le sens moral morbide de Moriarty qui fait de lui un maître du crime. Il se plaît à manipuler les vies humaines et à servir d'agent de destruction. S'il avait voulu plier son grand talent à des buts légitimes, toutefois, il aurait pu être mondialement célèbre – à vrai dire, il *fut* mondialement célèbre dans l'univers sherlockien – en tant que mathématicien.

» Il n'y a que deux de ses prouesses mathématiques qui soient spécifiquement mentionnées dans les textes sacrés. Il fut l'auteur, d'une part, d'un complément du théorème du binôme; d'autre part, dans le roman *la Vallée de la peur*, Holmes mentionne que Moriarty a écrit une thèse intitulée *la Dynamique d'un astéroïde* qui était remplie de données mathématiques si complexes qu'il n'y eut pas un seul savant en Europe capable de discuter du sujet.

– Justement, fit Rubin, l'un des plus grands mathématiciens vivant à l'époque était un Américain, Josiah Willard Gibbs, qui...

– La question n'est pas là, coupa précipitamment Mason. Dans l'univers sherlockien, seule compte l'Europe quand il s'agit de science. Le fait est que rien n'est dit sur le contenu de *la Dynamique d'un astéroïde*; rien du tout; et aucun sherlockien n'a jamais écrit un article relevant la chose. J'ai vérifié cela et je le sais.

Drake intervint :

– Et *vous*, vous voulez écrire un article de ce genre?

– Je le désire ardemment, répondit Mason, mais je ne suis pas à la hauteur. Je possède des connaissances de profane en astronomie. Je sais ce qu'est un astéroïde. C'est l'une des petites planètes qui gravitent autour du Soleil entre les orbites de Mars et de Jupiter. Je sais ce qu'est la dynamique : c'est l'étude du mouvement d'un corps et des modifications dans son mouvement quand des forces y sont appliquées. Mais cela ne me mène nulle part. Qu'est-ce que *la dynamique d'un astéroïde*?

Drake dit pensivement :

– C'est tout ce sur quoi vous vous appuyez, Mason? Simplement le titre? N'existe-t-il pas une référence à quelque chose qui se trouve dans la thèse elle-même?

– Aucune référence nulle part. Il n'y a que le titre, plus l'indication qu'il s'agit de mathématiques hautement supérieures.

Gonzalo plaça le croquis d'un Mason hilare au visage dessiné selon un cercle géométrique parfait, sur le mur à côté des autres et s'enquit :

– Si vous devez écrire sur la manière dont les planètes se meuvent, vous avez besoin d'une bonne dose de maths, je pense.

– Non, répliqua Drake avec âpreté. Laissez-moi m'en occuper, Mario. Je ne suis peut-être qu'un humble chercheur en chimie organique, mais je connais également un peu l'astronomie. Le fait est que toutes les données mathématiques nécessaires à la manipulation de la dynamique des astéroïdes furent élaborées vers 1680 par Isaac Newton.

» Le mouvement d'un astéroïde dépend entièrement des influences gravitationnelles auxquelles il est sujet, et l'équation de Newton permet de calculer la force de cette influence entre deux corps quelconques si la masse de chaque corps est connue et si la distance qui les sépare est également connue. Évidemment, quand beaucoup de corps sont impliqués et quand les distances entre eux varient constamment, les mathématiques deviennent alors fastidieuses, non pas difficiles mais fastidieuses.

» La principale influence gravitationnelle d'un astéroïde est évidemment celle qu'exerce le Soleil. Chaque astéroïde se meut autour du Soleil selon une orbite elliptique, et si le Soleil était tout ce qui existât, l'orbite pourrait être calculée, exactement, par l'équation de Newton. Comme d'autres corps existent, leurs influences gravitationnelles, beaucoup plus faibles que celle du Soleil, doivent être prises en considération comme productrices de bien plus petits effets. En général, nous parvenons très près de la vérité si nous ne tenons compte que du Soleil.

– Je crois que vous simplifiez à l'excès, Jim, dit Avalon. Pour être aussi humble que vous, je ne suis peut-être qu'un simple juriste, et je ne voudrais pas prétendre m'y connaître en astronomie, mais n'ai-je pas entendu dire qu'il n'y a aucun moyen de résoudre l'équation gravitationnelle avec plus de deux corps?

– En effet, assura Drake, si vous voulez dire par là une solution générale pour tous les cas comprenant plus de deux corps. Il n'y a pas de telle solution. Newton calcula la solution générale pour le problème de deux corps, mais personne, à ce jour, n'a réussi à résoudre le cas de trois corps, sans parler d'un plus grand nombre de corps. Le fait est, pourtant, que seuls les théoriciens sont intéressés par le cas des trois corps. Les astronomes étudient le mouvement d'un corps en calculant d'abord l'influence gravitationnelle dominante puis en la corrigeant un petit peu en introduisant l'une après l'autre d'autres influences gravitationnelles moindres. Cela marche assez bien.

Il s'appuya à son dossier d'un air satisfait.

– Eh bien, si seuls des théoriciens portent de l'intérêt au cas des trois corps et si Moriarty fut un mathématicien de haut niveau, il doit s'agir exactement du contenu du traité, déclara Gonzalo.

Drake alluma de nouveau une cigarette et s'arrêta pour tousser. Puis il dit :

– Il pourrait s'agir de la vie amoureuse des girafes, si vous voulez, mais il nous faut respecter le titre. Si Moriarty avait résolu le cas des trois corps, il aurait appelé le traité quelque chose comme *Une analyse du cas des trois corps*, ou *la Généralisation de la loi de la gravitation universelle*. Il n'aurait *pas* appelé cela *la Dynamique d'un astéroïde*.

Halsted interrogea :

– Qu'en est-il des effets planétaires? J'ai entendu quelque chose là-dessus. Ce ne sont pas des trous dans l'espace où il n'y a pas d'astéroïdes?

– Bien sûr, fit Drake, nous pourrons trouver les références dans *l'Encyclopédie Columbia* si Henry l'apporte.

– Aucune importance, affirma Halsted. Dites-nous simplement ce que vous savez à ce sujet et nous pourrons vérifier les références plus tard, si cela est nécessaire.

Drake était visiblement ravi de mener la réunion. Sa moustache grise, pauvrement fournie, tremblotait, et ses yeux, entourés de rides légères, semblaient pétiller. Il commença :

– Il y avait un astronome américain du nom de Kirkwood et dont le prénom était, je crois, Daniel. Vers le milieu du XIXe siècle, il remarqua que les orbites des astéroïdes semblaient se rassembler par groupes. A l'époque, on en connaissait deux douzaines, toutes situées entre les orbites de Mars et de Jupiter, mais – comme Kirkwood le remarqua – elles n'étaient pas régulièrement réparties. Il démontra qu'il y avait des trous dans lesquels aucun astéroïde ne tournait.

» Aux alentours de 1866 ou à peu près – je suis pratiquement sûr que c'était en 1866 – il en trouva la raison. Tout astéroïde qui aurait eu son orbite dans ces trous aurait tourné autour du Soleil durant une période correspondant à une fraction simple de la période Jupiter.

– S'il n'y a aucun astéroïde à cet endroit-là, lança Gonzalo, comment pouvez-vous dire le temps qu'il lui faudrait pour tourner autour du Soleil?

– En fait, c'est très simple. Kepler a découvert cela en 1619 et cela s'appelle la Troisième Loi de Kepler. Puis-je continuer?

– Ce ne sont que des mots, dit Gonzalo, qu'est-ce que la Troisième Loi de Kepler?

Avalon le rassura :

– Croyons Jim sur parole, Mario. Je ne suis capable de parler ni de l'un ni de l'autre, mais je suis certain que des astronomes connaissent ça par cœur. Continuez, Jim.

Drake dit :

– Un astéroïde dans un trou pourrait avoir une période orbitale de six années, ou de quatre années, disons, quand Jupiter a une période de douze années. Cela signifie qu'un astéroïde, toutes ses deux ou trois révolutions, passerait devant Jupiter dans les mêmes conditions de positions relatives. La force d'attraction – toujours la même – de Jupiter s'exerce chaque fois dans une direction particulière, soit par l'avant, soit par l'arrière, et l'attraction augmente.

» Si l'attraction se fait par l'arrière, le mouvement de l'astéroïde est ralenti graduellement de telle sorte qu'il s'approche plus près du Soleil et se trouve hors du trou. Si l'attraction se fait par l'avant, le mouvement astéroïdal est accéléré et l'astéroïde s'écarte du Soleil, sortant de nouveau hors du trou. Quel que soit le cas, rien ne demeure dans les trous appelés aujourd'hui « trous de Kirkwood ». Vous avez le même phénomène avec les anneaux de Saturne. Là aussi, il y a des trous.

Trumbull interrogea.

– Vous dites que Kirkwood a trouvé cela en 1866?

– Oui.

– Et quand est-ce que Moriarty a soi-disant écrit sa thèse?

Mason intervint :

– Aux alentours de 1875, si nous travaillons par déductions sur les histoires concernant Holmes.

Mason dit mal à l'aise :

– Cela serait-il suffisant? Quelle est l'importance du travail de Kirkwood? Quelle difficulté?

Drake haussa les épaules :

– Ce fut une contribution appréciable, mais ce n'était qu'une application de la physique newtonienne. Un bon travail de second ordre; pas de première classe.

Mason hocha la tête.

– Pour Moriarty, cela devait être obligatoirement de première classe.

– Attendez un moment! (La barbe clairsemée de Rubin tremblota dans une agitation grandissante.) Peut-être que Moriarty n'avait rien à voir avec Newton. Peut-être qu'il s'est approché d'Einstein. Einstein a corrigé la théorie de la gravitation.

– Il l'a développée, dit Drake, dans la théorie de la relativité générale qui date de 1916.

– Exact. Quarante ans après l'article de Moriarty. Cela doit être ça. Supposons que Moriarty ait anticipé Einstein...

– En 1875? Cela serait donc antérieur à l'expérience de Michelson-Morley. Je ne pense pas que cela eût été possible, coupa Drake.

– Bien sûr que si, dit Rubin, si Moriarty était assez intelligent – et il l'était.

Mason dit :

– Oh, oui. Dans l'univers sherlockien, le professeur Moriarty était plutôt doué en tout. Il peut sûrement avoir anticipé Einstein. La seule chose, c'est que, s'il l'a effectivement fait, est-ce qu'il n'aurait pas modifié du tout au tout l'histoire scientifique?

– Pas si l'article a été interdit, s'écria Rubin, claquant presque des dents sous l'effet de la surexcitation. Tout cela concorde. L'article a été interdit et le grand progrès fut perdu jusqu'à ce que Einstein le redécouvre.

– Qu'est-ce qui vous fait dire que l'article a été interdit? demanda Gonzalo.

– Il n'existe pas, n'est-ce pas? fit Rubin. Si nous suivons les vues des Irréguliers de Baker Street sur l'univers, le professeur Moriarty a *vraiment* existé et le traité *a été* écrit, et il a *vraiment* anticipé la théorie de la relativité générale. Pourtant, on ne peut trouver cela nulle part dans la littérature scientifique et il n'existe pas le moindre signe de la vision relativiste dans la pensée scientifique avant Einstein. La seule explication, c'est que le traité a été interdit en raison du caractère diabolique de Moriarty.

Drake eut un ricanement :

– Pas mal d'articles scientifiques auraient été interdits si leur caractère diabolique était une raison suffisante. Mais votre supposition ne tient pas de toute façon, Manny. Le traité ne pourrait sans doute pas concerner la relativité générale ; pas avec un titre pareil.

– Pourquoi pas ? demanda Rubin.

– Parce que le fait de revoir les calculs gravitationnels pour tenir compte de la relativité ne changerait pas grand-chose à la dynamique des astéroïdes, répondit Drake. En fait, il n'y avait qu'un détail connu des astronomes en 1875 qui puisse être considéré, dans un sens, comme une énigme gravitationnelle.

– Hum, déclara Rubin, je commence à voir où vous voulez en venir.

– Eh bien, moi pas, dit Avalon. Continuez, Jim. Quelle était l'énigme ?

Drake reprit :

– Cela concernait la planète Mercure qui tourne autour du Soleil selon une orbite assez allongée. A un certain point de son orbite, elle se trouve au plus près du Soleil (plus près qu'aucune autre planète, évidemment, car elle est la plus proche du Soleil), et ce point est le « périhélie ». A chaque fois que Mercure accomplit une révolution autour du Soleil, ce périhélie se déplace très légèrement vers l'avant.

» La raison de ce déplacement se trouve dans les petites influences gravitationnelles, les perturbations, des autres planètes sur Mercure. Mais, une fois prises en compte les influences gravitationnelles connues, le déplacement du périhélie n'est pas totalement expliqué. Cela a été découvert en 1843. Il reste un minuscule déplacement vers l'avant qui ne peut pas s'expliquer par la théorie gravitationnelle. Ce n'est rien – seulement 43 secondes d'arc de cercle par siècle – ce qui signifie que le périhélie se déplacerait d'une distance inexpliquée égale au diamètre de la pleine Lune, en quarante-deux siècles, ou ferait le tour complet du ciel... (il fit quelques calculs mentaux) ... en trois millions d'années, environ.

» Ce n'est pas grand-chose comme déplacement mais c'était suffisant pour menacer la théorie de Newton. Des astronomes pensèrent qu'il devait y avoir une planète inconnue de l'autre côté de Mercure, très près du Soleil. Son attraction n'était pas prise en compte car elle était inconnue, mais il était possible de calculer quelle masse et quelle orbite une planète devrait avoir pour expliquer le déplacement anormal du périhélie de Mercure. Le seul problème, c'était qu'on n'a jamais pu trouver cette planète.

» Puis Einstein modifia la théorie de la gravitation de Newton, il la rendit plus universelle et montra que, lorsqu'on utilisait la forme modifiée des équations, le mouvement du périhélie de Mercure était expliqué exactement. Cela expliqua quelques autres bricoles. Mais cela ne nous concerne pas.

– Pourquoi est-ce que Moriarty ne pouvait pas calculer cela ? interrogea Gonzalo.

Drake répliqua :

– Parce qu'alors il aurait appelé son traité *la Dynamique de Mercure*. Il ne pouvait évidemment pas avoir découvert quelque chose qui résolvait ce sérieux paradoxe astronomique, qui avait confondu les astronomes durant trente ans, et nommé cela autrement.

Mason semblait mécontent :

– Alors, ce que vous dites, c'est qu'il n'existe rien que Moriarty ait pu écrire qui puisse s'intituler *la Dynamique d'un astéroïde* et qui aurait pourtant représenté un travail mathématique de première importance?

Drake souffla un anneau de fumée.

– Je crois que c'est ce que je suis en train de dire. Ce que je crois aussi pouvoir dire, c'est que Sir Arthur Conan Doyle ne connaissait pas suffisamment d'astronomie pour en apprendre à un âne, et qu'il ne savait pas ce qu'il disait quand il a inventé le titre. Mais je suppose qu'on n'a pas le droit de dire ce genre de choses.

– Non, dit misérablement Mason. Pas dans l'univers sherlockien. Alors, mon article s'arrête là.

– Pardonnez-moi, fit Henry de son poste près du buffet. Puis-je poser une question?

– Vous savez bien que oui, Henry, répondit Drake. Ne me dites pas que vous êtes astronome.

– Non, monsieur. Du moins, pas au-delà des connaissances moyennes d'un Américain instruit. Voyons, je ne commets pas d'erreur en supposant qu'il y a un grand nombre d'astéroïdes connus?

– On a calculé l'orbite de plus de mille sept cents d'entre eux, Henry, dit Drake.

– Et il y en avait plusieurs qui étaient connus à l'époque du professeur Moriarty, n'est-ce pas?

– Bien sûr. Plusieurs douzaines.

– Dans ce cas, monsieur, demanda Henry, pourquoi est-ce que le titre du traité est *la Dynamique d'un astéroïde*? Pourquoi *un* astéroïde?

Drake réfléchit un moment et répondit :

– C'est une bonne remarque. Je ne sais pas. Sans doute est-ce une autre indication que Doyle ne connaissait pas suffisamment...

– Ne dites pas cela, dit Mason.

– Eh bien... disons alors que je ne sais pas.

– Peut-être que Moriarty avait simplement fait son étude sur un astéroïde, et c'est tout, lâcha Gonzalo.

– Alors, il aurait intitulé cela *la Dynamique de Cérès* ou n'importe quel astéroïde qu'il aurait étudié, affirma Drake.

Gonzalo reprit avec obstination :

– Non, ce n'est pas ce que je veux dire. Je ne veux pas dire qu'il a travaillé sur un astéroïde particulier. Je veux dire qu'il a pris un astéroïde au hasard, ou simplement un astéroïde idéal, peut-être pas un astéroïde existant réellement. Puis il a étudié sa dynamique.

– Ce n'est pas une mauvaise idée, Mario. Le seul problème c'est que, si Moriarty avait découvert la dynamique d'un astéroïde, le système mathématique de base, cela aurait été valable pour tous, et le titre de l'article serait *la Dynamique des astéroïdes*. De plus, quelle que fût sa découverte à cet égard, elle ne serait que newtonienne et non de première importance.

– Voulez-vous dire, dit Gonzalo, refusant d'abandonner, qu'aucun astéroïde n'a quelque chose de spécial en ce qui concerne son orbite?

– Pas parmi ceux connus en 1875, dit Drake. Tous avaient leur orbite située entre celles de Mars et de Jupiter et tous suivaient la théorie de la gravitation très précisément. *Aujourd'hui*, nous connaissons des astéroïdes dont l'orbite est inhabituelle. Le premier astéroïde inhabituel a être découvert fut Eros dont l'orbite le rapproche du Soleil plus que Mars ne le fait jamais, et le conduit de temps en temps – à quelque vingt-deux millions de kilomètres de la Terre – plus près de la Terre qu'aucun autre corps aussi grand ou plus grand, sauf la Lune.

» Cependant, cela ne fut pas découvert avant

1898. Puis, en 1906, on découvrit Achille. C'était le premier des astéroïdes troyens et ils sont inhabituels car ils tournent autour du Soleil sur l'orbite de Jupiter quoique situés très en avant ou très en arrière de cette planète.

Gonzalo revint à la charge :

– Est-ce que Moriarty n'aurait pas pu anticiper ces découvertes et étudier les orbites inhabituelles?

– Même s'il les avait anticipées, les orbites ne sont inhabituelles que par leur position, pas par leur dynamique. Les astéroïdes troyens offrent des aspects théoriques intéressants, mais cela avait déjà été calculé par Lagrange un siècle auparavant.

Il y eut un court silence puis Henry dit :

– Le titre est pourtant si catégorique, monsieur. Si nous acceptons la condition sherlockienne que cela doit avoir un sens, ce titre pourrait-il se référer à une époque où il n'y avait qu'un seul corps en orbite entre Mars et Jupiter?

Drake eut un large sourire.

– N'essayez pas de faire l'ignorant, Henry. Vous parlez de la théorie de l'explosion à l'origine des astéroïdes.

Pendant un instant, on put croire que Henry allait sourire. Si l'envie existait, il la domina pourtant et dit :

– J'ai trouvé, au cours de mes lectures, l'idée qu'il y avait eu autrefois une planète entre Mars et Jupiter et qu'elle avait explosé.

– Ce n'est plus une théorie à la mode, assura Drake, mais elle a certainement eu son temps. En 1801, quand le premier astéroïde, Cérès, fut découvert, il se révéla qu'il n'avait que sept cent vingt-cinq kilomètres de diamètre, ce qui est étonnamment petit. Ce qui fut bien plus étonnant, cependant, ce fut qu'au cours des trois années suivantes trois autres astéroïdes furent découverts, avec des orbites très similaires. L'idée d'une planète ayant explosé fut immédiatement avancée.

Henry reprit :

– Le professeur Moriarty ne pouvait-il pas s'être référé à cette planète avant son explosion quand il parle d'*un* astéroïde?

– Je suppose que si, mais pourquoi ne pas l'appeler planète? lui répondit Drake.

– S'agissait-il d'une grande planète?

– Non, Henry. Si tous les astéroïdes étaient réunis ensemble, ils constitueraient une planète d'à peine mille six cents kilomètres de diamètre.

– Cela ne serait-il pas alors plus proche de ce que nous considérons comme un astéroïde plutôt que de ce que nous considérons comme une planète? Cela ne pourrait-il pas même avoir été plus vrai en 1875, quand les astéroïdes étaient connus en moins grand nombre? Le corps originel n'aurait-il pas alors paru plus petit?

– Peut-être, dit Drake. Mais alors, pourquoi ne pas nommer cela l'astéroïde?

– Peut-être que le professeur Moriarty jugea que pour son étude le titre *la Dynamique de l'astéroïde* était trop précis. Peut-être qu'il a trouvé que la théorie de l'explosion n'était pas assez sûre pour qu'il soit possible de parler d'autre chose que d'*un* astéroïde. Même s'il était fort peu scrupuleux hors du domaine de la science, le professeur Moriarty était – nous devons le supposer – un mathématicien extrêmement précis et méticuleux.

Mason souriait de nouveau :

– Ça me plaît bien, Henry. C'est une idée fabuleuse. (Il dit à Gonzalo :) Vous aviez raison.

– Je vous l'avais dit, affirma Gonzalo.

– Continuons, déclara Drake, voyons où cela nous mène. Moriarty ne pouvait parler uniquement de la dynamique de l'astéroïde originel comme d'un monde tournant autour du Soleil car il ne ferait que suivre la théorie de la gravitation exactement comme le font tous ses descendants, pour les astéroïdes que nous connaissons.

» Il devait nécessairement parler de l'explosion. Il devait avoir analysé les forces qui, dans une structure planétaire, rendraient possible une explosion. Il devait avoir examiné les conséquences de l'explosion, ce qui n'entrait pas dans les limites de la théorie de la gravitation. Il devait avoir calculé les événements de telle sorte que les forces explosives cèdent devant les effets de la gravitation et placent les fragments d'astéroïdes dans les orbites qu'ils ont aujourd'hui.

Drake réfléchit, approuva de la tête et poursuivit :

– Cela ne serait pas mal. Cela serait un problème mathématique digne du cerveau de Moriarty, et nous pourrions considérer que cela a représenté la première tentative d'un mathématicien de s'attaquer à un problème astronomique aussi compliqué. Oui, ça me plaît.

– Cela me plaît aussi, fit Mason. Si je peux me souvenir de tout ce que vous avez dit, j'ai mon article. Seigneur, c'est merveilleux.

Henry déclara :

– En tout état de cause, messieurs, je crois que cette hypothèse est même meilleure que monsieur Drake ne l'a fait apparaître. Je crois que monsieur Rubin a dit précédemment que nous pouvons supposer que le traité du professeur Moriarty a été interdit, car on ne peut le trouver dans les annales scientifiques. Eh bien, il me semble que si notre théorie peut également expliquer cet interdit, elle acquiert beaucoup plus de force.

– Certainement, dit Avalon, mais est-ce possible?

– Réfléchissez, reprit Henry, et une pointe de chaleur pénétra sa voix tranquille... qu'au-delà de la difficulté du problème, et par conséquent, du crédit qu'il y avait à gagner en le résolvant, il y avait dans ce problème un attrait particulier pour le professeur Moriarty, compte tenu de ce que nous savons de sa personnalité.

» Après tout, nous traitons de la destruction d'un monde. Pour un maître du crime tel que le professeur Moriarty, dont le génie malade s'efforçait de provoquer le chaos sur la Terre, de briser et de corrompre l'économie et la société mondiales, il devait y avoir quelque chose d'absolument fascinant dans la vision de la destruction *physique* effective d'un monde.

» Moriarty ne pouvait-il pas avoir imaginé que sur cet astéroïde originel un autre être, semblable à lui, avait pu exister, quelqu'un qui n'avait pas seulement puisé aux ressources perverses de l'âme humaine, mais qui avait été jusqu'à toucher aux forces dangereuses à l'intérieur d'une planète? Moriarty pourrait avoir imaginé que ce super-Moriarty de l'astéroïde originel avait délibérément détruit son monde, et toute la vie qu'il abritait, y compris la sienne, pour le pur plaisir de la perversité, léguant les astéroïdes qui existent à présent comme autant de pierres tombales commémorant son action.

» Moriarty ne pourrait-il pas avoir même envié l'exploit et tenté de découvrir l'action nécessaire qui aurait permis d'en faire autant sur Terre? Les quelques mathématiciens en Europe qui pouvaient comprendre – ne fût-ce que partiellement – ce que Moriarty disait dans son traité ne pouvaient-ils pas avoir décelé que ce qu'il exposait, ce n'était pas seulement une description mathématique de l'origine des astéroïdes, mais le début d'une formule pour le crime suprême : celui de la destruction de la Terre elle-même, de toute la vie, et de la création d'une ceinture d'astéroïdes beaucoup plus grande?

» Il n'est pas étonnant, si tel était le cas, qu'une communauté scientifique effrayée ait fait disparaître l'ouvrage.

Quand Henry eut terminé, il y eut un moment de silence, puis Drake applaudit. Les autres se joignirent aussitôt à lui.

Henry rougit :

– Excusez-moi, murmura-t-il quand les applaudissements eurent cessé. Je crains de m'être laissé entraîner trop loin.

– Pas du tout, dit Avalon. C'était un étonnant jaillissement poétique que j'ai été heureux d'entendre.

Halsted confirma :

– Franchement, je crois que c'est parfait. C'est exactement ce que Moriarty aurait fait et cela explique tout. Ne le pensez-vous pas aussi, Ron?

– Je le pense et je le dirai, dit Mason, dès que je pourrai de nouveau parler. Je ne demande pas mieux que de préparer une étude sherlockienne basée sur l'analyse de Henry. Mais comment puis-je m'arranger avec ma conscience pour m'approprier ses idées?

Henry conclut :

– Elles sont à vous, monsieur Mason, c'est mon cadeau, pour m'avoir fait participer à une discussion très agréable. Voyez-vous, ça fait des années que je suis moi-même un fervent de Sherlock Holmes.

Remarque

Je vais tout vous avouer.

Je suis moi-même membre des Baker Street Irregulars. J'y suis entré bien que je n'aie jamais écrit d'article holmésien. Je pensais qu'il me serait facile d'en écrire un si je devais le faire un jour et puis, à ma grande horreur, je me suis aperçu que tous les membres des Baker Street Irregulars connaissaient infiniment mieux que moi les textes sacrés, et que je ne pouvais pas rivaliser avec eux. (Toutefois, Ronald Mason, qui apparaît dans ce récit, ne me représente pas et ne me ressemble pas du tout.)

C'est seulement parce que Michael Harrison et Banesh Hoffman, membres eux aussi des BSI, m'y ont poussé que je me suis finalement sorti de ma léthargie, à partir du moment où Harrison m'a suggéré d'aborder le sujet de *La Dynamique d'un Astéroïde*. J'ai rédigé un article de mille six cents mots avec un grand enthousiasme et j'ai tellement adoré mon analyse intelligente de la situation que je n'ai pas pu supporter l'idée que seules quelques centaines de personnes extérieures aux BSI la connaîtraient.

Je l'ai donc transformée en *The Ultimate Crime* et j'en ai fait un récit des Veufs Noirs, destiné à un public plus large.

Enfin, je me sens un vrai Baker Street Irregular.

Maintenant que je suis parvenu à la conclusion de ce recueil, je répéterai ce que j'ai dit à la fin du premier. Je vais écrire d'autres récits des Veufs Noirs. D'abord, parce que je me suis pris à aimer tous les personnages. Ensuite, parce que je ne peux pas m'empêcher d'en écrire. J'en suis arrivé au point où presque tout ce que je vois, presque tout ce que je fais, entre par un conduit spécial de mon esprit pour aller voir, tout à fait automatiquement et involontairement, si une intrigue des Veufs Noirs ne pourrait pas ressortir par l'autre bout.

TABLE

LA COMPOSITION, L'IMPRESSION ET LE BROCHAGE DE CE LIVRE
ONT ÉTÉ EFFECTUÉS PAR LA SOCIÉTÉ NOUVELLE FIRMIN-DIDOT
MESNIL-SUR-L'ESTRÉE
POUR LE COMPTE DE CHRISTIAN BOURGOIS ÉDITEUR
LE 9 MAI 1989

Imprimé en France
Dépôt légal : mai 1989
N° d'édition : 1920 – N° d'impression : 11750